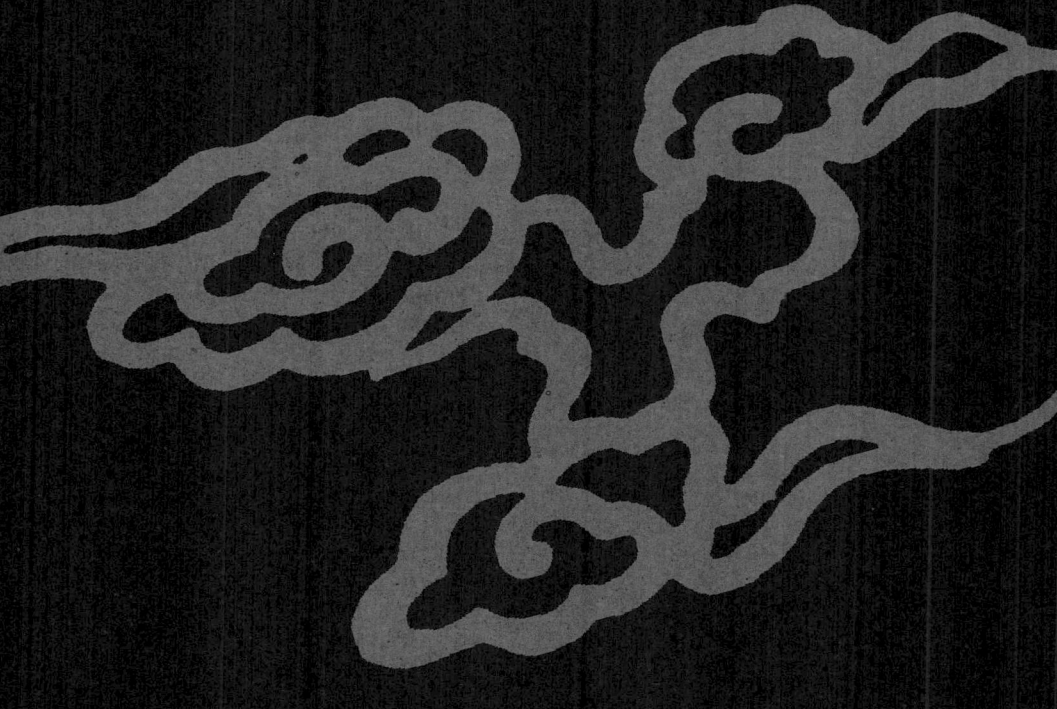

섣달 그믐날 밤에 짓다

除夜作

객사의 차가운 등불 아래 나 홀로 잠 못 이루니
나그네 마음은 무슨 일로 처량해지는 것일까
고향에선 오늘 밤 천 리 밖의 나를 생각하고
흰 귀밑머리는 내일 아침 또 한 살을 더하겠지

旅館寒燈獨不眠, 客心何事轉凄然
故鄕今夜思千里, 霜鬢明朝又一年

Fantastic Oriental Heroes

흑풍백풍

흑풍백풍 4
청우 新무협 판타지 소설

초판 1쇄 찍은 날 § 2004년 10월 12일
초판 1쇄 펴낸 날 § 2004년 10월 22일

지은이 § 청우
펴낸이 § 서경석

편집장 § 문혜영
편집 § 장상수 · 김희정 · 유경화
마케팅 § 정필 · 강양원 · 이선구 · 김규진 · 홍현경

펴낸곳 § 도서출판 청어람
등록번호 § 제1081-1-89호
등록일자 § 1999. 5. 31
어람번호 § 제2-0444호

주소 § 경기도 부천시 원미구 심곡1동 350-1 남성B/D 3F (우) 420-011
전화 § 032-656-4452 팩스 § 032-656-4453
http://www.chungeoram.com
E-mail § eoram99@chollian.net

ⓒ 청우, 2004

ISBN 89-5831-276-9 04810
ISBN 89-5831-203-3 (SET)

청구新무협 판타지 소설

4

Fantastic Oriental Heroes

흑풍백풍

도서출판
청어람

【목차】

제1장

고난의 행로

광 동성의 주요 항구 도시 중 하나인 단주(端州)는 사시사철 유람객들의 발길이 끊이지 않는 유람 도시다. 바람이 적고, 파도가 엷은 단주의 고요한 앞바다는 유람선을 띄우기에 더없는 적지였다.

아직 유람선을 타기에는 좀 이른 시기지만 성내에는 바다를 찾아 나선 유람객들이 종종 눈에 띄었다.

지금 막 유운루(流雲樓)에 들어서는 일 남 일 녀도 그들 중 하나였다. 유람객이야 새삼스러울 것도 없지만 유운루에서 늦은 점심을 먹던 손님 중 대부분이 그들을 힐끔거렸다.

그럴 수밖에 없는 것이 남자는 백발이 성성한 구부정한 노인인 데 비해, 여인은 옥색 경장을 곱게 차려입은 젊은 아가씨였다. 옥색 면사로 눈 아래 부분을 가리긴 했지만 반듯한 이마와 크고 또렷한 눈망울만 보아도 그녀의 미색은 충분히 짐작할 수 있었다.

창가 쪽 자리로 걸어가던 노인이 자리에 앉으려는 여인의 엉덩이를 슬쩍 쓰다듬는 광경 앞에서는 모두 눈살을 찌푸렸다.

돈 많은 늙은이가 젊은 여인을 첩으로 들이는 것이야 종종 있는 일이지만 타인의 시선에서 볼 때는 언제나 흉하고 추했다. 더욱이 사람들 앞에서 여인을 만지기까지 할 때에야 오죽하랴.

"주책이군."

"여자만 불쌍하지 뭐."

사람들의 소곤거림을 들었는지 못 들었는지 노인은 자리에 앉아서도 여인의 손을 잡은 채 계속 주물럭거리고 있었다.

여인이 노인에게 뭐라고 말을 하려는데 점소이가 주문을 받으러 다가왔다.

"이 집은 뭘 잘하나요?"

여인의 질문에 점소이가 상냥하게 대답했다.

"물론 모든 요리가 다 맛있습니다만, 저희 집에서 특히 자랑하는 요리는 증불수백채(蒸佛手白菜)와 건작어괴(乾炸魚塊)입니다요."

"그럼 그걸로 주세요. 여아홍도 한 병 주시구요."

여인이 주문을 하는 동안에도 여인의 손을 주물럭거리는 노인의 움직임은 멈추지 않았다. 점소이가 가고 나서야 여인이 노인에게 잡혀 있던 자신의 손을 거칠게 잡아 뺐다. 노인도 머쓱한지 얼굴을 뒤덮은 하얀 수염을 만지작거렸다.

여인이 사람들의 눈을 피해 노인의 귀에 대고 속삭였다.

"너 자꾸 까불면 죽는 수가 있어!"

"이왕 변장을 했으면 제대로 해야지. 지금 누님은 어디까지나 내 첩이라고, 첩! 첩이면 첩답게 다소곳이 앉아 있는 게 사람들의 시선을 피하는 거야. 몰라?"

동악의 얄미운 말에 사예랑이 보일 듯 말 듯 이를 빠득 갈았다.

"네놈이 순순히 노인으로 변장하겠다고 했을 때 알아봤어야 하는데!"

"헤헤~ 잃는 게 있으면 얻는 것도 있는 법이지."

동악은 다시 사예랑의 손목을 꼭 잡았다.

이런 즐거움도 없을 거라면 미쳤다고 얼굴 가죽이 찢어지도록 풀칠을 해가며 노인 분장을 했겠는가. 동악은 자신의 처지도 잊은 채 사예랑의 손목을 잡고 있는 것에 마냥 즐겁고 흐뭇해하고 있었다.

"그놈들이 얼마나 귀신 같고 집요한지 누님도 알잖아. 이렇게 완벽하게 연극을 하지 않고선 그놈들을 속일 수 없다고."

동악의 말은 어느 정도 일리가 있었다.

사예랑은 소여촌의 모옥을 탈출한 것으로 그들을 따돌렸다고 생각했지만 사실은 그게 시작이었다. 그들은 마치 두 사람의 냄새라도 맡는 것처럼 귀신같이 뒤를 따라왔던 것이다. 소여촌을 나서며 광동성까지 오는 길이 이렇게 멀고 험난할 것이라고 어찌 상상이나 했겠는가.

사예랑은 그간의 고생과 위기가 떠오르는지 나직이 한숨을 쉬며 창밖으로 보이는 먼 바다를 응시했다.

"배만 타면 돼. 바다로 나가면 제아무리 귀신 같은 놈들이라도 더 이상은 못 쫓아올 거야. 내일이면 배를 탈 수 있으니까 오늘만 무사히 넘기면 돼."

"드디어 이 짓도 끝이구나."

지옥 같았던 지난날의 여정을 떠올리며 감회에 젖어 있던 동악의 얼굴이 순식간에 긴장감으로 굳어 들었다. 유운루에 들어서고 있는 세 명의 사내 때문이었다.

"무림인이야……."

동악이 입술에 침을 바르며 긴장된 목소리로 속삭였다.

세 명의 사내는 무림인임을 과시라도 하듯 무기를 손에 든 채 거들먹거리며 실내를 두리번거렸다. 사내들의 험악한 인상 때문인지 아니면 그들의 손에 들린 무기 때문인지 유운루에는 순간 정적이 감돌았다.

"긴장하지 마. 태연하게 앉아 있어."

사예랑이 나직이 속삭이며 동악의 손을 꼭 잡았다.

실내를 둘러보던 험악한 인상의 턱수염사내가 동악과 사예랑에게서 시선을 멈췄다. 순간, 동악의 입에서는 '꼴깍' 하고 침 넘어가는 소리가 나왔다. 동악은 영악한 머리로 재빨리 계산을 했다. 하지만 건장한 사내 세 명이 막고 서 있는 문을 뚫고 도망갈 방법은 떠오르지 않았다.

'객점에 들어오는 게 아니었는데…….'

사내들이 어슬렁거리며 다가오자 동악과 사예랑은 긴장과 공포에 숨조차 죽인 채 눈치를 살폈다. 그때였다.

"실례하오만 길을 좀 비켜주시겠소?"

험악한 세 명의 사내를 살짝 밀치며 남색 학사의를 입은 백면의 서생이 들어서고 있었다. 백면서생은 환한 미소를 지으며 사내들의 한 걸음 앞에서 동악과 사예랑 옆의 탁자에 자리를 잡았다. 그리곤 사내들을 향해 정중하게 물었다.

"혹시 제가 자리를 뺏은 건 아닌지요?"

사내들은 백면서생에겐 관심도 없는지 대답조차 하지 않은 채 동악과 사예랑을 힐금 쳐다봤다.

"쳇! 팔자 좋은 영감이군."

볼멘소리를 하더니 사내들은 동악과 사예랑을 지나쳐 그들 뒤편의 계단으로 올라갔다. 동악과 사예랑은 동시에 소리없이 한숨을 내쉬었다.

"자라 보고 놀란 가슴, 솥뚜껑 보고 놀란다더니……."

동악이 나직이 속삭였다.

사예랑도 피식 웃었다.

세상의 모든 무림인이 전부 자신들을 쫓고 있는 건 아닐 텐데 무림인만 보면 오금이 저렸다. 눈만 마주쳐도 자신들의 정체를 알아챈 것 같고, 한 걸음만 다가와도 자신들을 잡으러 오는 것같이 여겨졌다.

"도둑질로 먹고살 때도 두 발 쭉 뻗고 살았는데 이게 웬 고생인지 모르겠네."

"그러게. 관가에 쫓기는 건 아무것도 아닌데, 무림인한테 쫓기는 건 정말 지옥 같네."

무림과 전혀 인연이 없었던 그들에게 무림인의 집요한 추적은 신기할 정도였다.

"난 보물을 찾아서 부자가 되면 무림에서 제일 유명한 사람을 데려다가 무공을 배울 거야."

"시끄러. 우린 보물을 찾으러 가는 게 아니라 현각을 찾으러 가는 거야."

"그 소리 지겹지도 않수? 형님이랑 이 보물 지도랑 무슨 상관이라고?"

"상관이 있다니까. 한 대인은 그 지도가 들어 있는 불상 때문에 자기 딸까지 죽였잖아. 그리고 자기는 현각을 잡아 가둔 죄로 살해당했고. 그러니까 현각이 납치당한 건 바로 그 지도 때문이라고. 논리적으로 그렇잖아."

"논리가 뭔지나 알아? 일단 말의 앞뒤는 맞아야지. 소령이가 죽은 사건이 '개'라면 한 대인이 죽은 사건은 '고양이'야. 개랑 고양이가 무슨 상관이 있냐고? 이런 건 논리가 아니라 억지라고 하는 거야."

"시끄러! 쬐그만 게 누구를 가르치려고 들어? 이건 여자의 직감이야. 여자의 직감이 논리보다 더 정확한 거야. 두고 봐. 내 말이 틀림없을 테니까."

더 이상은 말할 필요도 없다는 듯 사예랑은 창밖으로 시선을 돌렸다.

'현각, 살아만 있어. 살아만 있으면 내가 반드시 찾아낼 테니까.'

동악의 시선도 사예랑과 함께 바다를 향했다. 하지만 바다를 보고 있는 그의 마음은 사예랑과 전혀 달랐다.

'형님, 죽지 않고 살아 있으면 그대로 꼭꼭 숨어살아. 불쌍한 동생에게 적선하는 셈치고 누님은 내게 넘기라고.'

동상이몽 속에 식사를 마친 두 사람은 청옥소안불상을 처분하기 위해 조용히 객점을 나섰다. 배를 전세 내기 위해선 어쩔 수 없다지만 동악으로선 영 내키지 않는 걸음이었다.

"이 불상까지 팔았는데 벽리도에 아무것도 없으면 어쩌지?"

"있겠지. 뭔가 있으니까 이 귀한 불상 속에 지도를 숨겨놨겠지."

"그렇겠지. 불상보다 열 배, 백배는 더 귀한 보물들이 있겠지? 근데 말이야 혹시라도, 정말 혹시라도 보물이 없으면 어떡하지?"

"뭔가 있으니까 지도를 숨겨놓았을 거 아니야."

"근데 그 뭔가가 보물이 아니면 어쩌냐고? 괜히 애꿎은 보물만 팔아

치운 꼴이 되잖아. 그것도 말도 안 되는 헐값에."

"왜? 아깝니?"

"당연하지. 누님은 안 아까워?"

"그렇게 아까우면 다시 품에 끌어안고 무림인들에게 잡혀가던가."

"휴우……."

동악은 땅이 꺼질 것처럼 깊은 한숨을 내쉬었다.

자신들을 쫓아오는 그놈들만 아니라면 이 귀한 불상을 말도 안 되는 헐값에 팔 이유가 없었다. 이 불상만 제값 받고 팔아도 당분간은 돈 걱정 없이 호의호식할 수 있을 테니까. 하지만 귀신같이 냄새를 맡고 쫓아오는 무림인들을 따돌리지 못하는 한, 의미없는 일이었다.

"전생에 무슨 죄를 지어서……."

투덜거리며 걸어가던 두 사람이 장물아비를 만나기 위해 후미진 골목에 막 들어서는 순간이었다.

"어딜 그렇게 급하게 가시는 거요?"

어디선가 들어본 듯한 목소리가 들렸다. 동악과 사예랑은 동시에 뒤를 돌아봤다. 그곳에는 객점에서 본 백면서생이 환히 웃는 얼굴로 서 있었다.

"무슨 일이시죠?"

사예랑이 다소 경계의 눈빛을 가지며 물었다.

"후후훗."

백면서생은 웃음으로 대답을 대신하며 그들을 향해 성큼 다가왔다.

사예랑과 동악이 이상한 예감에 주춤거리며 뒤로 물러섰다. 하지만 백면서생이 다가오는 속도가 훨씬 빨랐다. 백면서생은 그들에게 접근하자마자 덥석 동악의 손목을 움켜잡았다.

"엇?"

동악은 깜짝 놀라며 손을 빼려 했지만 백면서생은 놓아주지 않았다. 게다가 그의 환한 미소는 어느덧 싸늘한 냉소로 변해 있었다.

"노인치고는 손이 참 곱기도 하구려."

"……!"

"일 남 일 녀. 변장은 즐기지만 능하지는 않음. 바로 그대들이 아니오, 사예랑 소저?"

두 사람이 뭐라고 대답하기도 전에 사내는 번개처럼 사예랑의 면사를 벗겨 버렸다.

"뭐 하는 짓이에요?!"

사예랑이 앙칼지게 외쳤다.

"당신들의 몸에 황금 오십 냥이라는 거금이 걸려 있다는 걸 모르고 있었나?"

사예랑과 동악의 기준에 그는 전혀 무림인이 아닌 사람이었다. 무기도 없고, 평생 싸움이라곤 해본 적도 없는 호리한 몸에 유약해 보이는 인상의 사내니까.

사예랑은 별로 그가 두렵지 않았다.

"돈 때문이라면 내가 줄 수도 있어요."

"그래? 그거 흥미롭군. 무슨 수로 그 돈을 줄 건지 어디 한번 들어볼까?"

"당장이라도 줄게요. 전표가 있거든요."

사예랑이 소매 속을 뒤적거렸다. 백면서생은 그녀의 손길에 시선을 고정한 채 여전히 싸늘한 미소를 짓고 있었다.

사예랑이 아랫입술을 질끈 물더니 돌연 눈에서 한광을 내뿜었다.

"옛다! 이거나 먹어라!"

전표를 꺼내는 척하며 그녀가 소매 속에서 꺼낸 것은 단검이었다. 그리곤 사내가 방심한 틈을 타 돌발적으로 단검을 휘둘렀다.

그녀의 예상대로라면 사내는 절대 막지 못했어야 한다. 하지만 사내는 맨손으로 그녀의 단검을 잡아챈 것은 물론이고, 다른 손으로 그녀의 멱살까지 움켜잡으며 그녀를 덜렁 들어 올렸다.

유약해 보이던 겉모습과는 전혀 다른 억센 손길이었다.

"다리 하나쯤 부러뜨리는 건 상관없다고 하던데 그렇게 할까?"

"……."

그제야 사예랑은 사내 역시 무림인이라는 사실을 깨달았다. 사내의 온화한 겉모습에 속아 방심했던 것이 실수였다. 그렇다고 바다를 목전에 둔 채 다시 잡혀갈 수도 없는 노릇이었다.

"돈이라면 정말 드릴 수 있어요. 동악에게… 어?"

갑자기 사예랑의 토끼 같은 두 눈이 더욱 크게 휩떠졌다. 동악이 있던 자리엔 어수선한 발자국뿐 그는 어느샌가 사라지고 보이지 않았다. 두 사람이 실랑이를 벌이던 잠깐의 순간에 혼자서 도망을 가버린 것이다.

백면서생도 의외의 상황에 살짝 얼굴을 찌푸렸다.

"한 명만 잡아도 다른 한 사람은 저절로 따라올 거라고 하더니… 헛소리였군. 혼자서 도망을 치다니……."

"치사한 놈! 나쁜 새끼! 감히 날 두고 혼자 도망을 쳐! 이거 놔요. 이것 좀 놓으라고요! 그 새끼 혼자 도망가게 놔둘 거예요! 잡아야죠! 그놈도 잡아야죠!"

마치 그녀와 백면서생이 한편이기라도 한 것처럼 사예랑이 백면서생의 옷자락을 잡고 외쳤다.

"사실 하나만 잡아도 몸값은 다 준다고 했거든."

동악 혼자 도망친 게 의외이긴 했지만 사내도 굳이 그를 잡거나 막
을 생각은 없었던 것이다.

"둘 다 잡히는 것보다 하나라도 도망치는 게 낫지 않소? 그 정도 의
리는 있는 사이라고 하던데."

"미쳤어요? 의리는 살아도 같이 살고, 죽어도 같이 죽는 거잖아요!
그놈 혼자 도망치는 꼴은 죽어도 못 본다구요!"

"그건 당신의 생각일 뿐이지."

백면서생은 더 이상 듣기 싫다는 듯 사예랑의 아혈을 제압해 버렸
다. 갑자기 말소리가 나오지 않자 사예랑은 놀란 토끼처럼 눈을 치켜
뜬 채 발버둥을 쳐댔다.

하지만 그녀의 팔은 이미 사내의 억센 손에 꼭 잡혀 있는 상태였다.

"이제 그만 가볼까? 후후훗."

사내는 싸늘하게 웃으며 사예랑을 잡아끌었다.

'나쁜 놈! 어떻게 혼자 도망갈 생각을 할 수 있어?'

꼼짝없이 백면서생의 손에 잡혀 난주 밖까지 끌려온 사예랑은 이가
갈리도록 억울하고 분했다.

둘 다 죽는 것보다는 한 사람이라도 사는 게 낫다는 희생 정신을 발
휘하는 것도 상대 나름 아니겠는가. 현각에게는 그럴 수 있지만 동악
은 달랐다. 그놈은 자신을 사랑한다고 귀에 딱지가 앉도록 말하던 녀
석이었다. 그런 놈이 위기에 처하자마자 뒤도 안 돌아보고 귀신같이
도망쳐 버렸으니 허탈함과 배신감은 이루 말할 수가 없었다.

무엇보다 난감한 문제는 동악이 없으니 탈출할 계획조차 세울 수 없다는 사실이었다.

　백면서생은 그녀에게서 잠시도 시선을 떼지 않았다. 동악이라도 있어야 어떻게든 시선을 분산시켜 볼 게 아닌가.

　사예랑은 두렵고 막막한 마음을 동악에 대한 원망과 분노로 대신하고 있는 중이었다.

　"저어, 어디로 가는 거예요?"

　"내가 시키기 전에는 말하지 말라고 했을 텐데?"

　실체를 드러낸 백면서생은 온화한 얼굴과는 달리 냉정하기 이를 데 없었다.

　"그건 알지만……."

　"말을 막는 방법이야 간단하지."

　백면서생이 다시 아혈을 점하려 하자 사예랑이 입을 꼭 다문 채 머리를 절레절레 흔들었다. 하지만 백면서생의 손에 사정 따위는 없었다. 그는 귀찮은 파리를 쫓듯 간단한 동작으로 사예랑의 말문을 다시 막아버렸다.

　사예랑의 커다란 눈에 눈물이 그렁그렁 맺혔다. 인정사정없는 그를 보니 자신의 처지가 더욱 암담하게 느껴진 것이다.

　겁먹은 그녀의 표정을 보자 백면서생이 환하게 웃었다. 웃는 얼굴만 보면 둘도 없이 선량하고 고운 심성의 서생으로 보이는 사람이다. 하지만 웃는 입으로 하는 말은 그의 냉혹한 성품을 그대로 반영했다.

　"네년의 눈물을 보고 있기엔 갈 길이 너무 멀다. 서둘러라."

　백면서생의 손이 사예랑의 등을 떠밀었다. 사예랑은 눈물을 뚝뚝 떨구며 그의 손에 밀려 앞으로 걸어갔다.

어느덧 그들은 난주 외곽의 한적한 관도에 이르러 있었다.

백면서생의 목적은 최대한 빨리 난주를 벗어나 세인들의 이목을 피하는 것이었다. 황금 오십 냥의 유혹은 수많은 무인을 불러들였을 테고 그는 자신의 포획물을 노출시키기 싫었다.

반대로 사예랑은 어떻게든 자신의 행적을 노출시켜야 했다.

그녀는 백면서생의 눈을 피해 소맷자락의 실오라기를 풀어선 슬쩍슬쩍 길에 흘려놓았다.

'동악, 널 믿는다. 이대로 날 버려두지는 않을 거지?

하지만 그는 혼자라도 살겠다고 도망쳐 버린 놈이었다. 그런 녀석이 과연 자신을 구하러 되돌아올까? 사예랑도 별로 기대는 하지 않았다. 단지 애타게 바라고 있을 뿐.

2

광동삼웅(廣東三雄)은 거친 겉모습과 달리 끈끈한 우정과 의리로 뭉친 의형제였다. 그들의 공통된 목표는 장차 세 명이 힘을 모아 작은 표국이라도 하나 세워보는 것이었다.

자신들의 공통된 꿈을 위해 투자한 시간만 벌써 십 년째였다. 그들은 각기 무림의 이름난 표국에 몸담은 채 실력을 다듬으며 착실히 돈을 모았다.

아무리 바쁘고 예측하기 힘든 표국 생활이라도 그들은 반드시 일 년에 한 번씩은 얼굴을 맞대고 우애를 다졌다.

이번 모임은 그들의 맏형인 남천검(南天劍) 장죽산이 있는 난주에서 갖게 되었다.

일 년 만에 만난 사형제의 질펀한 술잔치로 유운루의 이층은 시끌벅

적했다.

"둘째는 지난번 표행에서 곤욕을 치렀다면서?"

남해표국의 표두로 일하고 있는 포안도(暴雁刀) 마건이 머리를 절레절레 저으며 대답했다.

"말도 마슈. 월수산에서 괴한의 습격을 받아 표사를 넷이나 잃었소. 어찌나 분하던지 표물도 제쳐 놓고 놈들을 따라갔지 뭐요."

"그래서, 괴수는 잡았소?"

막내인 비성객(飛星客) 사문소가 물었다.

"아암! 잡고말고! 월수산을 이 잡듯이 뒤져서 열흘 만에 잡아냈지. 내 손으로 직접 사지를 비틀어 버렸는걸?"

"목숨은 하나뿐이니까 대신 사지를 비튼 거요?"

"그럼! 내 수하 넷을 죽였으니 그놈도 뭐든 네 개는 내놔야 계산이 맞지."

"킥킥킥. 그놈도 참 재수가 없네. 하필이면 둘째 형님을 건드려서. 원래 형님이 빚지고는 못사는 사람 아니오?"

사문소의 말에 마건이 흥겹게 맞장구쳤다.

"그럼! 이번에도 이자까지 쳐서 돌려줬어. 사지를 비튼 건 네 명의 목숨 값이고, 이자로 그놈의 목숨까지 끊어버렸으니까."

"푸하하핫!"

한바탕 웃음을 터뜨린 후에 남천검 장죽산이 물었다.

"표국에서 질책을 받진 않았고?"

"운이 좋았는지 남은 표사들이 표물을 잘 지켜내서 조용히 넘어갔소. 다음에도 또 그런 일이 생기면 그냥 두지 않겠다고는 하더구만."

"남해표국도 참 사람이 없는가 보네. 형님 같은 사람을 그냥 두고."

사문소의 농담에 마건이 눈을 부라렸다.

"이런 싸가지없는 놈! 네놈 팔목도 비틀어줄까?"

"싫소! 그럼 마누라 엉덩이는 어떻게 쓰다듬으라고?"

"장가도 못 간 놈이 벌써부터 마누라 엉덩이 걱정을 하냐?"

"푸하하핫!"

세 명이 일제히 호탕한 웃음을 터뜨렸다.

"항상 이렇게 같이 지내면 좋을 텐데……."

막내 사문소가 술잔을 들이키며 아쉬움 묻은 목소리로 말했다.

"모두 노력하고 있으니까 곧 그런 날이 오겠지."

장죽산이 사문소의 빈 잔에 술을 채워줬다.

그때, 그들을 향해 다급하게 달려오는 노인이 있었다. 얼마나 급하게 달려왔는지 노인은 땀으로 범벅이 된 얼굴로 숨을 헐떡거렸다.

"당신은 조금 전 젊은 여인과 함께 있던 그 노인 아니오? 주책없이 주물떡거리던 아리따운 소저는 어쩌고 혼자 이 골골로 다시 온 거요?"

사문소가 비아냥거리듯 말했다.

어린 시절, 자신이 연모하던 여인을 돈 많은 상인의 첩으로 빼앗긴 경험이 있는 사문소는 젊은 여인을 차지한 늙은 사내만 보면 억울한 생각이 들었다. 그래서 눈앞의 노인을 보는 시선에도 노골적인 적의가 담겨 있었다.

노인은 여전히 숨을 헐떡거리며 얼굴 가득 붙어 있던 은색 수염을 잡아뗐다. 그러자 보송보송한 피부의 어린 소년의 얼굴이 드러났다.

"뭐야? 이거 비린내도 가시지 않은 어린애였잖아!"

사문소가 의외라는 듯 눈을 부라리며 말했다.

어린애라는 말은 동악이 가장 싫어하는 말이지만 지금은 그런 걸 따질 상황이 아니었다.

"사정이 있어 잠시 변장을 한 거였습니다. 같이 있던 여인은 제 누이구요."

"쳇! 팔자 좋은 영감인 줄 알았더니 정반대구만. 팔자 사나운 꼬마였어. 한데 우리에겐 무슨 볼일이냐?"

"혹시 시간이 있으시면 저와 거래를 할 생각이 없는지요?"

"거래라니?"

맏형 장죽산이 흥미로운 표정으로 물었다. 동악은 그들 옆의 빈자리에 넙죽 앉으며 일단 숨부터 돌렸다.

상대가 흥미를 보였으니 이젠 협상을 할 차례인 것이다.

"사실은 제 누이가 납치를 당했습니다. 만약 여러분이 제 누이를 구해주신다면 후한 사례를 하겠습니다."

동악의 말에 성질 급한 둘째 마건이 코웃음을 쳤다.

"무슨 사정이 있는지는 모르겠지만 우리도 오랜만에 회포를 푸는 중이다. 네 일로 흥을 깰 마음은 없으니 다른 데서 알아보거라."

"황금 열 냥인데두요?"

"푸후훗. 물론 황금 열 냥이라면 큰돈이지만 우리의 흥을 깰 정도는 아닌 것 같구나."

"그럼 황금 스무 냥이면 움직이시겠습니까?"

"글쎄다……."

마건이 어깨를 찡긋거리며 의형제들을 돌아봤다.

황금 스무 냥이면 아담한 장원 한 채 정도는 장만할 수 있는 거금이었다. 세 명이 모여 작은 표국이라도 하나 세워보는 것이 희망인 그들로선 당연히 흥미가 동했다. 세 명이 서로 눈빛을 교환하며 의견을 나누자 동악이 쐐기를 박듯 말했다.

"좋습니다. 일 인당 열 냥씩, 서른 냥! 더 이상은 곤란해요!"

"황금 서른 냥이라면 우리 광동삼웅을 움직일 만하지. 안 그렇수?"

"크흐흐, 그렇지. 그 정도라면 우리가 움직여도 체면이 서는 금액이지."

마건이 흔쾌히 대답하며 장죽산을 쳐다봤다. 그러자 장죽산도 조용히 미소를 지으며 말했다.

"이 참에 난주에 자리를 잡을 수도 있겠군."

장죽산까지 동의를 하고 나자 마건은 환한 얼굴로 동악에게 물었다.

"그래, 도대체 누가 네 누이를 납치해 간 거냐?"

동악이 입술에 침을 바르며 대답했다.

"아까 일층에 앉아 있던 남자요. 영락없는 서생처럼 보였는데 사실은 무림인이었나 봐요."

"무림인?"

장죽산이 턱수염을 쓰다듬으며 조금 전 보았던 백면서생의 얼굴을 되새겨 봤다.

"서생처럼 유약해 보이는 얼굴에 환한 미소……?"

잠시 생각하던 사문소가 눈살을 찌푸리며 동악에게 물었다.

"혹시 그 사람이 웃으며 지공(指功)을 쓰지는 않았냐?"

"지공이라니요?"

"손가락을 사용하는 무공 말이다."

"그건 모르겠지만 하여튼 누님의 단검을 손으로 잡긴 했어요. 계속 웃었던 것도 맞고. 아는 놈이에요?"

장죽산이 얼굴을 찡그리며 아우들을 쳐다봤다. 마건이 눈빛을 굳히며 조심스럽게 물었다.

"혹시 형님이 생각하는 사람이……."

"그렇다. 소안살귀."

장죽산의 짤막한 대답에 마건이 한숨 쉬듯 한마디 덧붙였다.

"지독한 놈에게 걸렸군."

동악은 바싹바싹 말라가는 입술을 침으로 적시며 물었다.

"왜요? 소안살귀가 누군데요?"

"별호 그대로 웃으면서 사람을 죽이는 지독한 놈이지. 주로 호북성 일대에서 활동하는 놈인데 여기까지 온 걸 보니 네 누이가 꽤나 탐났던가 보구나."

"그래도 여러분이라면 구해주실 수 있죠?"

동악의 눈에는 당연히 이 사람들이 더 강한 걸로 보였다. 생긴 것도 훨씬 험악하고 인원도 세 명이나 되지 않는가.

하지만 장죽산은 선뜻 대답하지 못한 채 턱수염을 쓰다듬으며 잠시 고민에 잠겼다.

"소안살귀라면 우리 광동삼웅이 함께 덤벼도 쉬운 상대는 아니야. 황금 삼십 냥 때문에 위험을 자초하기엔……."

그의 말이 이어지기도 전에 동악이 그의 얼굴 앞에 쭉 다섯 손가락을 내밀었다.

"오십 냥! 황금 오십 냥이오! 그럼 되겠지요?"

"꼬마야, 너 돈은 있어서 큰소리치는 거냐?"

동악은 입술을 잘근 씹으며 품속에서 청옥소안불상을 꺼냈다.

"시전 뒤편의 조평지라는 장물아비에게 황금 오십 냥을 받고 팔기로 했었어요. 급하게 처분하느라 황금 오십 냥만 받기로 했지만, 큰 도시에 나가면 황금 백 냥은 받을 수 있을걸요?"

장죽산이 청옥소안불상을 들고 꼼꼼히 살폈다.

서당개 삼 년이면 풍월을 읊는다고, 그도 표국 생활 십여 년 동안 보물을 보는 안목은 제법 있었다.

조용히 불상을 살피던 장죽산이 머리를 저으며 말했다.

"이 아이의 말은 틀렸구나."

"……."

마건과 사문소의 얼굴이 일제히 찌푸려졌다. 장죽산이 이어서 말했다.

"이건 값으로 따질 수 없는 보물이다. 나 같으면 황금 백 냥에도 이 불상을 넘기진 않겠다."

"뭐야? 그럼……?"

사문소가 눈빛을 빛내며 장죽산의 얼굴을 쳐다봤다. 장죽산도 다소 상기된 표정으로 그를 향해 말했다.

"이거 하나면 우리 삼 형제의 오랜 꿈을 이룰 수 있을 것 같구나."

성질 급한 마건이 대뜸 장죽산의 손에 있는 불상을 빼앗아 들며 힘차게 말했다.

"목숨을 걸 만한 가치가 있겠군. 좋다, 이번 거래는 성립되었다."

마건이 불상을 챙기려 하자 동악은 재빨리 그의 손에서 불상을 낚아챘다.

"불상은 누님을 구한 다음에 드리겠습니다."

불상부터 넘겼다가 그들이 불상만 들고 튀면 어쩌겠는가. 자신이 살아온 방식이 그렇다 보니 남에게도 똑같은 의심을 품을 수밖에 없었다. 게다가 그들이 반드시 성공한다는 보장도 없지 않은가.

"우리를 믿지 못하는 거냐?"

마건이 다소 불쾌한 듯 얼굴을 찌푸리며 말했다.

"그건 아니지만 상황이 상황이고, 보물이 보물인지라……."

"우리 광동삼웅은 한번 한 약속은 반드시 지킨다!"

"예, 그러시겠지요. 저도 제가 한 약속은 반드시 지킵니다. 누님을 구해주시면 이 불상은 틀림없이 넘겨 드리겠습니다."

동악은 그가 낚아채기라도 할 새라 재빨리 불상을 가슴 깊숙이 꼭꼭 밀어 넣었다. 상황이야 좀 더 두고 봐야 알 거 아닌가.

사실, 그들이 사예랑을 구해줘도 불상을 넘겨주기는 싫었다. 급한 김에 말을 내뱉었지만 어떻게 이 귀한 불상을 통째로 넘겨주겠는가. 그들 입으로 황금 백 냥도 넘을 보물이라고 했는데.

상황을 봐서 줬다 뺏으면 된다. 사예랑의 전직이 소매치기 아닌가. 일단 사예랑만 구해내면 불상을 되찾을 방법은 얼마든지 있을 게다. 사예랑만 구해내면…….

소안살귀의 강행군은 밤늦도록 계속되었다.

어려서부터 저잣거리를 떠돌며 소매치기로 거칠게 살아온 사예랑이지만 그렇다고 사내의, 그것도 무공을 익힌 사내의 체력을 따라잡을 수는 없었다.

결국 사예랑은 어두운 밤길에 쓰러지듯 넘어지고 말았다. 그제야 소안살귀의 걸음도 멎었다.

"여러모로 쓸모없는 계집이군."

퉁명스럽게 말하며 그는 넘어진 사예랑을 으슥한 숲 속으로 끌고 들어갔다. 사예랑의 가슴이 세차게 요동쳤다. 남자가 여자를 으슥한 곳으로 끌고 가는 이유야 뻔하지 않겠는가. 죽을지도 모를 길에 끌려가는 것도 서러워 죽겠는데 봉변까지 당할 상황인 것이다.

'어차피 죽을 거라면 네놈 좋은 일은 죽어도 안 시켜줄 테다!'

힘은 없어도 깡이라면 자신있는 그녀였다. 사예랑은 발로 걷어차고 머리통을 잡아 흔들며 발악을 했다.

화를 낼 것 같던 소안살귀가 느닷없이 피식 웃었다. 싸늘한 달빛 아래 미소를 짓고 있는 그의 얼굴은 더없이 차갑고 냉정해 보였다.

사예랑은 숨이 턱 막히는 기분이었다.

"웃기는 계집이군. 내가 겁탈이라도 할까 봐 이 난리를 치는 거냐?"

"……"

여전히 아혈이 제압당한 상태라 말도 하지 못하고 커다란 눈망울만 꿈뻑거렸다.

"얌전히 있으면 나도 괴롭히지 않겠다."

사예랑이 확인이라도 하듯 눈을 더욱 크게 치켜뜨며 그를 노려봤다.

소안살귀는 대꾸할 필요도 느끼지 못했는지 그대로 사예랑의 옆에 자리를 잡고 앉을 뿐이었다.

사예랑은 안도의 한숨을 내쉬는 한편으로 약간 불쾌한 기분도 들었다. 그래도 자신 같은 미녀와 달밤에 둘이 있으면 사내로서의 뭔가가 동해야 정상 아닌가? 마치 돌덩이를 옆에 둔 듯 무표정한 그를 보고 있자니 사예랑은 자존심까지 상했다.

사람은 이래서 환경이 중요한 거다.

틈만 나면 치근덕거리던 현각이나 동악만 보고 살았으니 사내란 무조건 다 그런 줄로만 알았다. 그리고 그런 눈길, 그런 유혹을 받는 것이 미인의 당연한 업보(?)라고 생각하며 산 사예랑이다.

'내가 그렇게 매력없는 여자는 아닐 테니 저놈이 뭔가 이상이 있는 걸 거야.'

사예랑은 새침하게 머리를 돌렸다.

오늘따라 달빛마저 구름에 가려 어둡고 괴괴하기만 한 밤의 적막이 두 사람을 감쌌다.

'그냥 이대로 끌려가야 하는 건가?'

사예랑의 입에서 절로 한숨이 흘렀다.

거리의 거친 사내들 틈에서 지금까지 살아온 그녀다. 그녀가 조금만 나약하고 연약했어도 차라리 기녀가 되어 기루의 따뜻한 지붕 아래로 들어갔을 것이다.

하지만 그녀는 혼자서 거리의 삶을 견뎌냈다.

일주일 동안 물만으로 연명한 적도 있고, 지독한 겨울의 한파를 거리에서 견뎌낸 적도 있었다. 현각을 찾겠다는 일념으로 여기까지 와 있는 것만 보아도 알 수 있듯 포기하고 체념하는 건 그녀와 어울리지 않는 일이었다.

사예랑은 어둠 속에서 눈을 빛내며 주변을 훑어봤다.

혹시 동악이 쫓아오지는 않았는지 아니면 어디 도망갈 길이나 방법은 없을지 살펴보는 것이다. 하지만 지독한 어둠과 숲의 그림자뿐, 아무것도 보이지 않았다.

'휴우……'

사예랑이 마음속으로 한숨을 쉬며 힘없이 눈을 감았다. 그녀는 어둠과 절망에 갇혀 버렸지만 그녀를 감싸고 있는 숲은 변함없는 생명력을 내뿜고 있었다.

먼 산에서 들려오는 늑대들의 사나운 울음소리에서 밤을 맞은 부엉

이의 경쾌한 울음소리까지…….

눈은 어둠에 가려졌지만 귀는 어둠 속에서 더욱 활짝 열린 것이다.

무심히 숲의 소리에 귀 기울이고 있던 사예랑이 아랫입술을 살짝 깨물었다. 숲의 소음 속에 반가운 소리가 섞여 있었다. 처음엔 풀벌레 소리처럼 시끄러운 소음이었는데 정신을 집중하고 들어보니 그것은 반갑게도 물소리였다.

근처 어딘가에 계곡이 흐르고 있는 것이다.

'혹시 저 계곡 쪽으로 가면 도망갈 방법이 있을지도 모르는데…….'

그냥 숲으로 도망친다는 것은 무의미한 일이었다. 지난 몇 개월간의 여정이 여실히 증명하지 않았는가. 무림인들은 마치 냄새라도 맡듯 귀신처럼 그들을 추적해 왔었다. 결국 이렇게 꼬리를 잡혀 끌려가는 꼴이 되었고.

'물이야. 도망갈 곳은 물밖에 없어.'

마침 근처에 계곡까지 있으니 사람이 완전히 죽으란 법은 없는 모양이다. 문제는 소안살귀를 따돌리고 계곡까지 갈 방법이 없다는 점이었다.

'뭔가 방법이 있을 거야. 호랑이한테 물려가도 정신만 차리면 산댔잖아?'

사예랑은 입술을 잘근잘근 깨물며 머리를 굴렸다.

그때였다.

소안살귀가 갑자기 눈빛을 굳히며 벌떡 일어났다. 동시에 숲의 적막을 깨며 두 명의 사내가 그들 앞에 나타났다.

"후후훗. 여기서 다시 만나게 되었구려."

턱수염을 기른 험악한 인상의 사내가 여유롭게 웃으며 말했다.

그들은 사예랑도 본 기억이 있는 사람이었다. 바로 오늘 낮, 유운루에서 그녀의 가슴을 철렁 내려앉게 만든 그 무림인들인 것이다.

"광동삼웅."

소안살귀의 눈이 마치 야수의 그것처럼 날카롭게 번뜩였다. 그 순간, 그의 하얀 손에서 눈부신 광채가 쏘아져 나왔다.

광동삼웅은 전혀 예상치 못한 그의 기습에 화들짝 놀라며 뒤로 물러섰다. 하지만 전면에서 그의 기습을 받은 마건은 어깨가 관통당하는 부상을 입고 말았다.

단 일 초였다.

아무리 기습이었다고는 하나 소안살귀는 단 한 번의 출수로 두 사람을 뒤로 물러서게 만든 것은 물론, 그중 한 명에게는 치명적인 상처까지 입힌 것이다.

두 사람에게 둘러싸인 소안살귀는 차갑게 웃고 있지만 광동삼웅의 얼굴에는 웃음이 완전히 사라졌다. 그는 자신들이 예상한 것보다 훨씬 고수였던 것이다.

마건의 얼굴이 험악하게 일그러졌다.

"감히 내 어깨에서 피를 보았으니 네놈의 목숨으로 대가를 받아낼 테다!"

마건이 험악한 기세만큼이나 살벌한 안령도(雁翎刀)를 뽑아 들며 소안살귀를 향해 쇄도했다. 기러기 날개처럼 호선을 그리고 있는 안령도가 소안살귀의 목을 절단할 듯 매섭게 휘둘러졌다.

파파곽!

월광마저 가르는 차가운 도기가 밤하늘에 뿌려졌다.

소안살귀가 뱀처럼 몸을 비틀어 그의 도를 피하며 동시에 금침지(金

針指)의 수법으로 마건의 손목을 찍어왔다.

"앗!"

금침지는 그리 위력적이지 않은 지법이지만 수비를 곧장 공격으로 전환시킨 그의 절묘한 운용 때문에 마건은 화급히 도를 거둬들여야 했다.

소안살귀는 틈을 주지 않고 유성추월(流星追月)의 신법을 운용하며 마건을 향해 손을 내질렀다. 찍어오는 것은 손이지만 마건은 마치 열 개의 단검이 날아오는 것 같은 예기에 움찔했다. 정상적인 몸이라면 정면으로 부딪쳤겠지만 부상당한 어깨로 막기에는 역부족이었다.

그 순간 장죽산이 풍차처럼 검을 휘두르며 두 사람의 사이에 끼어들었다. 장죽산의 검은 아슬하게 소안살귀의 손으로부터 마건을 지켜냈다.

"훗!"

소안살귀는 가소롭다는 듯 냉소를 짓더니 갑자기 장죽산의 머리 위로 몸을 날려 부상당한 마건을 덮쳐 왔다. 섬전 같은 움직임에, 벼락같은 지풍이 마건의 미간을 향해 쏘아졌다.

장죽산의 등 뒤에서 한숨을 돌리고 있던 마건은 소안살구의 느닷없는 공격 앞에 또 한 번 무방비로 노출되고 말았다. 더욱이 소안살귀의 섬전 같은 공격을 감당하기에 그의 무기인 안령도는 너무 무겁고 육중했다. 미처 방비할 틈도 없이 소안살귀의 싸늘한 미소가 마건의 동공 가득 채워지는 순간이었다.

휙!

밤하늘에서 떨어지는 유성처럼 한 자루의 단검이 소안살귀를 향해 날아왔다.

비성객 사문소였다.

사문소는 삼 형제 중 나이는 제일 어리지만 내공에 있어서는 가장 높은 성취를 이룬 상태였다. 그의 특기는 단검으로 펼쳐 내는 비성음도(飛星淫到)라는 암기술로, 소안살귀도 무시하지 못할 위력이 담겨 있었다.

소안살귀는 재빨리 지풍의 방향을 바꿔 단검을 쳐냈다. 손가락 두 개만한 작고 가느다란 단검이 그의 지풍에 휩쓸려 낙엽처럼 바닥에 떨어졌다.

그사이 자세를 정비한 마건이 분노 가득한 안령도를 휘둘렀다.

"감히 날 두 번이나 농락했겠다? 반드시 네놈의 피로 그 대가를 받아낼 테다!"

마건이 어깨의 부상도 아랑곳하지 않은 채 맹렬하게 도를 휘둘렀다.

쿠악!

아름드리 거목도 단번에 양단해 버릴 듯한 강렬한 도기에 소안살귀도 재빨리 급류용퇴의 신법을 운용하며 뒤로 홀쩍 물러섰다.

마건의 맹렬한 공격은 허무하게 허공을 가르며 땅속 깊이 박혀 버렸다. 어깨의 부상 때문에 마음먹은 대로 안령도가 움직여 주지 않은 것이다.

자기 분을 이기지 못한 마건이 '으드득!' 소리가 나도록 이를 갈았다.

그의 분을 대신 풀어주는 것은 비성객 사문소였다. 또다시 어둠 속의 허공에서 유성 같은 빛살이 뿌려진 것이다.

이번에는 네 자루가 연속적으로 소안살귀의 전신을 휘덮으며 날아들었다.

그는 지금 나무 위라는 위치의 유리함을 점한 데다, 어둠까지 방패 삼고 있어 소안살귀에게는 가장 위협적인 존재였다.

사문소의 가세로 국면은 순식간에 전환되었다.

소안살귀가 급급히 단검을 쳐내는 동안 전열을 정비한 장죽산과 마건이 동시에 그를 향해 공격을 시작한 것이다. 그들 개개인의 무공은 대단치 않지만 한마음으로 뭉친 두 사람의 합공은 실력 이상의 위력을 떨치고 있었다.

두 사람의 합공은 점점 매서워지는 데 반해 소안살귀의 공격은 점점 예리함을 잃어갔다. 더욱이 그는 언제 어디서 날아올지 모를 암기까지 경계해야 하는 입장이었다. 그의 얼굴에 더 이상 미소는 남아 있지 않았다.

다소 유리한 위치를 점하고 있기는 하지만 광동삼웅의 처지도 그리 편하지만은 않았다. 다친 어깨로 무리하게 공격을 하고 있는 마건의 한쪽 팔은 완전히 피로 물들어 있었다. 소맷자락를 흥건하게 적신 피는 그의 도를 따라 바닥으로 뚝뚝 떨어지고 있었다. 빨리 출혈을 막지 않으면 치명적인 부상으로 이어질 수도 있는 상태였다.

하지만 그가 빠지면 전세는 금방 뒤집혀질 것이다. 아무리 사문소의 단검이 있다 해도 소안살귀는 장죽산 혼자 감당하기엔 벅찬 인물이었다.

광동삼웅도, 소안살귀도 결코 물러설 수 없는 치열한 공방전이 이어졌다.

"내가 광동삼웅을 과소평가했구려."

싸늘하게 굳어 있던 소안살귀의 얼굴에 느닷없이 환한 미소가 걸렸다. 아마도 화해를 제안할 모양이다.

광동삼웅에게도 최선의 상황은 자존심을 다치지 않은 채 이 싸움을 끝내는 것이었다. 마침 소안살귀가 은근슬쩍 화해를 제의해 오자 장죽산이 재빨리 대답했다.

"이제야 알았나? 지금이라도 늦지 않았으니 그만 물러서시게!"

"그러지요."

소안살귀가 손을 멈추며 순순히 뒤로 물러섰다.

장죽산 역시 주저하지 않고 손을 멈췄다. 하지만 마건은 여전히 분이 풀리지 않은 듯 씩씩거리며 공격을 멈추려 하지 않았다.

장죽산이 그런 마건을 향해 조용히 전음을 날렸다.

"이 자리에서 죽을 작정이냐? 설욕전을 할 기회는 얼마든지 있어. 하지만 팔을 잃게 된다면 영영 기회는 오지 않아!"

마건의 상처는 그 부위에 비해 출혈이 너무 심했다. 아마도 혈관이 관통당한 모양인데, 이대로 출혈을 방치한다면 정말 심각한 상황을 초래할 수도 있었다.

마건도 알고 있었다, 이대로 계속 무공을 쓰려 하다간 영영 팔을 잃을지도 모른다는 사실을. 상처를 입은 부위가 다른 곳이었다면 끝까지 포기하지 않았겠지만 팔은 달랐다. 팔을 잃은 무인은 이미 죽은 것과 마찬가지 아닌가.

마건이 부르르 떨며 서서히 무기를 내려놓았다.

"언젠가는 내 손으로 네놈을 죽일 테다."

"후훗, 실력만 된다면 언제든 도전을 받아드리지요."

"……!"

마건의 어깨가 다시 움찔했다. 장죽산이 재빨리 그의 앞을 막아섰다.

소안살귀도 더 이상의 시비에 휘말리고 싶지 않은 듯 몸을 돌렸다. 그러다 문득 생각난 듯 허공을 향해 말했다.

"설마 돌아서는 사람에게 암기를 날리지는 않겠지요?"

그러자 동쪽 나무 위에 숨어 있던 사문소가 옷자락을 휘날리며 날렵하게 바닥으로 내려섰다.

"이제 됐소?"

소안살귀는 가벼운 포권으로 대답을 대신하며 깊은 숲 속의 어둠 속으로 사라졌다.

그가 너무 쉽게 물러선 것이 의외긴 하나 당장 더 급한 것은 마건의 어깨였다.

"괜찮겠냐?"

장죽산이 지혈을 해주며 걱정스럽게 물었다.

"팔 다친 게 뭐 대수겠소? 내 자존심이 무너진 게 더 고통스럽소."

"명성이라는 게 괜히 얻어지는 거냐? 그만한 실력이 있으니 소안살귀라는 명성도 얻었겠지. 너무 마음에 담아두지 말거라."

"……."

"나한테 금창약이 있으니 우선 이거라도 바릅시다."

사문소가 작은 약함을 꺼내 마건의 다친 어깨에 정성스럽게 발라줬다. 그사이 장죽산은 옷자락을 찢어 그의 어깨를 감쌀 붕대를 만들었다.

두 사람이 분주하게 마건의 다친 어깨를 치료하고 있는 동안 동악이 숲 사이로 슬쩍 얼굴을 내밀었다. 남아 있는 사람이 광동삼웅임을 확인하자 그제야 환한 얼굴로 공터에 들어섰다.

"휴우, 소리만 들으면서도 얼마나 무서웠던지……. 진짜 대단하십니다."

"이만하게 끝났으니 천만다행이지. 사실 우리의 실력으로는 그의 상대가 되지 못하더구나."

"그래도 이겼잖아요. 그러니까 그놈이 도망간 거겠죠."

동악의 말에 사문소가 머리를 갸웃하며 장죽산을 향해 물었다.

"아무래도 좀 이상하지 않아요? 사실 시간을 끌수록 더 유리한 건 그놈이었는데 왜 갑자기 물러섰을까요?"

"글쎄다……."

그들의 대화에 아랑곳없이 동악은 환한 얼굴로 어둠 속의 숲을 향해 속삭이듯 외쳤다.

"누님, 누님, 어딨어? 다 끝났으니까 이리 나와. 누님!"

어둠 속에 숨어 떨고 있던 그녀가 자신의 목소리를 들으면 얼마나 감동하겠는가. 동악은 자신의 품 안으로 달려들 그녀를 위해 팔까지 쫙 펼친 채 다시 외쳤다.

"내가 왔어. 사랑하는 누님을 구하려고 이 아우가 달려왔다고!"

어둠 속에 그의 목소리가 쩌렁쩌렁하게 울려 퍼졌다.

하지만 대답도 없고 움직이는 사람도 없었다.

"누님! 누님―!"

동악의 목소리가 점점 커졌다. 여전히 사예랑의 화답은 없었다.

"어……?"

사문소가 당황한 얼굴로 주변을 두리번거렸다.

그들이 처음 여기에 올 때만 해도 사예랑은 분명히 소안살귀의 옆에 누워 있었다. 한데 지금은 보이지 않았다.

동악이 멍한 얼굴로 광동삼웅을 쳐다봤다.

"누님에게… 구하러 온 거라고 말하지 않았어요?"

"그게……."

그러고 보니 아무도 그런 말을 해주지 않았었다.

"이런 젠장! 그 말을 했어야죠! 그냥 무턱대고 싸움질부터 하면 당신들이 왜 나타난 건지 어떻게 알아요!"

동악이 발을 동동 구르며 버럭 소리를 질렀다.

그제야 그들은 소안살귀가 느닷없이 물러선 이유를 알 수 있었다.

사예랑이 혼전을 틈타 도망쳐 버린 것이다. 소안살귀는 그녀를 뒤쫓기 위해 순순히 물러선 거였고.

"이제 어쩔 거예요? 우리 누님 어떻게 찾을 거냐구요?"

동악이 울부짖듯 외쳤다.

"쳇. 재수없게 일이 꼬였군."

비성객 사문소가 불만스럽게 말했다.

"책임져요!"

"우리가 왜?"

"당신들 입으로 그랬잖아요! 광동삼웅은 한번 한 약속은 무슨 일이 있어도 지킨다고!"

"그건……."

사문소가 뭐라 변명의 말을 하기도 전에 동악이 쐐기를 박듯 외쳤다.

"당신들이 나와 한 약속은 우리 누님을 구하는 거였다구요! 소안살귀를 쫓아내는 게 아니라!"

"귀청 떨어지겠다, 이 녀석아! 걱정 말아라. 우리 광동삼웅은 허언을 하는 사람들이 아니니까. 안 그렇소, 형님?"

마건의 성급한 한마디로 그들의 다음 행동은 결정지어져 버렸다.

이 한순간의 선택이 그들의 미래를 송두리째 바꿔놓을 거라고 지금의 그들이 어찌 감히 상상이나 하겠는가.

동악과의 질긴 인연도 이제 시작일 뿐이었다.

제2장
독묘산장(毒墓山莊)

1

귀주성(貴州省) 범정산(梵淨山) 기슭에 위치한 독묘산장은 작은 규모에도 불구하고 무림에서 차지하는 위치는 결코 작지 않았다.

독묘산장의 주인이 바로 백리독향(百里毒香) 구국강이기 때문이다. 백 리 밖에서도 독향을 풍긴다는 구국강은 독공에 관한 한 천하삼대고 수 중 일인으로 꼽히는 자였다.

구국강이 익힌 패천독강(覇天毒罡)은 천 가지 독을 복용하고, 만 가지 독에 몸을 담그며 수련하는 절정의 독공이었다.

패천독강을 극성으로 연마하면 완벽한 독인이 되어 만독불침의 경지를 이룰 수 있다고 한다. 하지만 긴 세월에도 패천독강을 극성까지 이룬 인물은 없었다.

패천독강을 극성으로 연마하려면 독물뿐 아니라 칠엽연국화(七葉蓮

菊花)나 금은초(金銀草) 같은 영약이 필요한데, 그것은 단지 돈과 시간만으로 구할 수 있는 보물이 아니었다. 백리독향 역시 그런 영약을 구하는 데 어려움을 느껴 더 이상의 진전을 이루지 못한 채 답답한 세월을 보내던 중이었다.

절정의 무공비급을 얻기 위해 목숨까지 내던지는 것이 무림인의 생리이듯, 백리독향은 패천독강의 완성을 이룰 수 있는 독물만 얻을 수 있다면 어떤 대가든 치를 각오가 되어 있는 사람이었다.

그는 흥미로운 표정으로 장승운의 서찰을 읽어 내려갔다.

강시처럼 검푸른 얼굴이 숨을 쉴 때마다 호흡 속에 독기운이 묻어 나왔다.

백리독향과 마주 앉아 있는 장면은 그의 독기운에 맞서기 위해 호흡조차 아끼며 내공을 운용했다.

긴 서찰을 다 읽고 난 백리독향의 검푸른 눈이 장면을 응시했다.

"이 서찰에 쓰여 있는 내용을 아느냐?"

"짐작은 하고 있습니다."

"짐작을 하면서도 여기까지 왔다는 것이냐?"

백리독향이 다소 의외라는 듯 눈을 치켜떴다. 장면은 아무 표정 없이 담담히 대답했다.

"어르신과 아버님을 믿습니다."

"믿는다? 무엇을 믿는다는 것이냐?"

"어르신의 능력이라면 아버님의 뜻을 이룰 수 있을 테고, 뜻을 이룬 아버님은 어르신이 원하시는 것을 반드시 구해 드릴 것입니다."

장승운이 백리독향 구국강과 거래할 수 있는 조건이야 한 가지뿐이었다. 그의 손을 빌려 현각을 제압하고 대신 자신의 능력으로 패천독강의 연성에 필요한 영약을 구해주는 것.

하지만 백리독향은 사람을 쉽게 믿고 신뢰하는 사람이 아니었다. 게다가 절정고수로서의 오만함은 다른 문파의 일에 개입하는 것을 달가워하지 않을 것이다.

장승운이 그런 것에 대한 대비를 하지 않았을 리 없었다.

백리독향이 독에 찌든 검은 이빨을 드러내며 음산하게 웃었다.

<u>스스슷.</u>

그의 손에서 장승운의 서찰이 한 줌의 독물이 되어 순식간에 녹아 사라졌다.

"크흐흐. 원래 영리한 아이들이 자기 꾀에 잘 넘어가는 법이지."

"……."

장면은 여전히 무표정하게 머리를 떨구고 있었지만 그도 알고 있었다. 장승운의 서찰 속에는 거래를 위한 조건으로 자신도 포함되어 있을 거라는 사실을. 그렇지 않다면 백리독향 같은 고수가 무엇을 믿고 선뜻 천도문까지 가겠는가.

아들을 인질로 보냈으니 천하의 오만하고 괴팍한 백리독향의 마음도 움직인 것일 게다.

"초대를 받았으니 가는 게 도리겠지."

"감사합니다. 아버님께서 크게 기뻐하실 겁니다."

장면은 담담히 대답했다.

백리독향이 떠난 독묘산장에 있는 사람은 백리독향의 네 명의 제자와 장면뿐이었다.

항상 독향이 뿜어져 나오는 곳이고 그중 상당수가 치명적인 독이기 때문에 세인들은 감히 접근할 생각조차 하지 않았다.

독묘산장은 원하기만 한다면 공기 중에 독향을 풀어서도 상대를 중독시킬 수 있었다. 장면의 처지가 비록 인질이기는 하지만 아무도 그를 감시하거나 주목하지 않는 이유도 그것이었다.

장면은 자신도 모르는 사이 이미 어떤 독인가에 중독되어 있을 것이다. 공기 중에 뿌려진 독일 수도 있고, 그가 먹은 음식 어딘가에 들어 있는 독이었을 수도 있다. 진실은 오로지 백리독향만 알고 있을 것이다.

하지만 장면은 아무런 내색도 하지 않고 그들이 주는 음식을 먹고 그들과 같은 공간에서 더불어 숨 쉬며 생활했다.

백리독향의 제자들은 하루 종일 독초를 캐러 다니고 독물을 제조하느라 쉴 틈 없이 움직였다.

하릴없이 좁은 방 안에 앉아 있던 장면이 처음으로 백리독향의 제자에게 말을 건넸다. 백리독향이 독묘산장을 떠난 지 이틀째 되던 날이었다.

"산장에만 있으려니 좀 답답하군요. 잠깐 산보를 해도 되겠습니까?"

"그러세요. 이 근처엔 독초와 독사가 많으니 멀리 가지 않으시는 게 좋을 겁니다."

백리독향의 대제자인 월동의 말에 장면이 말없이 살짝 웃었다.

그의 말은 이미 자신이 독에 중독된 상태이니 멀리 가지 말라는 뜻의 완곡한 표현임을 알기 때문이다.

"명심하지요."

장면은 어깨를 으쓱하며 태연히 독묘산장을 나섰다.

하지만 그는 이곳으로 돌아오지 않을 작정이다. 그의 몸이 나선 곳은 독묘산장이지만 그의 마음이 떠나는 곳은 천도문이었다. 독묘산장을 나서는 이 걸음이 바로 아버님과 인연을 끊는 첫걸음이니까.

'절 보내서 백리독향을 얻으려 하셨다니, 절 너무 과소평가하셨군요.'

그는 처음부터 독묘산장에 눌러앉을 생각 따윈 해본 적도 없었다.

여기서 천도문까지는 오 일의 거리. 백리독향은 천도문에 도착하기도 전에 자신이 사라진 사실을 알게 될 것이다. 그는 장승운이 자신을 농락했다 여길 것이고, 그 분노가 어떻게 표출될지는 아무도 짐작할 수 없었다.

한 가지 분명한 것은 그가 절대로 장승운의 친구가 되지는 않을 거란 사실이다.

'그는 아버님의 벗이 아니라 적이 되어 나타날 겁니다. 후후훗.'

백리독향이 벗이 된다면 엄청난 힘이 되겠지만, 반대로 적이 된다면 장승운에게도 엄청난 부담이 될 것이다. 장면은 당연히 후자를 원했다.

장천이 승리해야, 아니, 현각이란 녀석이 승리해야 자신이 원하던 기회가 올 게 아닌가.

아들을 사지로 보내는 아버지, 그런 아버지를 누르고 권좌를 차지하고 싶은 아들.

두 사람에게 부자의 연은 처음부터 어울리지 않았다.

독묘산장과 멀찍이 떨어진 인적 없는 숲에 다다른 장면은 품속에서 작은 옥함을 꺼내 들었다. 옥함을 열자 눈이 시리도록 투명한 빛을 내는 작은 환단이 나왔다.

이 환단이 바로 무림의 삼대영약 중 하나라는 흑란곡의 빙설환이었다. 원래는 장승운과 흑란곡에 시비를 붙이기 위해 훔쳐 낸 것이었다. 하지만 현각이 느닷없이 흑란곡으로 가는 바람에 무산돼 버렸다.

빙설환은 여전히 그의 손에 남아 있었고, 덕분에 그는 미련없이 독묘산장을 나설 수 있었던 것이다.

"제가 아무런 준비도 없이 예까지 왔을 리 없지 않습니까?"

독묘산장에서 자신에게 어떤 독을 썼는지는 알 수 없으나 빙설환이면 그 독기운을 씻어주고도 남을 것이다.

장면은 얼음처럼 투명한 빙설환을 미련없이 입 안으로 털어 넣었다. 그리곤 가부좌를 틀고 앉아 조용히 운기하기 시작했다.

그의 혈맥 속에 자연스럽게 흡수된 빙설환은 순식간에 장면의 체내에 쌓여 있던 탁한 독기운을 몰아내며 전신에 청량한 기운을 퍼뜨렸다.

한데 일주천한 그의 진기가 단전으로 되돌아오는 순간 뜻하지 않은 상황이 벌어졌다.

회음혈(會陰穴) 근처에서 치솟기 시작한 열기가 빙설환을 흡수한 그의 진기와 부딪치며 소용돌이치기 시작한 것이다.

장면의 안색이 돌변했다.

"화령독(火靈毒)……!"

공교롭게도 독묘산장에서 그에게 쓴 독은 화령독이라는 양독(陽毒)이었다. 화령독은 평소엔 아무런 독효도 없지만 체내에 음기가 스며들면 불 같은 독기운이 치밀었다. 그런데 단순한 음기도 아닌 절정의 음약(陰藥) 빙설환을 복용했으니 충돌이 일어나지 않을 수 없었다.

소용돌이치는 진기를 수습하지 못하면 이대로 주화입마에 들 수도 있는 상황이었다. 그는 핏물이 배어나도록 입술을 앙다물며 충돌한 두 기운을 억누르기 위해 안간힘을 다했다.

'빙설환은 최고의 영약이야. 화령독을 억누르지 못할 리 없어!'

하지만 그가 내공을 운기할수록 화령독의 열기는 더욱 커지기만 했다.

전신의 혈맥이 폭발할 것 같은 그 순간에도 장면의 생각은 멈추지 않았다.

'만약 내가 여자였다면……?'

여자는 음기가 강하니 빙설환의 약효는 더욱 컸을 테고, 반대로 화령독은 별로 힘을 쓰지 못했을 것이다. 하지만 남자인 그가 양기를 바탕으로 한 내공을 운용하니 오히려 화령독에 힘을 실어주고 있는 셈이었다.

생각과 즉시 장면은 내공의 운용을 포기했다.

빙설환의 약효만으로 화령독과 싸우게 하려는 것이다. 만약 빙설환이 화령독의 양기를 몰아내지 못하면 그는 두 번 다시 눈을 뜨지 못할 수도 있었다.

하지만 방법은 그것뿐이었다.

자신의 운명이 스스로의 의지가 아닌 운(運)에 맡겨졌다는 사실이 불안하기 이를 데 없지만 그는 자신의 운을 믿어보기로 했다.

장면이 내공 운기를 포기하자 빙설환과 화령독은 더욱 강력하게 충돌하며 그의 내부를 휩쓸기 시작했다.

"으으윽……!"

고통을 참지 못한 장면이 부르르 떨며 의식을 잃었다.

산새의 작은 지저귐도 없는 적막 속에 장면은 홀로 쓰러져 있었다.

얼마쯤 지났을까?

어디선가 희미한 소리가 들렸다. 바람 소리 같기도 하고, 사람의 발자국 소리 같기도 하다. 어쩌면 자신의 심장이 뛰는 소리인지도 모르겠다.

한바탕 폭풍이 몰아친 뒤에 남아 있는 빗줄기처럼 장면의 머리 속은 여전히 혼미했다.

아직도 무의식의 세계를 헤매는 듯한 몽롱한 의식을 일깨워 준 것은 낯선 음성이었다.

"뭐야? 설마 죽은 건 아니겠지?"

분명한 사람의 목소리가 혼몽하던 그의 의식 속으로 스며든 것이다.

'살았구나…….'

장면은 안도의 한숨을 내쉬었다. 그의 바람대로 빙설환이 화령독의 양기를 이겨낸 것이다. 비록 잠깐의 사투였을지라도 무림인에게는 생과 사를 결정지을 수도 있는 위기의 순간이었다. 장면은 그 위기의 순간을 넘어 의식의 세계로 돌아오고 있었다.

하지만 아직 안도하기에는 일렀다.

의식과 더불어 몸도 내공도 모두 제자리로 돌아온 걸 확인하는 게 순서였다.

장면은 슬며시 내공을 운기해 봤다. 그러자 긴 장마 끝에 불어난 냇물처럼 급상승한 진기가 혈맥을 따라 이동했다.

'이럴 수가!'

장면은 깜짝 놀랐다. 내공의 손실만 없어도 다행이라 여겼는데 오히려 내공이 놀라울 정도로 상승해 있는 것이다.

원래 내공이란 것은 고비를 넘기면 한 단계 상승하기 마련이다. 사도무림에서는 내공의 상승을 위해 간혹 의도적으로 양기와 음기를 충돌시키기도 했다. 목숨을 걸어야 하는 위험한 일이지만 이겨내기만 한다면 내공의 급상승을 이룰 수도 있기 때문이다.

의도한 바는 아니지만 장면은 그 위험한 싸움에서 살아남은 것이다. 덕분에 내공의 급상승이라는 기연까지 얻을 수 있었고.

전화위복(轉禍爲福)이란 바로 이런 상황을 두고 하는 말이리라. 평생을 추구해도 얻지 못하는 것을 때론 이렇게 짧은 순간에 우연히 얻기도 하는 것이 바로 인생이다. 인생이란 한 치 앞을 내다볼 수 없는 미로 속을 걷는 것과 마찬가지니까.

장면이 회심의 미소를 지으며 슬며시 눈을 떴다.

하지만 눈을 뜨는 것과 동시에 그의 미소는 싸늘한 긴장으로 변하고 말았다. 천도문의 무사 십여 명이 그를 둘러싼 채 내려다보고 있었던 것이다.

장면이 재빨리 몸을 일으켰다.

"너희들은……?"

"백호전주님의 명을 받고 왔습니다."

내당의 부당주인 광섬도(光閃刀) 우양곡이 조용히 대답했다.

"그랬군."

장면도 어느새 냉정을 되찾은 싸늘한 목소리로 말했다. 아버님이 이렇게 쉽게 자신을 놓아줄 거라고 생각한 것이 오산이었다. 장승운은 만약을 대비해 이들로 하여금 자신을 감시하게 했던 것이다.

'당연히 그러셔야죠. 이대로 끝나면 아버님께 큰 실망을 할 뻔했습니다.'

장면이 차가운 눈길로 우양곡을 응시했다. 광섬도 우양곡은 내당 당주인 백검(白劍) 석헌, 외당 당주인 잠월도 동방척과 함께 천도문의 최고수 중 한 명으로 꼽히는 사람이었다. 그가 직접 나섰다는 것은 자신의 비밀 조직인 무영대(無影隊)의 존재가 드러났다는 의미였다.

장면이 묻기 전에 우양곡이 먼저 담담히 말했다.

"무영대를 기다리지 마십시오. 그들은 이미 제거되었습니다."

"그렇겠지……. 자네가 직접 나섰으니 그렇게 되었겠지."

무영대는 개개인의 실력을 떠나 그들의 존재 자체만으로 장면에게 크게 힘이 되었던 사람들이었다. 그들은 장면의 손과 발이 되고, 눈과 귀가 되어줄 충성스런 부하들이었다. 이제 그들마저 사라졌으니 장면은 철저히 혼자였다.

더욱이 그를 가로막고 있는 사람이 광섬도 우양곡이고 보니 장면은 약간의 암담함과 막막함을 느꼈다. 쉽게 절망하는 사람은 아니지만 지금의 상황은 그에게도 어쩔 수 없는 절망감을 안겨주고 있었다.

"전주님이 원하시는 건 소전주님께서 독묘산장에 머무시는 겁니다."

우양곡의 말에 장면이 보일 듯 말 듯 피식 웃었다.

지금 돌아간다 한들 잠시 생명을 연장하는 것 외에 무슨 의미가 있겠는가. 어차피 아버님에게 등을 돌리는 순간, 그리고 독묘산장을 나서는 순간 그는 천도문으로부터 완전히 분리되어진 사람인 것을.

"나는 떠나겠네."

"막으라 하셨습니다."

우양곡이 단호하게 말했다.

"어쩔 수 없군."

장면이 검을 뽑았다.

챙!

은색 섬광이 노을을 가르며 장면과 우양곡의 사이에 놓여졌다.

우양곡 역시 조용히 도를 뽑아 들었다.

장면을 에워싸고 있던 무사들은 말없이 뒤로 물러섰다. 그들은 이 싸움에 개입할 필요도 없었다. 어차피 장면은 우양곡의 상대가 되지 못할 테니까. 그것은 내당의 무사들뿐 아니라 장면 스스로도 알고 있는 사실이었다.

야망을 가진 사내라면 때로는 물러설 줄도 알아야 한다. 하지만 장면은 물러서고 싶어도 물러설 곳이 없었다.

"하압!"

세찬 기합 소리와 함께 장면의 검이 우양곡을 향해 날아갔다.

우양곡은 맞서지 않고 뒤로 훌쩍 물러서며 그의 검을 피했다. 자신의 주군인 장승운의 아들이니 삼 초를 양보하는 것으로 마지막 예를 표할 작정이었다. 물론 삼 초의 양보에는 강자로서의 여유도 포함되어 있었다.

하지만 장면의 일검이 휘둘러진 순간, 두 사람 모두 안색이 변했다.

우양곡을 향해 쭉 뻗어진 장면의 검끝에서 은색의 긴 검기가 쏟아져 나온 것이다. 검을 오래 수련한 사람이 검기를 발산하는 건 당연하지만 그 검기가 유형의 형태로 보여진다는 것은 또 다른 차원을 의미했다. 유형의 검기를 발산하는 것은 이미 절정의 경지에 들어섰다는 의미였다.

그런데 장면의 검에서 유형의 검기가 발산되었다. 화령독과 빙설환의 충돌로 얻은 기연의 결과였다.

'하늘이 나를 돕고 있구나……!'

장면의 얼굴에 환희와 더불어 강한 자신감이 묻어 나왔다.

뜻하지 않은 기연으로 절망의 끝에서 되돌아온 장면의 기세는 놀라울 정도였다. 장면의 검은 한광 속에서 빙글빙글 회전하며 검기를 뿌려댔다. 검기가 스쳐 가는 곳마다 나무가 잘리고 풀이 베였다.

우양곡은 침착하게 그의 공격을 피했지만 내심의 당황함은 이루 말할 수가 없었다. 장면의 검에서 유형의 검기가 발출되다니! 장면의 무공이 이 정도일 거라고는 상상조차 해보지 못했었다. 항상 무공에 있어서는 장면이 장공보다 한 수 아래라고 여겼었다. 한데 지금 장면의 무공은 장공을 훌쩍 뛰어넘어 아버지인 장승운의 경지까지 넘볼 정도였다.

그런 장면을 상대로 삼 초를 양보한 것은 우양곡의 치명적인 실수였다. 그는 공격의 기회조차 잡지 못한 채 장면의 살수를 피하기에만 급급했다.

장면은 한 치의 양보도 없이 곧장 낙성검법의 절초들을 쏟아냈다. 장면이 격출한 검광이 저녁 하늘에 내려앉은 노을마저 덮어버리며 우양곡의 전신을 덮어씌웠다.

우양곡은 재빨리 유룡퇴보(游龍退步)를 운용해 몸을 뺐지만 장면의 검기를 모두 피해내지는 못했다. 장면의 검기는 그림자처럼 그의 뒤를 쫓으며 끝끝내 그의 오른쪽 다리 깊숙이 혈선을 긋고 말았다.

"윽!"

우양곡이 중심을 잃으며 주춤했다.

"부당주님!"

멀찍이서 지켜보던 무사들이 격전장으로 뛰어들려는 순간이었다.

"너희들이 낄 자리가 아니다!"

우양곡이 매섭게 외쳤다. 그들이 유형의 검기를 발출하는 상대를 무슨 수로 감당하겠는가. 자신조차 상대가 되지 못하는데.

'상대의 실력을 제대로 읽지 못했으니 이미 패배한 거나 다찬가지구나……'

우양곡은 수하들을 향해 나직히 말했다.

"만약 내가 패하면 소전주님을 보내 드리거라. 그리고 너희들은 남겨진 임무를 수행해야 한다."

"그럴 수 없습니다. 저희들은……."

수하의 말을 자르며 우양곡이 단호하게 말했다.

"너희들은 나의 수하이기 전에 천도문의 무사임을 명심하거라!"

"……!"

무사들이 파르르 떨리는 어깨를 힘없이 떨궜다. 그들의 임무는 백리독향이 천도문에 당도하게 만드는 것이었다. 그러기 위해선 무슨 수를 쓰든 장면의 탈출 소식이 백리독향의 귀에 들어가지 않도록 해야 한다. 그것이 남겨진 자들의 임무였다.

"가거라. 모두 각자의 자리로 돌아가 임무에 임하거라!"

"하지만 아직은……."

"명령이다! 어서 가거라!"

우양곡이 핏발 선 눈으로 명령했다.

아버님의 눈을 피해 비밀 수하들을 조직할 정도로 음흉하고 치밀한 장면이다. 만약 자신이 패한다면 남은 무사들까지 모두 없애려 할 건 당연했다. 그래야 그의 뜻대로 백리독향이 장승운과 적이 될 테니까.

우양곡은 최후에도 그런 상황이 되기를 원치 않았다. 그래서 아직 자신의 힘이 남아 있을 때 수하들을 보내려는 것이었다.

장면의 가느다란 입술이 살짝 씰룩거렸지만 섣불리 움직이지는 못했다. 우양곡을 등 뒤에 둔 채 남아 있는 무사들을 상대하는 건 너무 위험 부담이 컸다. 게다가 그는 지나친 검기의 사용으로 급격하게 내공이 소모된 상태였다. 지금은 위험을 무릅쓰기보단 무조건 살아남는 길을 택할 수밖에 없는 상황이었다.

장면은 우양곡의 수하들이 침통한 얼굴로 돌아서는 것을 싸늘하게 지켜봤다. 우양곡의 한쪽 바지는 핏물에 젖어 완전히 붉은색으로 변해 있었다. 하지만 그의 얼굴에 고통의 흔적은 없었다. 오히려 태연하고 담담한 얼굴로 그는 도를 치켜들었다.

"이제 마지막 승부를 갈라야겠군요."

"자네가 나의 수하가 아닌 게 유감이군."

두 사람의 눈빛이 허공에서 강렬하게 얽혀들었다. 목숨을 건 승부. 그 비장함이 두 사람을 뜨겁게 달궜다.

이번에 먼저 손을 쓴 쪽은 우양곡이었다. 광섬도란 별호에 걸맞은 쾌도가 장면의 안면을 향해 밀려갔다. 장면도 지체하지 않고 낙성검법의 낙성분뢰로 그의 쾌도에 맞섰다.

쩡! 쩡!

두 사람의 무기가 부딪칠 때마다 산을 울리는 쩌렁쩌렁한 격타음이 길게 메아리쳤다.

장면도 더 이상 검기를 발출하기엔 내공의 소모가 너무 심했기 때문에 초식의 묘용을 살려 그의 공격을 상대했다.

어차피 우양곡은 다친 다리 때문에 신법의 운용이 자유롭지 못했고, 자유롭지 못한 움직임은 이내 손의 둔함으로 이어지게 마련이었다.

반면 급진전한 내공을 바탕으로 펼쳐 내는 장면의 낙성검법은 면면부절 막힘이 없었다. 점점 빨라지는 장면의 공격은 어느덧 한 덩어리의 은색 그림자처럼 우양곡을 휘감고 있는 것 같았다.

우양곡이 허리를 비틀어 그의 검을 피하는 순간, 장면의 검에서 갑자기 한줄기 은색 섬광이 치솟았다.

촤앙—!

장면이 마지막 힘을 다해 검기를 발출한 것이다. 그의 검기는 밤하늘을 가로지르는 유성처럼 우아한 곡선을 그리며 날아들었다. 유성은 느릿하게 호선을 그리는 듯하지만 눈 한 번 깜빡이고 나면 사라져 버릴 정도로 빠르게 떨어진다.

장면의 검기 역시 그랬다.

우양곡이 검기를 느낀 순간, 이미 그의 심장엔 커다란 구멍이 뚫려 있었다. 심장으로 서늘한 바람이 지나가는 것 같은 느낌… 단지 그것뿐이었다. 삶의 마지막 순간은 이렇게 허무할 수도 있었다.

우양곡이 힘없이 쓰러졌다.

그의 심장에서 흘러나온 뜨거운 피만이 무인으로서 살아온 그의 뜨거운 인생을 말해 줄 뿐이었다.

"미안하네……."

장면은 우양곡의 시체를 향해 나직이 말했다. 우양곡 같은 인재를 잃는 것은 그에게도 안타깝고 유감스러운 일이었다. 하지만 지금은 감상에 젖어 있을 때가 아니었다. 장승운이 천도문을 차지하기 전에 사예랑과 동악을 찾아야 한다.

"광동성에서 실종되었다고 했던가?"

더 이상 남의 손을 빌리며 시간 낭비할 수 없다. 장면은 직접 그들을 찾아 나설 작정이었다.

2

천 도문은 완연한 봄의 기운에 젖어 있었다.

아직 대기 중에 떠도는 공기는 싸늘하지만 천하무적 옥면대협을 바라보는 무사들의 마음에 겨울은 사라진 지 오래였다.

백화린과 비무를 하고 있는 현각의 마음은 말할 필요도 없었다. 그는 한여름의 눈부신 햇살을 바라보듯 황홀한 시선으로 백화린을 쳐다보고 있었다.

백화린의 묵도가 거센 폭우처럼 현각을 향해 몰아쳐 오는데도 그의 멍한 시선은 여전했다.

횤!

현각의 머리카락을 휘날리며 백화린의 묵도가 그의 목 앞에서 멈췄다.

"지금 뭐 하는 거냐?"

"부인을 감상하고 있었죠."

"뭐라고?"

백화린의 차가운 얼굴이 더욱 싸늘히 굳었다. 그러나 현각은 아랑곳하지 않으며 그녀를 향해 얼굴을 쭉 내민 채 코를 킁킁거렸다.

"무, 무슨 짓이냐?"

"음~ 부인에게선 언제나 좋은 냄새가 나요. 꼭 잘 익은 살구 냄새처럼 달콤해요."

"당장 머리 치우지 못하겠느냐?"

"왜요? 그럼 나랑 비무 안 할 거예요?"

"……!"

현각이 히죽 웃었다.

예전 같으면 뒤도 돌아보지 않고 돌아가 버렸을 백화린이지만 자신이 천하무적이 된 이후로는 달라졌다. 자신과 비무를 핑계로 하루 종일 붙어 있는 날도 있었다. 백화린 같은 여자를 굴복시키기 위해서는 힘이 필요하다는 자신의 생각은 역시 정확했다.

그동안 여자에게 쓴맛(?)도 좀 보긴 했지만 자신의 실력이 녹슨 건 아니었다. 결국 백화린을 굴복시켰으니까.

이젠 조급증을 버리고 그녀가 스스로 자신의 마음을 인정할 때까지 기다리기만 하면 된다. 이렇게 향기도 맡고, 비무를 빙자해 슬쩍슬쩍 손도 만지면서.

"자, 다시 한 번 해봅시다!"

현각이 활기차게 외쳤다.

"멍청하게 냄새나 맡고 있을 거라면 할 필요 없다."

"걱정 마세요. 이번에는 제대로 할 테니까. 부인이야말로 단단히 각오하고 덤벼야 할걸요?"

백화린의 눈이 반짝였다.

'전생에 싸움닭이었나? 어째 비무하자는 소리만 하면 저렇게 눈에 생기가 도냐?'

무림에 몸담은 이상 강해지고자 하는 것은 너무나 당연한 욕망이었다. 여자를 유혹하는 수단으로 무공을 익힌 현각이 어찌 그 처절한 욕망을 알랴.

어쨌거나 부인을 즐겁게 해주기 위해선 그도 진지하게 비무에 임할 필요가 있었다. 현각도 척마도를 꺼내 들고 제대로 기수식을 취했다.

언제나 그렇듯 백화린의 도가 먼저 움직였다. 가녀린 몸과는 어울리지 않는 투박한 도가 세차게 움직였다. 풍뢰도법처럼 강렬하지는 않지만 일 도, 일 초에 묵직한 힘이 실려 있었다.

"어라? 이건 처음 보는 초식인데?"

간단하지만 절도가 있고, 화려하지는 않지만 강인한 기상이 느껴졌다. 그녀가 펼치는 무공은 도를 든 사람이면 누구나 알고 있는 육합도법이었다.

달리기를 배우기 전에 걸음마를 익혀야 하듯 육합도법 역시 상승도법을 익히기 위해서는 반드시 거쳐야 되는 과정이었다. 가장 쉽고 간결한 도법이면서 도의 운용에 관한 모든 요령을 숙지해야 펼칠 수 있는 것이 바로 이 육합도법이었다.

어차피 그녀의 실력으로 현각을 이기는 것은 무리였다. 그녀가 현각과의 비무에서 얻고자 하는 것은 가르침이고, 깨우침이었다. 그래서 육합도법부터 차근차근 깨달음을 넓혀가려는 것이었다.

백화린의 묵도가 정확하게 삼위를 점하며 현각을 향해 몰려왔다. 현각은 살짝 몸을 비틀어 그녀의 도를 피했다. 백화린은 다시 제이초인 일원압정(一元壓政)을 펼쳤다. 일체의 허초도, 변초도 없이 상대의 중앙을 노리는 일원압정은 정확함과 간결함이 요체였다.

　현각은 정작 그런 직선적인 백화린의 공격에 움찔했다. 이 얼마나 간단하고 실용적인 공격인가. 만약 그녀의 내공이 좀 더 높았다면 눈으로 보면서도 쉽게 막을 수 없었을 것이다. 아니면 막아냈다 해도 타격을 받았을 테고.

　하지만 절정고수들의 비무를 경험한 현각은 간단히 백화린의 공격을 막아냈다.

　백화린은 다시 몸을 빙그르 돌리며 삼재풍선(三才風旋)을 펼쳤다. 그녀의 회전과 함께 묵도는 천(天), 지(地), 인(人) 세 방위를 동시에 점하며 현각에게 쇄도했다.

　이번에도 어렵지 않게 백화린의 묵도를 막아냈지만 손목에 가해지는 강도는 풍뢰도법보다 더 크게 느껴졌다.

　"잠깐만요!"

　현각이 손을 치켜들며 백화린의 움직임을 제지했다.

　"이런 도법을 두고 왜 풍뢰도법처럼 어려운 것만 익히는 거예요?"

　"이건 누구나 펼칠 수 있는 쉬운 도법이다."

　"이것만 잘해도 충분히 될 것 같은데……."

　백화린이 피식 웃었다.

　물론 육합도법만으로 천하제일인의 경지에 오른 인물도 있었다. 역사상 최강의 도객으로 알려진 혈전도제가 마지막에 펼치던 도법이 바로 육합도법이었으니까.

하지만 그는 화경에 접어든 상태였으니 더 이상 무기도, 초식도 필요없는 경지의 고수였다. 그런 고수에게는 어떤 무기든, 어떤 무공이든 크게 의미를 갖지 않는 법이다. 그의 손에서 펼쳐지는 육합도법은 천지를 양단하고 지축을 갈라 버릴 정도였다고 한다.

하지만 자신은 그런 경지의 고수가 아니었다. 그래서 여전히 강력한 초식에 의존하는 무공에 집착하고 있는 것이다. 대부분의 무인이 그러하듯.

"무형공이 천하제일무공이란 말은 결코 허언이 아니구나. 처음부터 초식을 벗어던진 저 높은 경지에서 무공을 관찰할 수 있으니……."

현각에 대한 감탄과 동경을 숨기지 않는 그녀의 솔직한 말에 현각의 얼굴도 환해졌다. 아주 조금씩이긴 하지만 분명 백화린의 마음은 열리고 있었다. 그녀 스스로는 아직 모르겠지만.

"눈으로 보려 하지 말고 마음으로 봐야 돼요. 그럼 저절로 느껴져요."

현각에겐 너무 쉬운 일이 왜 그녀에게는 이토록 되지 않을까?

날마다 현각과 비무를 하며 그녀는 거대한 벽에 가로막힌 느낌을 받았다. 불과 얼마 전까지만 해도 무공이 뭐냐고 묻던 현각이었다. 그런데 이제는 백화린을 상대로 무공을 지도하고 있었다.

백화린은 이 어이없는 상황이 그리 싫지 않았다. 오히려 현각의 말 속에 드러나는 무형공의 이치는 그녀에게도 소중한 가르침이 되고 있었다.

"마음으로 봐라……?"

"그럼 눈에 안 보이는 것들이 보여요. 한 번 더 해볼까요?"

"아니다. 오늘은 마음으로 보는 연습을 해봐야겠다. 너처럼 자연의 소리도 한번 들어보고."

"쉽지 않을걸요? 자연의 소리를 들으려면 따뜻한 가슴으로 봐야 하거든요. 부인처럼 차가운 가슴으로는……."

아무 생각 없이 떠들던 현각이 머쓱하니 입을 다물어 버렸다. 백화린이 정말로 얼음장 같은 눈으로 그를 노려보고 있었기 때문이다. 모처럼 따뜻해진 분위기를 어설픈 말로 날려 버릴 순 없지 않은가. 현각이 냉랭하게 굳어버린 분위기를 풀려고 히죽 웃으며 다시 말했다.

"아니, 뭐 그런 표정으로 날 쳐다볼 건 없잖아요. 내가 뭐 부인 가슴을 만져 본 것도 아니고… 에구……!"

현각이 뭐라 변명의 말을 덧붙일 사이도 없이 백화린은 냉기를 풀풀 날리며 휙 돌아섰다. 현각은 울상을 지으며 멀어지는 백화린을 지켜볼 뿐이었다.

"젠장! 왜 바보같이 그 따위 소리가 튀어나온 거야? 천하의 현각이 여자 앞에서 말도 제대로 못하는 꼴이라니……! 내가 왜 이렇게 된 거지?"

백화린과의 비무가 예정보다 일찍 끝나 버리자 할 일이 사라진 현각은 낮잠이나 잘 생각에 오수각으로 향했다.

어슬렁거리며 오수각에 들어서던 현각의 얼굴에 화색이 돌았다. 나른한 오후의 정적에 잠겨 있을 줄 알았던 오수각 앞에 천룡수호대가 모여 있는 것이다.

"어, 어? 너희들 나한테 딱 걸렸어! 지금 수련 빼먹고 농땡이 치는 거지?"

현각의 목소리가 들리자마자 일호 월란이 그의 앞에 넙죽 무릎을 꿇었다.

"문주님!"

뒤따라 열여덟 명의 대원 모두가 무릎을 꿇었다.

천룡수호대의 비장한 모습에 덩달아 심각해진 현각이 진지한 목소리로 말했다.

"너희들이 본분을 잊고 여기서 노닥거린 일은 엄벌로 다스려야 마땅한 일!"

말을 해놓고 보니 예전에 이곳에서 무형공 수련을 시작하며 그녀들과 더불어 놀던 일이 떠올랐다. 벌이랍시고 엉덩이를 주무르고, 옷을 벗기며 세상 사는 즐거움을 만끽하던 시절이었는데. 아쉽지만 이제 그 시절로 돌아갈 수는 없었다.

그는 더 이상 그때의 철없는 현각이 아니지 않은가. 지금은 엄연히 천하무적 옥면대협이었다. 자신을 흠모하는 온 무림의 여인들을 위해서라도 체통을 지킬 필요가 있었다.

현각이 아쉬운 입맛을 다시며 말했다.

"하나, 한 번은 덮겠다. 하지만 다음엔 절대 용서하지 않을 테니 수련에 더욱 정진토록 해라. 알겠느냐?"

"예. 문주님이 내리시는 벌이라면 어떤 벌이든 달게 받겠습니다. 하지만 지금은… 취선이를 도와주십시오."

"취선이? 취선이가 왜?"

월란의 시선이 오수각을 향했다. 그제야 현각도 오수각 위에 누워 있는 피투성이 여인을 발견했다. 현각이 재빨리 오수각 위로 달려갔다.

불과 며칠 전에 자신을 찾아와 북림각의 동향이 이상하다고 말했던 취선이 피곤죽이 된 모습으로 그곳에 누워 있었다.

"취선아! 무슨 일이냐?"

고통스런 신음을 흘리던 취선이 힘겹게 입을 열었다.

"무, 문주님……."

"그래, 말하거라. 도대체 누가 이렇게 만든 거냐?"

"……."

"조금 전 북림각의 무사들이 저 아이를 여기에 버려두고 갔습니다. 이곳의 사람인 듯하니 여기서 보살피라면서……. 아마도 문주님을 위해 간자 노릇을 한 게 들통났던 모양입니다."

"뭐야?!"

현각의 얼굴에 분노의 불길이 치솟았다.

아무리 그렇다고 사람을 이렇게 만든단 말인가? 그것도 이렇게 젊고 아름다운 여인을!

현각은 절대 이해도, 용납도 할 수 없었다.

"내 사람인 걸 알면서도 이렇게 만들었다면 이건 엄연히 나에 대한 도전! 좋다! 기꺼이 응해주마!"

스스로도 자랑스러울 만큼 멋진 말을 하며 현각이 비장하게 벌떡 일어났다.

"내 사람을 다치게 한 대가가 어떤 것인지 똑똑히 알려주마!"

아무리 훌륭한 문주라도 이렇게 멋지기는 힘들 거다. 시녀 한 사람을 위해 싸움터로 향하는 문주라니!

현각은 너무나 멋진 스스로의 모습에 흠뻑 도취된 채 북림각을 향해 거침없이 달려갔다. 천도문을 건 치열한 승부는 이렇게 작고 시시한 일에서 시작되고 있었다.

제3장

피는 피로 갚을 뿐……!

1

　　무형공을 얻은 장천이 무림의 신진고수로 혜성처럼 떠오르고 있어도 장공은 인정하지 않았다. 그는 세상의 소문보다 십팔 년 동안 보고 겪은 자신의 경험을 더 신뢰했다.

　"발톱이 없는 호랑이는 권좌에 앉아 있을 자격이 없지!"

　장천의 능력과는 상관없이 준비되어진 권좌. 그 권좌를 떠받드는 이름, 승천전.

　승천전은 북림각에 웅크린 장공과 장면이라는 두 마리 용을 억누르는 거대한 그늘이었다. 승천전을 바라보는 북림각의 시선에 가시가 돋혀 있는 것은 당연했다.

　하지만 승천전의 위세도 오늘로 끝이었다. 장공은 오늘 자신의 손으로 천도문의 진정한 후계자가 누구인지 보여줄 셈이었다. 현각은 너무나 쉽게 그가 던져 놓은 그물 안으로 걸어 들어왔다. 장공이 기대한 것보다 훨씬 빨리, 그리고 요란하게.

"누구냐! 어느 놈이냐?!"

현각의 고함 소리가 북림각의 오후를 흔들었다.

싸늘한 긴장감으로 그를 기다리던 무사들이 피식 웃으며 모여들었다. 현각을 바라보는 그들의 시선에 소문주에 대한 경외심 따윈 전혀 없었다. 그들에게 현각은 경계하고 무너뜨려야 할 대상에 불과했다. 그들의 충성은 이미 장승운을 향해 있었고, 그들 마음속에 자리잡은 소문주 역시 장공이었다.

현각의 도발은 오히려 그들이 기다리던 바였다. 천하무적 옥면대협이라는 말도 안 되는 허명은 이제 장공에 의해 무참하게 짓밟혀질 것이다. 북림각의 무사들은 싸늘한 냉소를 머금은 채 현각을 에워쌌다.

현각은 무사들의 표정이나 감정 따위엔 관심이 없었다. 오히려 그는 이 많은 구경꾼 앞에서 자신이 얼마나 멋진 문주인지 보여줄 수 있다는 생각에 들떠 있었다.

"나는 천도문의 같은 식솔들끼리 피를 흘리는 모습은 절대 용납할 수 없다. 사내들끼리 치고 받는 일이야 있을 수 있어도 힘없는 여자를 상대로 무력을 쓰다니! 도대체 어느 놈이 그 따위 비겁한 짓을 한 거냐! 당장 앞으로 나와라!"

"나오면? 그럼 어찌할 셈인데?"

빈정거리는 말을 앞세우며 장공이 서서히 다가왔다. 현각을 에워싸고 있던 무사들이 양쪽으로 갈라서며 장공을 향해 길을 열어줬다.

현각이 입을 씰룩거리며 말했다.

"형님은 제삼자니까 빠지세요."

"하면 내 거처에서 내 수하들이 핍박당하는 모습을 지켜만 보라는 것이냐?"

"형님의 수하가 취선이를 다치게 했다구요!"

"취선이라……? 아하, 너를 위해 나를 염탐하던 그 아이의 이름이 취선이었나 보구나."

장공을 바라보는 현각의 눈에 힘이 실렸다.

"그럼 취선이를 그 지경으로 만든 게 형님인가요?"

"나라면… 내게 응징이라도 할 셈이냐?"

현각이 씨익 웃었다. 못할 것도 없지 않은가. 그가 처음 천도문에 왔을 때 죽이겠다고 검을 들고 달려든 적도 있던 장공이다. 이번 기회에 그때의 앙갚음도 할 수 있으니 차라리 잘된 일이었다.

장공 역시 같은 생각을 하며 싸늘한 미소를 지었다.

"나와 겨룰 생각이냐?"

장공이 확인하듯 물었다.

"아니면, 포옹이라도 할까요?"

"후훗. 나와 겨루는 의미는 알고 있겠지?"

그 따위를 현각이 알 게 뭔가. 그는 자신의 무형공이면 그를 이길 수 있다는 자신감뿐이었다.

장공이 싸늘한 얼굴로 다시 물었다.

"네가 지면 스스로 물러서겠느냐?"

이 대결에서 지면 스스로 천도문의 후계자를 포기하라는 무언의 압력이 담긴 말이었다.

아무리 정신이 온전치 못한 상태라 해도 수하들 앞에서 한 약속을 외면할 정도로 뻔뻔하지는 못할 거라는 게 장공의 계산이었다.

그는 비장한 얼굴로 현각의 대답을 기다렸다.

장공의 내심을 알 리 없는 현각은 그의 비장한 얼굴에 오히려 웃음
이 나왔다.

"왜요? 제가 바짓가랑이라도 잡고 늘어질까 봐요?"

"미친놈!"

모멸감에 찬 목소리와 함께 장공이 검을 뽑았다.

공간을 만들어주기 위해 뒤로 물러서는 무사들의 표정에는 기대와
흥분이 역력했다. 드디어 자신들의 주인인 장공이 천도문을 향해 검을
뽑아 든 것이다.

차갑게 굳은 장공의 눈에 서릿발 같은 차가운 살기가 뿜어져 나왔
다.

하지만 현각의 시선은 이미 다른 곳을 향해 있었다. 그의 시선이 향
한 곳은 다급하게 북림각으로 달려오는 천룡수호대의 모습이었다.

그녀들을 보자 현각의 투지도 불끈 치솟았다. 현각은 그녀들이 듣기
에 충분할 만큼 큰 목소리로 근엄하게 말했다.

"무공을 익힌 자라면 여자와 힘없는 사람을 보호하는 것이 당연한
도리! 저는 형님의 아우이기 전에 한 사람의 무인으로서, 그리고 사내
로서 형님을 용서할 수 없습니다!"

"터진 입이라고 못하는 소리가 없구나!"

장공의 검이 화려한 호선을 그리며 불을 뿜었다.

"문주님!"

천룡수호대의 외침은 장공의 검이 뿜어내는 소리에 묻히고 말았다.

장공의 낙성검법은 북림각의 넓은 뜰을 눈부신 검기로 가득 메운 채
현각을 향해 밀려갔다. 순식간에 현각은 그물처럼 촘촘한 장공의 검기
안에 갇혀 버렸다.

처음부터 노도처럼 밀려오는 장공의 공격에 당황할 법도 하건만 현각의 표정은 여유만만했다.

"쳇! 낙성검법이라면 나도 좀 안다구요!"

현각은 피하는 대신 척마도를 들고 대뜸 낙성검법을 펼치기 시작했다. 그의 도에서 뻗어진 은하수 같은 도기가 장공을 향해 쏟아지자, 장공의 안색이 대변했다.

"헉!"

그가 낙성검법을 흉내 낸다는 소문은 장공도 들은 적이 있었다. 하지만 낙성검법은 어설프게 흉내 낼 수 있는 만만한 검법이 아니었다. 더욱이 검도 아닌 도로 펼쳐 내기에 낙성검법의 초식과 변초는 너무나 화려했다. 그런데 현각의 손에서 그 낙성검법이 빈틈없이 펼쳐지고 있는 것이다.

장공의 당황함은 이내 더욱 큰 분노로 바뀌었다.

"네놈의 어설픈 손재간으로 내 눈을 현혹하려 하다니! 아버님의 명예를 위해서라도 내 결코 간과하지 않겠다!"

장공의 분노가 커질수록 현각은 더욱 즐거웠다.

'어디 부하들 앞에서 망신 좀 당해봐라!'

현각의 공세가 더욱 강렬해졌다.

"재주있으면 맘대로 막아보시죠!"

현각은 육중한 도를 휘두르면서도 손목에 힘조차 주지 않았다. 그저 가벼운 나무토막을 들고 휘두르듯 그의 손목은 자유자재로 방향을 전환하며 맹렬하게 낙성검법을 펼쳐 냈다. 그는 이미 화륜검선과의 심검 대결을 통해 마음으로 도를 움직이는 방법을 터득했다. 그에게 더 이상 무기는 크게 의미가 없었다. 그의 손은 마음을 따라 움직였고, 그에게 들려 있는 무기가 무엇인지는 더 이상 의미가 없었다.

그는 낙성검법에 이어 화산의 매화검법, 게다가 중간중간 풍뢰도법까지 섞어가며 쉴 새 없이 장공을 핍박했다. 결코 한 사람의 손에서 펼쳐질 수 없는 서로 다른 무공이 끊임없이 이어져 나오자 장공으로서도 속수무책이었다.

현각의 도에서는 눈부신 은색 빛무리가 줄기줄기 뻗어져 나오며 북림각을 휘저었다.

삼 장 밖에 있던 무사들은 어느덧 칠 장 밖으로 훌쩍 물러난 채 눈을 휩떴다. 벌써 장공의 검 아래 쓰러졌어야 할 현각이 도무(刀舞)라도 추듯 그들의 마당을 휘젓고 있는 것이다.

오히려 현각의 도 아래 식은땀을 흘리고 있는 것은 장공이었다. 그의 공격은 현각의 도에 의해 철저하게 가로막혔고, 현각의 공격은 쉴 새 없이 그의 전신으로 몰아쳤다.

그는 현각 한 사람을 상대하고 있지만 마치 절정고수 서너 명의 합공을 받는 기분이었다.

'제아무리 무형공이 신비의 무공이라도 이건 불가능한 일이야! 있을 수 없어!'

불과 몇 달 전까지만 해도 자신의 일검을 받아내지 못하고 목숨을 구걸하던 아이가 어떻게 이런 고수가 될 수 있단 말인가.

당황한 마음은 장공의 손을 더욱 무디게 만들었다. 그의 공격은 제대로 펼쳐지기도 전에 현각에 의해 가로막혔고, 이어지는 현각의 반격은 그를 점점 궁지로 몰아갔다.

멀리서 지켜보는 북림각 무사들의 얼굴에도 어느덧 절망감과 초조함이 배어 나왔다. 반면 놀란 마음으로 달려왔던 천룡수호대는 자랑스

럽고 감격한 얼굴로 현각을 지켜봤다.

우쭐해진 현각이 몸을 훌쩍 솟구치더니 손목을 맹렬하게 회전시키기 시작했다.

윙—! 윙—!

도가 회전하는 소리와 함께 그의 도에서 눈부신 한광이 은하수처럼 쏟아져 나왔다. 그의 손에서 펼쳐지는 것은 낙성검법의 절초인 낙성분분이었다.

장공은 자신을 향해 밀려오는 현각의 눈부신 도광을 보며 분노에 찬 목소리로 일갈했다.

"네 이놈! 도둑질한 남의 무공을 언제까지 자랑할 거냐?"

장공의 일갈이 끝나기도 전에 현각의 도기가 그의 가슴을 양단할 듯 거센 회오리를 치며 밀려왔다.

"협!"

장공이 대경하며 신법을 운용해 훌쩍 몸을 띄웠다. 현각의 도기가 아슬하게 그의 발 밑을 스쳐 지나가는 순간, 장공도 드디어 반격할 기회를 잡았다.

"진정한 낙성분분의 위력은 바로 이런 것이다!"

장공의 검이 허공에서 세차게 회전하기 시작했다. 순식간에 장공의 모습은 은색의 거대한 륜(輪)에 가려졌다. 거대한 은색 검기의 륜이 멈추지 않는 바퀴처럼 현각을 향해 회오리치며 굴러왔다.

"악!"

천룡수호대의 누군가가 비명을 질렀다.

장공의 역습이 너무나 기습적이고 위력적이라 현각이 도저히 피해내지 못할 것 같아 보였기 때문이다.

여유만만하던 현각의 안색도 살짝 굳어졌다. 장공의 공격에서 매서운 살기를 느낀 것이다.

'어라? 정말 죽이고 싶다는 건가? 쳇! 꿈도 야무지시네!'

현각은 물러서는 대신 오히려 한 걸음 앞으로 나서며 그의 검기 안으로 불쑥 도를 밀어 넣었다.

"어디 한번 해봅시다!"

현각은 장공의 낙성분분에 맞서 풍뢰도법의 마지막 초식인 뇌천무위를 펼쳤다. 뇌천무위에 담긴 절정의 쾌가 현각의 손에서 펼쳐지자 장공의 낙성분분은 순식간에 위력을 잃은 평범한 초식으로 전락하고 말았다.

"이, 이런……!"

장공이 말까지 더듬으며 허겁지겁 뒷걸음질쳤다.

낙성분분은 결코 뇌천무위에 비해 위력이 약한 초식이 아니었다. 문제는 무공이 아니라 무공을 펼치는 사람의 실력과 내공이었다.

절망과 분노로 점철된 장공의 얼굴이 흙빛으로 가라앉았다. 그리고 이성을 잃은 핏발 선 눈이 야수처럼 이글거렸다.

장공의 흥분한 모습을 보자 현각은 내심으로 통쾌했다.

'주제도 모르고 까분 대가다!'

현각은 씨익 웃으며 성난 장공을 향해 마지막 일격을 가하듯 매섭게 도를 휘둘렀다. 그의 도는 바람 소리까지 잠재우며 노도처럼 장공을 향해 밀려갔다. 장공이 다급히 유룡퇴보(游龍退步)의 신법을 펼치며 뒤로 훌쩍 물러섰다. 현각도 재빨리 그림자 신법을 펼치며 장공을 향해 쇄도했다. 순식간에 장공의 지척까지 다가선 현각의 도가 장공의 가슴을 겨냥했다.

장공이 비룡번신으로 몸을 뒤집으며 피하려 했지만 현각의 도가 더 빨랐다. 장공이 몸을 일으키기도 전에 척마도가 허공을 가르며 그의 허리를 양단할 듯 내려친 것이다.

"허억!"

다급하게 현각의 도를 피하려던 장공은 그대로 바닥에 나동그라지고 말았다.

푸스슥!

요란하게 흙먼지가 피어올랐다.

장공은 무인으로서 가장 수치스러운 모습을 한 채 흙먼지 속에 주저앉아 있었다. 수하들 앞에서 나려타곤(懶驢陀滾)을 펼치다니!

장공의 얼굴은 당장이라도 폭발할 듯 붉게 달아올랐다.

이젠 아버님의 말씀을, 그리고 세상의 소문을 인정할 수밖에 없었다. 현각은 이미 그가 넘보지 못할 경지에 올라선 고수였던 것이다.

하지만 장공은 여전히 인정할 수 없었다. 현각 따위에게 자신이 패했다는 것도, 그에게 천도문의 미래가 걸려 있다는 것도 그는 절대 인정하고 싶지 않았다.

'무언가 있을 거야. 내가 보지 못한 무언가… 속임수가 있었을 거야.'

장공의 눈이 다시금 투지로 불타올랐다.

그 모습을 본 현각도 입술에 침을 적시며 척마도를 고쳐 잡았다.

"이제야 몸이 좀 풀린 것 같은데 제대로 한번 해볼까요?"

장공이 빠드득 소리가 날 정도로 이를 악물었다. 이글거리는 그의 눈에서는 검기보다 더 매서운 살기가 비수처럼 쏟아져 나왔다.

"죽일 테다!"

눈빛뿐 아니라 현각을 향한 비장한 말속에도 그의 살심은 고스란히 드러났다.

현각이 뭐라 대답을 하기도 전에 장공의 검이 벼락처럼 허공을 휘저었다. 장공은 수비는 도외시한 채 공격 일변도로 미친 듯이 현각을 향해 돌진했다.

"어? 어?"

장공의 무자비한 공격에 현각도 놀라 입을 쩍 벌렸다.

"진짜로… 날 죽일려구요?"

말이 그렇지 설마 하니 혈육을 향해 진짜 살수를 펼치랴 했었다. 그런데 장공의 말은 진심이었다.

"어차피 둘 중 하나가 죽어야 끝나는 싸움 아니더냐?"

"……!"

이번 싸움이 장공을 놀려주는 것에서 끝날 수 없음을 현각은 이제야 깨달았다. 애초에 자신이 장천과 바뀌어 천도문에 오게 되었던 이유가 천도문의 권력 투쟁 때문 아닌가. 그 피 튀기는 싸움이 다시 시작된 것이다.

문제는 그 싸움을 먼저 시작한 사람이 자신이라는 사실이었다. 원인이야 어찌 됐든 자신이 제 발로 북림각에 찾아와 시비를 건 꼴이 되고 말았으니까.

'부인이 알면 화내겠지?'

장공의 살기등등한 검을 받으면서도 현각의 걱정은 오직 그것뿐이었다.

천룡수호대는 가슴이 철렁 내려앉을 정도로 놀라고 당황했다.

가엾은 취선이를 위해 응징을 부탁한 건데 장천과 장공의 목숨을 건 승부로 번지다니. 아무리 무림의 음모와 흉계에 물들지 않은 그녀들이라도 이 싸움의 의미는 짐작하고도 남았다.

월란이 옆에 있던 이호, 소희에게 은밀히 속삭였다.

"당장 주작전주님과 현무전주님께 알려. 당장!"

"예, 언니."

명령을 받은 소희가 북림각 무사들의 눈을 피해 슬금슬금 북림각 밖으로 나갔다. 하지만 그녀는 북림각의 문을 넘기도 전에 걸음을 멈춰야 했다.

장승운이 싸늘한 얼굴로 북림각에 들어서고 있었기 때문이다.

"무슨 일이냐?"

소희가 머뭇거리며 뒤편을 힐끔거렸다.

그곳에서는 여전히 현각과 장공의 피 튀기는 대결이 진행되고 있었다.

장승운은 그 자리에 그대로 선 채 날카로운 눈으로 두 사람의 대결을 응시했다.

장공은 완전히 수비는 도외시한 채 공격 일변도로 현각을 몰아붙였다. 정작 현각은 장공이 다치기라도 할까 봐 공격은 시도도 하지 않은 채 장공의 검을 피하기에만 급급했다.

"형님, 이제 그만 하십시다!"

현각이 답답하다는 듯이 말했다. 하지만 이미 죽음의 결의에 찬 장공의 검은 멈추지 않았다. 그리고 현각은 남자에게 그리 관대한 사내가 아니었다.

"제기랄! 나중에 후회하기 없기요!"

현각은 성난 황소처럼 돌진하는 장공의 다리를 향해 기습적으로 도를 휘둘렀다. 도가 스쳐 간 자리를 따라 옷자락이 잘리고 그 안으로 붉은 핏물이 새어 나왔다. 가느다란 혈선에서 시작한 핏줄기는 이내 빗물처럼 그의 바짓자락을 적셨다.

"크윽!"

부상당한 장공의 다리가 꺾였다.

모든 내공을 소진하고, 자신이 가진 모든 무공을 펼쳐 보이고도 그는 현각의 옷자락 하나 건들지 못했다. 하지만 현각은 단 한 번의 공격으로 자신의 다리를 꺾어버렸다.

그는 더 이상 검을 들 힘조차 없었다. 그리고 더 이상 싸울 의지도 패기도 부상당한 다리와 함께 꺾여 버렸다.

"허엄!"

장승운의 화난 기침 소리가 들린 것은 그때였다.

장공이 수치심에 젖은 얼굴로 힘없이 장승운을 쳐다봤다.

장승운은 얼음처럼 차갑고 냉정한 눈빛으로 그를 쳐다보고 있었다. 마치 벌써 주저앉았냐고 나무라는 듯이.

'이거였구나. 아버님이 원한 게 바로… 이거였구나……'

장승운은 처음부터 자신이 현각의 일초지적도 되지 못함을 알고 있었을 것이다. 그런데도 그가 현각과 맞서려는 것을 막지 않았다. 막기는커녕 오히려 그를 부추겨 오늘의 싸움을 일으키도록 만들었다.

자신의 패배를 빌미로 현각과 싸울 명분을 만들려는 모양이다.

자식마저도 소모품으로 여기는 아버지…….

장면은 그런 아버지를 알기에 일찌감치 반기를 들었지만, 장공은 마지막 순간까지 아버지의 충실한 아들이 되려고 했다. 자신의 죽음은 아버지가 현각을 향해 당당하게 검을 뽑을 수 있는 빌미가 되어줄 것이다.

장공은 마지막 힘을 쥐어짜며 몸을 일으켰다. 그리고 다시 검을 치켜들었다. 하지만 현각은 더 이상 장공과 겨루고 싶은 마음이 눈곱만큼도 없었다.

"나랑 싸우고 싶으면 실력부터 더 쌓아오세요!"

현각이 냉랭하게 돌아서는 순간이었다.

"이얍ー!"

장공이 마지막 한 올의 힘까지 다해 현각의 등을 향해 검을 내리그었다.

슈악─!

눈부신 검기가 현각의 머리 뒤에서 그의 몸을 양단할 듯 쏟아졌다.

"헙!"

놀란 현각이 몸을 돌리는 것과 동시에 도를 휘둘렀다.

"끄윽─!"

짧은 비명과 함께 핏발 선 장공의 눈이 처절하게 웃었다.

"아, 아니……."

현각은 그제야 자신의 도가 장공의 가슴을 양단했음을 깨달았다. 장공의 검을 피하기 위해 내저은 손에 장공의 가슴이 갈라져 버린 것이다.

전혀 의도하지 않았던 일이고, 예상하지 못했던 결과였다.

멍하니 그를 바라보고 있는 현각의 몸 위로 장공의 뜨거운 피가 쏟아졌다. 그리고 장공의 무거운 몸이 그 위를 덮었다.

장공은 현각의 몸에 안긴 채 뜨거운 피를 하염없이 쏟아냈다. 하지만 심장 박동은 이미 멎었고, 초점없이 부릅떠진 동공도 더 이상 움직이지 않았다.

그는 이미 죽은 것이다. 현각의 품 안에 쓰러진 채…….

"……!"

북림각은 죽음과도 같은 정적에 휘감겼다.

현각도, 천룡수호대도, 심지어 북림각의 무사들도 모두 할 말을 잊었다.

이 자리에 있는 그 누구도 장공의 죽음을 예상하지 못했다. 심지어 장승운조차도…….

장승운이 천천히 한 걸음씩 현각을 향해 다가왔다.

장면을 사지로 보내고, 장공을 미끼로 내세운 비정한 아버지이긴 하지만 아들의 죽음 앞에서만은 그도 태연하기 힘들었다.

설마 하니 장공이 죽기까지 하리라곤 전혀 생각하지 못했었다.

물론 장공의 불 같은 성격상 죽어도 물러서지 않을 것은 알았다. 그가 믿은 건 현각이었다. 그가 아는 현각은 절대 장공을 죽일 수 있는 사람이 아니었다.

그리고 그의 계산은 정확했다. 현각은 어떻게든 장공을 다치게 하지 않은 채 싸움을 끝내려 했으니까.

현각의 실력이면 그를 죽이지 않고도 그의 검을 막아냈어야 한다. 하나 실력에 비해 턱없이 부족한 경험이 문제였다.

장공의 죽음은 사고였고, 실수였다.

하지만 장공의 시체를 넘겨받는 장승운의 마음에 그런 이해심을 발휘할 여유 따위는 없었다.

"형님이… 정말 죽은 건가요……?"

현각이 떨리는 목소리로 물었다.

장승운의 칼날 같은 시선이 현각을 뚫어질 듯 노려봤다.

"내게 동정심도, 이해심도 구하지 말아라. 난 반드시 내 아들의 피를 피로써 갚아줄 테다!"

장승운의 목소리는 너무나 차가워 현각은 심장까지 얼어붙는 느낌이었다.

"……!"

가족을 가져 본 적 없는 현각이지만 자식을 잃은 아비의 아픔과 분노는 조금 알 것도 같았다. 피 한 점 섞이지 않은 장공의 죽음에 자신의 가슴이 이렇게 떨릴진대 장승운은 오죽하겠는가.

비록 장공을 죽인 것이 실수이기는 하지만 절대 하지 말았어야 할 실수였다. 형제를 죽이다니… 변명의 여지가 없었다.

인생의 절반을 입으로 떼우며 살아온 현각이지만 지금 상황에선 그도 할 말이 없었다.

"죄송합니다……."

장승운은 듣지 않았다.

그는 오로지 분노와 복수심에 불타는 눈으로 현각을 노려볼 뿐이었다.

"도를 들거라!"

"숙부님, 저는……."

챙!

장승운의 유성검(流星劍)이 현각의 말을 자르며 은청색의 눈부신 검신을 드러냈다.

그가 천도문 내에서 검을 뽑은 것은 십여 년 만의 일이었다. 번살과 사마대조차 그의 무공이 어느 경지인지 정확히 알지 못했다.

그의 야심과 함께 지난 십 년 동안 숨죽이고 있던 유성검이 드디어 천도문을 향해 이빨을 드러낸 것이다. 아들의 죽음에 대한 분노와 함께……

소희의 보고를 받고 뒤늦게 북림각으로 달려온 번살과 사마대는 장내의 광경에 아연실색했다.

장승운의 유성검이 당황한 현각을 겨누고 있고, 두 사람의 사이에는 바닥을 검붉은 피로 물들이는 장공의 시체가 놓여져 있었다.

"어떻게… 이런 일이……!"

침착한 번살도 차마 말을 잇지 못한 채 멍하니 현각을 쳐다봤다.

　오히려 번살보다 사마대가 더 침착한 표정으로 조용히 서 있었다. 사실 그는 내심으로 잘됐다 싶었다. 어차피 장승운은 언젠가 반드시 넘어야 할 산이었다. 그게 오늘이든, 내일이든 무슨 상관이겠는가.

　물론 장공의 죽음이 충격적이긴 하지만 별로 안타깝지는 않았다. 장천의 미래를 위해서는 차라리 잘된 일인지도 모른다. 장공의 불 같은 성미에 절정의 무공까지 더해진다면 그는 평생을 두고 장천에게 위협이 될 존재였으니까.

　하지만 번살의 생각은 달랐다.

　현각의 실력을 모를 리 없는 장승운이다. 그가 자신있게 검을 뽑았을 때는 그만한 준비가 되어 있기 때문일 게다. 한순간의 분노만으로 십 년 만에 검을 뽑았다고 생각하기에 장승운은 너무나 냉정한 인물이었다.

　"잠깐만! 잠깐만 멈추시오!"

　번살이 재빨리 두 사람 사이에 끼어들었다.

　"천아, 어찌 된 일이냐? 도대체 무슨 일이 벌어진 거냐?"

　"숙부님, 맹세코 일부러 한 일이 아니에요. 저는 멈추자고 했는데도 형님이 계속……."

　현각이 갑자기 말을 멈춘 채 울상이 된 표정으로 입술을 질끈 깨물었다.

　"부, 부인……."

　북림각으로 들어서는 백화린을 발견했기 때문이다. 자신이야 장공과 아무 상관 없는 사이라지만 백화린에게는 다를 게 아닌가.

　자신이 장공을 죽였다는 사실에 대해 백화린이 어떤 표정을 지을지 쳐다볼 엄두도 나지 않았다. 현각은 말없이 고개를 푹 숙였다.

"공이의 시신을 이대로 두고 다시 피를 보시겠소?"

번살이 간절한 어조로 장승운에게 말을 건넸다.

"그럼 죽은 아들의 시신을 들고 조용히 사라지라는 거요?"

가시 돋친 장승운의 말에도 번살은 침착함을 잃지 않았다.

"공이의 죽음에 대한 책임은 시신을 수습한 뒤에 해도 늦지 않을 거요. 제발 오늘은 더 이상 피를 보지 않았으면 좋겠소. 천이를 위해서가 아니라 천도문을 위해서."

장승운은 잠시 말없이 번살과 현각을 번갈아 쳐다봤다.

그러더니 이내 조용한 목소리로 대답했다.

"좋소."

그는 현각을 향해 싸늘하게 말했다.

"내일 진시(辰時)에 백호전에서 기다리고 있겠다."

"……."

현각은 소리가 나도록 한숨을 쉬며 번살을 쳐다봤다. 번살은 여전히 시선을 고정시키고 있었다. 하지만 장승운은 피로 물든 장공의 시체를 안아 들고 북림각 밖으로 천천히 걸어갔다. 북림각의 무사들이 망연한 표정으로 그 뒤를 따랐다.

"숙부님, 정말 실수였어요. 죽일 마음은 정말 없었다구요."

"나도 안다. 아마도 호안조가 의도한 일일 테지."

"예?"

"물론 공이가 죽게 될 줄이야 몰랐겠지만 다치는 건 충분히 예상했을 게다. 그래서 너와 시비를 붙였을 테고."

"그러면……."

"그래, 호안조가 처음부터 원한 건 너와 싸울 명분이었다."

"결국 그의 뜻대로 된 거군요."

현각은 사마대와 함께 자신을 향해 다가오는 백화린을 보며 다시 머리를 떨궜다. 백화린은 현각이 아니라 번살을 향해 입을 열었다.

"이상하군요. 왜 이렇게 순순히 물러섰을까요?"

"그러게. 천이는 지금 당황한 마음 때문에 제대로 실력을 발휘하기 힘든 상태였어. 어차피 천이와 싸울 마음이라면 이 기회를 포기할 호안조가 아닌데……?"

사마대도 의외라는 듯 번살의 말을 기다렸다.

"아무래도 내가 실수를 한 것 같네."

"형님이 무슨 실수를 했단 말이오?"

"하루의 시간! 아마도 호안조는 이 하루의 시간까지 계산에 넣어뒀던 것 같아."

"설마요. 하루 동안 무슨 음모를 꾸밀 수 있다고?"

"뭔가 있을 게야. 그렇지 않으면 이렇게 순순히 물러서지 않았을 게야."

번살과 사마대, 그리고 백화린까지 모두 알 수 없는 불안과 염려로 얼굴이 굳어졌다. 세 사람의 긴장된 얼굴을 보자 현각은 그저 한숨만 나올 뿐이었다.

'에휴, 하루도 마음 편할 날이 없구나. 무림이란 곳이 원래 이런 곳인가?'

제4장

기적을 만드는 사람

1

달도 뜨지 않는 어둡고 깊은 밤이다.

시간은 어느덧 자시(子時)를 넘어 축시(丑時)를 향해 가지만 천도문의 화려한 불빛은 여전히 밤을 밝히고 있었다.

장승운의 백호전은 물론이고 주작, 현무전 모두 내일 일에 대한 염려와 불안 때문에 잠을 이루지 못했다.

오늘 일의 결정적 시발점이 돼버린 천룡수호대는 외당의 무사들과 함께 승천전을 겹겹이 둘러싼 채 뜬눈으로 밤을 지키고 있었다.

정작 당사자인 현각은 자신과 상관없는 일이라는 듯 초저녁부터 일찌감치 잠자리에 들었다. 내일 일이야 내일 걱정하면 되고 일단 오늘은 자야 될 게 아닌가. 뜬눈으로 고민한다고 달리 대책이 있는 것도 아닌데 요란스럽게 밤을 지새는 건 미련한 짓이라는 게 그의 생각이었다.

현각의 생각대로라면 매우 미련한 사람들인 번살과 사마대, 그리고 백화린은 주작전에 모여 늦은 밤까지 머리를 맞대고 미련한 짓을 하고 있는 중이었다.

"형님 생각은 어떻소? 천이와 호안조가 정면 승부를 한다면 누가 유리할 것 같소?"

사마대의 말에 번살은 주저없이 대답했다.

"호안조의 성취가 어느 정도인지는 모르겠지만 천이의 상대는 되지 못할 게야. 아무래도 내일 천이가 상대할 사람은 호안조가 아닌 듯하네."

"호안조가 아니면 또 누가 천이를 상대한단 말이오? 백호전에 호안조를 능가하는 고수가 있을 리 없잖소."

"외부의 고수를 끌어들일 수도 있지 않겠는가?"

"그런 게 어딨소? 천도문의 일에 외부 사람을 개입시킨다면 내가 용납치 않을 거요!"

"그럼 자네를 막겠지."

"형님은 구경만 할 거요?"

"나도 막겠지."

번살의 말이라면 쌀이 나무에서 열린다 해도 믿는 사마대지만 이번엔 동의할 수 없었다.

"그건 불가능하오. 백호전에 그만한 고수도 없거니와 그런 고수가 숨어 있었다면 우리가 모를 리 없잖소?"

"만약 천도문 밖에 기다리고 있다면?"

번살의 말에 사마대의 거구가 움찔했다.

"하면 형님 말씀은······?"

"천이가 상대할 사람은 이미 천도문 밖의 모처에서 기다리고 있을 게야. 내일 승부를 보자고 한 건 그들을 데려오려는 심산이고."

"호안조가 불러올 수 있는 고수 중에 천이를 상대할 만한 사람이라……?"

고민하던 사마대가 눈을 부라리며 말했다.

"풍검가주 검치 하후종?"

"물론 그도 와 있겠지. 하지만 천이가 상대할 사람은 그가 아닐 게야. 그도 무형공으로부터 자유롭지 못할 테니까."

"하긴 천이는 화산제일검과도 겨뤄 이겼으니 검치도 장담은 못하겠군요."

그렇다면 검치 하후종의 상대는 자신이나 번살이 될 것이다. 두 사람 모두 절정의 고수이긴 하지만 검치가 나선다면 승리를 장담하기 어려웠다.

하지만 더 큰 문제는 검치 하후종도 나서지 못할 현각의 상대로 나설 인물이 누구냐였다.

"도대체 누구일까? 천이를 이길 정도의 고수라면 그리 많지는 않을 텐데……."

잠자코 두 사람의 얘기를 듣기만 하던 백화린이 조심스럽게 입을 열었다.

"혹시 사도무림을 끌어들이지는 않았겠지요?"

흑란곡을 끌어들인 전력이 있기에 한 말이다. 현각의 돌출 행동으로 전혀 엉뚱한 상황으로 흐르긴 했지만 당시 현각은 흑영영의 무공 앞에 속수무책이었다. 물론 무형공의 성취가 낮았기 때문이기도 하겠지만 무공의 원리가 다른 것도 원인 중 하나였다.

무형공은 무공을 흐름을 파악하고 느끼는 것이 요체인데 사도무림
에는 온갖 기괴한 종류의 무공이 있기 때문에 무림 경험이 많지 않은
현각에게는 매우 낯설게 느껴질 수도 있었다.

하지만 번살은 나직이 머리를 저었다.

"그러지는 못할 게다. 정면 승부에 사도무림의 인물을 내세운다면
그건 천도문의 정체성을 훼손하는 거니까. 천도문의 누구도 그런 승부
는 인정하지 않을 게다."

당연한 말이지만 무작정 믿을 수만도 없었다. 이미 칼을 뽑았다면
승리를 위해 무슨 짓이든 할 수 있는 사람이 장승운이니까.

사마대가 얼굴을 덮은 검은 수염을 만지작거리며 인상을 찌푸렸다.
백화린의 마음도 불안하기는 마찬가지였다.

"정도무림이되 사도무림에 가까운 무공이 뭐라 생각하는가?"

번살의 물음에 잠시 고민하던 사마대가 말했다.

"당문의 독공……? 하지만 그들은 천도문의 내분에 개입할 이유가
없는데…….'"

사마대의 말이 끝나기도 전에 백화린이 신음처럼 떨리는 목소리로
말했다.

"백리독향……!"

번살과 사마대의 눈이 동시에 번뜩였다.

"그렇지. 그의 패천독강이라면 천이도 감당하기 어려울 테지."

독공에 맞서기는커녕 현각은 그런 게 있는지도 모를 것이다. 그런
현각에게 백리독향이 독으로 먼저 손을 쓴다면 속수무책으로 당할 수
도 있었다.

백화린이 벌떡 일어섰다.

"상공에게 말씀드려야겠습니다."

백화린이 주작전을 나설 때는 어느덧 날이 밝아오고 있었다.

"젠장! 하필이면 내 손으로 형이라는 사람을 죽일 게 뭐야. 꿈자리가 사나워 잠도 제대로 못 잤네."

이른 새벽, 잠에서 깬 현각이 침상에 누워 투덜거렸다.

번살은 모두 장승운이 계획한 일이니 너무 마음 쓰지 말라고 위로했지만 당사자인 현각에겐 그리 간단치 못했다. 마지막 순간 장공이 짓던 처절한 미소가 뇌리에 박힌 채 쉽게 떠나지 않았다. 게다가 오늘은 또 장승운과 싸워야 한다.

"내가 형님에 이어 숙부님까지 모두 꺾으면 부인이 좋아할까?"

아무리 경쟁적 관계에 있는 사람이라도 자기 손으로 가족들을 해치는데 마냥 좋아할 리 없었다.

무림에서는 있을 수도 있는 일이지만 현각의 생각으론 있을 수 없는 일이었다. 어차피 천도문이야 일 년만 기다리면 자기 손에 들어올 테고, 그 일 년은 이제 얼마 남지 않았다.

무림의 명숙들 앞에서 미친 척을 하며 일 년의 시간을 벌었듯, 다음에는 훌륭한 문주로서의 모습을 보여줄 자신도 있었다. 잠자코 기다리면 해결될 일을 군이 피비린내 나는 싸움을 하며 마무리 지을 필요는 없지 않겠는가.

고민을 하는 건 익숙하지도 않고, 좋아하지도 않는 현각이지만 지금은 어쩔 수 없이 고민이라는 걸 해야 했다.

"숙부님과 싸우지 않고 어제의 일을 무마시킬 수 있는 방법은 없을까?"

생각은 짧았고, 결론도 간단했다.

"형님 시신 앞에서 눈물 한 방울 떨궈주고 숙부님께도 잘못했다고 빌지 뭐."

어제는 당황해서 말 한마디 제대로 못했지만 이제 긴장과 놀람이 가라앉았으니 대화로 한번 해결해 볼 작정인 것이다.

장승운의 성격을 감안하면 어림도 없는 방법이지만 현각이 그런 걸 알 게 뭔가. 나름대로 해결책을 생각해 냈으니 일단 부딪쳐 보는 거다.

그냥 가만히 있는 것보다 못한 결정이지만 현각은 혼자 상황을 해결해서 부인을 깜짝 놀래켜 주겠다는 야심(?)까지 품었다. 그래서 승천전을 지키고 있는 동방책과 천룡수호대의 눈을 피해 담장을 넘어 슬며시 승천전을 나섰다.

백화린이 승천전에 왔을 때 현각은 이미 백호전 앞에 당도해 있었다.

이른 새벽이지만 백호전의 무사들은 장공의 장례 준비와 비무 준비로 분주하게 움직이고 있었다. 백호전까지 씩씩하게 오긴 했지만 막상 상복을 입은 무사들을 보자 현각의 발걸음도 주춤했다.

"그래도 한가족인데 원수처럼 내쫓지는 않겠지? 에라, 모르겠다! 이래 뵈도 소문주인데 못 갈 데가 어딨어!"

현각이 씩씩하게 백호전에 들어서는 순간이었다.

그와 동시에 백호전에 들어서는 또 한 명의 사내가 있었다. 잿더미에서 뒹굴다 온 것처럼 거무튀튀한 얼굴에 아직도 꿈속을 헤매는 듯 몽롱한 검은 눈동자가 현각을 쳐다봤다.

남자들의 외모는 전혀 신경 써본 적이 없는 현각이지만 그래도 사내의 괴기스런 생김에는 시선을 떼기 어려웠다. 좀 불쌍하기도 하고, 신기하기도 하고.

자세히 쳐다보니 눈동자 속에도 푸른 기가 감도는 게 영 불편해 보였다.

"저기… 눈에 뭐가 들어간 것 같은데……?"

현각의 말에 사내의 얼굴이 차갑게 경직됐다.

"네놈이 바로 그 유명한 철면무적 백치대협이로구나?"

현각이 바람 소리가 들릴 정도로 코웃음을 쳤다.

"훙! 뭘 듣긴 들었는데 귓구멍도 시커먼 재로 덮여 있어 제대로 안 들리는 모양이죠?"

"뭐라?!"

인상을 찌푸리는 사내에게서 후끈한 열기가 뿜어졌다. 보통 살기를 풍기면 싸늘한 냉기로 느껴지게 마련인데 특이하게도 사내는 열기를 풍겼다. 게다가 매캐하고 역한 냄새까지 풍기는 것이 석 달 열흘은 물 근처에도 가보지 않은 사람 같았다.

"우웩!"

현각은 역겨운 기색을 숨기지 않았다.

현각이 어찌 알랴.

자신의 앞에 서 있는 저 사내가 독공에 관한 한 천하제일로 꼽히는 백리독향 구국강임을. 그의 앞에서는 호흡조차 조심해야 하지만 현각은 입을 쩍 벌린 채 구역질하는 시늉까지 해댔다.

"네놈이 죽음을 자초한다면 말릴 생각은 없다!"

백리독향의 몸에서 풍기는 역한 냄새가 더욱 짙어졌다.

"혹시 그 역겨운 냄새로 날 죽일 생각이라면 성공한 것 같네요. 죽을 정도로 역겨우니까. 웨엑~!"

현각은 그를 놀릴 작정으로 또다시 입을 쩍 벌리며 구역질을 해댔다.

쩍 벌린 자신의 입 안으로 그의 독기운이 쉴 새 없이 스며들고 있다는 것은 꿈에도 상상하지 못한 채 그는 히죽 웃기까지 했다.

오히려 어이가 없어지는 건 백리독향이었다. 아무리 정신 나간 놈이라지만 이쯤 되면 자신이 누군지 알아봐야 할 게 아닌가. 최소한 무림에 몸담은 사람이라면 자신의 독향을 맡는 순간 자신의 정체를 알아보는 게 정상이었다. 호흡만으로도 독향을 내뿜을 수 있는 사람은 천하에 오직 하나, 자신뿐이니까.

그런데 현각은 마치 역겨운 입 냄새라도 맡는 사람처럼 인상을 쓰며 히죽거리기만 하고 있었다.

"거참, 어디서 왔는지는 모르겠지만 남의 집에 올 때는 좀 씻고 오는 게 예의 아닌가요?"

백리독향은 새파랗게 어린 후배의 허언을 농담으로 받아줄 만큼 관대한 사람이 아니었다.

"때로는 무식도 죽음의 이유가 되지!"

까맣게 독기가 서린 백리독향의 손가락이 현각의 목덜미를 향해 칼날처럼 다가왔다. 그의 손가락 끝에서 뿜어진 검은 기운이 검기처럼 현각에게 뻗어졌다.

"흐악!"

현각이 깜짝 놀라며 뒤로 물러섰다.

그의 손에서 뿜어진 낯선 기운이 예사롭지 않게 느껴졌기 때문이다. 현각의 경직된 표정을 보자 백리독향의 날카로운 얼굴에 냉소가 어렸다.

"이제야 내가 누구인지 알겠느냐? 하나, 이미 늦었다!"

백리독향의 손이 섬전처럼 현각을 할퀴어왔다. 현각도 재빨리 몸을 숙여 피했지만 섬전처럼 빠르고 예리한 백리독향의 손에 옷자락이 찢어지고 말았다.

"어?"

썩은 강시처럼 생긴 사내가 자신의 옷자락을 찢자 현각의 눈이 휘둥그레졌다. 하지만 그의 놀람은 이내 분노로 바뀌었다. 천하구적 옥면대협이 다른 곳도 아닌 자기 집 안마당에서 옷자락을 찢기다니! 있을 수 없는 일이었다.

상처받은 현각의 자존심은 백리독향의 전신에서 풍기는 엄청난 고수의 기운도 알아채지 못했다.

"냄새로 사람을 현혹시켜 놓고 치졸한 공격을 하다니! 생긴 것만큼이나 더러운 무공을 쓰는 놈이로구나!"

현각은 대뜸 사마대의 용화수를 펼치며 백리독향에게 쇄도했다.

"내 옷자락을 찢었으니 네놈의 옷을 홀랑 벗겨 버릴 테다!'

화난 현각의 쌍수가 교차할 때마다 엄청난 경기가 줄기줄기 쏟아져 나왔다. 백리독향도 패천독강을 펼치며 그의 장법에 맞섰다.

백호전 앞은 이른 아침부터 두 사람이 펼쳐 내는 장력과 경기에 흙먼지를 피어올리고, 요란한 폭발음이 난무했다.

백리독향을 알아보고 마중을 나오던 무사들은 화들짝 놀라며 백호전 안으로 몸을 숨겼다. 그의 장력이 펼쳐질 때마다 매캐한 냄새와 함께 검은 안개 같은 독무가 쉴 새 없이 뿜어지고 있는 것이다.

현각은 그와 손을 겨누는 순간에야 역한 냄새의 정체가 그의 무공 때문임을 어렴풋이 느꼈다. 그가 무공을 펼칠 때마다 냄새와 함께 검은 연기까지 자욱하게 그를 감싸고 있었다.

　사람의 몸에서 독무(毒霧)가 뿜어질 수 있다는 것은 현각이 전혀 생각할 수 없는 일이었다. 하지만 역한 냄새를 풍기는 검은 안개가 위험하다는 것은 본능적으로 느낄 수 있었다. 처음에는 그의 손과 장력만을 피하던 현각이 서서히 그와 거리를 두며 검은 안개를 피하려고 애썼다.

　쉴 새 없이 패천독강을 떨치고 있는 백리독향도 내심으로는 당황함이 적지 않았다.

　지금쯤이면 자신의 독에 중독된 채 내공의 운용이 원활하지 못해야 하는데 현각의 공세는 조금도 누그러들지 않았다. 오히려 그의 독무를 피하기 위해 더 강력한 장력을 떨치며 그를 경계하고 있었다.

　'무형공을 익혔다는 말이 결코 허언은 아니었군!'

　그렇다 해도 이미 자신의 독공에 중독되었으니 오래 버티지는 못할 것이다.

　백리독향은 쉴 새 없이 퍼부어지는 현각의 장력에 맞서며 내공을 최대한 끌어올렸다. 뼛속까지 독기운으로 물든 내공을 끌어올리자 얼굴은 물론 눈빛과 손끝까지 완전한 흑색으로 변했다.

　그의 절기인 패천독강을 펼치려는 것이다.

　패천독강을 익히다 보면 체내에 축적되는 독기운 때문에 피부 색은 점점 검푸르게 변하게 되는데, 완전한 흑색으로 변한 것은 극성에 도달하기 바로 전의 상태였다. 완전한 극성의 경지에 올라서면 체내에 축적된 독기운조차 잠재울 수 있기 때문에 원래의 피부 색을 되찾을 수 있다. 그리고 독향도, 독무도 없이 독공을 펼칠 수 있게 된다. 백리독향이 지금 현각과 맞서 싸우는 이유가 바로 그 극성의 경지를 얻기 위함이 아닌가.

백리독향은 전력을 다한 독장을 거침없이 뿌려댔다.

파파팡―!

커다란 폭발음과 함께 백호전 주변이 검은 독무에 휩싸였다.

언 땅을 비집고 막 싹을 피우던 화초들이 순식간에 누렇게 변해 흐드러질 정도의 강력한 독무였다.

현각은 재빨리 그림자 신법으로 독무를 피하려 했지만 그가 움직이는 속도보다 독무가 퍼지는 속도가 훨씬 빨랐다.

폭발음과 동시에 검은 독무는 이미 현각을 휘감고 있었다. 하지만 그 찰나의 순간, 현각은 척마도를 뽑아 들었다. 그리곤 풍뢰도법 중 가장 강맹한 바람을 일으키는 뇌전교격에 이어 뇌려풍행의 초식을 펼쳤다. 그의 도는 폭풍처럼 강렬한 회오리를 일으키며 독무를 밀어냈다.

백리독향이 또다시 독장을 떨치려 하자 현각은 풍뢰도법을 운용하며 삼 장 밖으로 훌쩍 물러섰다.

동시에 백화린의 차가운 목소리가 들렸다.

"어르신, 그만 손을 거두시지요."

정중하면서도 단호한 어조였다.

약속된 비무가 아닌 다음에야 천도문의 경내에서 소문주인 현각을 향해 손을 쓴다는 것은 있을 수 없는 일이었다. 백화린의 뒤로는 동방척을 비롯한 외당의 무사들과 천룡수호대까지 긴장된 얼굴로 서 있었다.

백리독향도 그들 모두를 상대로 더 이상의 문제를 일으키고 싶지는 않았다.

"다음엔 그냥 물러서는 일은 없을 게다."

그는 현각을 향해 비릿한 미소를 지으며 백호전의 안으로 들어섰다.

패천독강으로 뿌려지는 독무는 피부를 통해 심장까지 스며드는 강력한 독이다.

그의 독무가 완전히 사라지기 전까지는 움직이는 사람도, 숨을 쉬는 사람도 없었다.

그가 뿌려놓은 독무는 그가 사라진 후에도 한참이 지나서야 흩어졌다.

"괜찮… 습니까?"

백화린이 상기된 표정으로 현각에게 물었다. 얼음장처럼 냉랭하기만 하던 목소리의 끝이 살짝 떨렸다. 그녀가 자신을 걱정하고 있는 것이다. 마음 같아선 그녀의 품에 안겨 마음껏 엄살을 피우고 싶지만 지켜보는 눈이 너무 많았다.

"허허허허!"

현각은 아쉬움을 삭이며 호탕하게 웃었다.

"이 정도로 걱정을 하시다니요? 천하무적 옥면대협이란 별호가 웃습니다그려. 허허허!"

"정말 괜찮으신 겁니까? 백리독향은 그리 가볍게 생각하실 이가 아닙니다."

"허허허! 천하무적이 겨우 독 따위에 무너져서야… 독이오?"

현각이 화들짝 놀라며 되물었다.

백리독향의 손에서 뿜어진 검은 연기가 심상치 않기는 했지만 독이라고는 생각하지 않았다. 뱀도 아니고, 사람의 몸에서 독을 뿜는다는 게 말이나 되는가. 하지만 백화린이 그렇다고 하니 사실일 게다. 그녀 앞에서 약한 모습을 보이고 싶지는 않지만 어쩔 수 없었다.

현각은 울상이 된 얼굴로 다급히 물었다.

"무슨 독인데요? 내가 중독됐을까요? 해독제는 있겠죠? 설마 날 죽게 내버려 두지는 않을 거죠?"

"내공을 운기해 보세요."

"지금 내가 내공 운기하게 생겼어요? 빨리 해독제부터 구해야죠!"

"그의 독은 기혈을 막아 내공의 흐름을 막는다고 들었습니다. 그리고 시간이 흐를수록 점점 체내에 넓게 퍼져 결국엔 심장까지 도달해 죽게 된다구요. 그러니 일단 내공을 운용해 독에 중독됐는지 확인하셔야 합니다."

"만약 중독됐으면요?"

"더 이상 독이 퍼지지 못하게 내공으로 억누르십시오. 그리고 해독제를 구하면 됩니다."

현각은 백화린이 시키는 대로 내공을 운기해 봤다.

그의 내공 운기는 다른 무인들과는 전혀 다른 독특한 방법으로 행해졌다.

보통 내공 운기라는 것은 단전에 모여 있는 내공을 혈맥을 따라 일주천시키는 것을 의미한다. 하지만 현각의 내공은 단전이 아닌 온몸의 혈맥과 근육에 골고루 퍼져 있기 때문에 일반적인 방법으로 운기할 수는 없었다. 할 필요도 없고.

현각은 다만 자신의 내공을 확인하기 위해 급소를 따라 체내에 자극을 주는 방법을 택했다.

그는 부분적으로 내공을 움직여 자신의 급소를 살짝 자극했다. 그러자 주변의 내공이 자연스럽게 운기되며 몸을 방어했다. 그런 식으로 몇 군데 자극을 줘봤지만 아무런 이상도 느껴지지 않았다.

"휴우……."

안도의 한숨을 내쉬기가 무섭게 현각은 환한 얼굴로 자신만만하게 말했다.

"그럼 그렇지. 무형공이 그 따위 독도 이겨내지 못할 리가 없지. 허허허!"

오히려 여전히 걱정된 얼굴을 지우지 못하는 사람은 백화린이었다.

"정말 괜찮은 겁니까?"

"어허! 자꾸 이러면 서운하오. 아직도 내 능력을 믿지 못하는 거요?"

어느새 말투까지 바뀐 현각의 얼굴에는 자신감이 팽배했다.

백화린은 이대로 그를 믿어도 될지 쉽게 갈피가 잡히지 않았다. 백리독향의 독은 그리 만만한 게 아니다. 사천당문의 사람들조차 쉽게 상대하지 못하는 사람이 백리독향이거늘.

하지만 현각의 무형공 또한 일반인의 상식과 무리를 초월해 있는 무공이었다. 과연 그의 무형공이 자연스럽게 백리독향의 독을 밀어낸 것일까?

백화린도 알 수 없었다. 그저 현각의 판단을 믿어보는 수밖에.

"그나저나 아침을 걸렀더니 허기가 지는군요."

"아침 식사도 하지 않고 여기는 왜 오신 겁니까?"

책망하는 듯한 백화린의 말에 현각이 머쓱하게 대답했다.

"숙부님이랑 대화 좀 하려고……."

"의미없는 일입니다. 그분에게는 평생을 기다려 온 순간일 테니까요."

백화린의 비장한 말에 현각은 오늘의 일이 그의 생각처럼 단순하지 않음을 느꼈다. 그리고 자신이 숙부님을 꺾는다 해도 백화린이 흔들리지 않을 거라는 사실도 깨달았다.

'정말로 내가 그를 꺾어주기를 바라고 있는 거구나.'

그렇다면 더 이상 걱정하고 고민할 필요도 없었다.

장승운과 싸우지 않는 것보다 싸워서 이기는 것이 훨씬 더 쉬운 일 일 테니까.

"허허허! 그럼 이렇게 다들 모였는데 모처럼 아침 식사나 같이 하십 시다!"

아무 일도 없었던 듯, 그리고 아무 일도 없을 거라는 듯 현각은 여유 만만했다. 백화린은 자신도 모르게 살풋 웃었다.

아무리 심각한 일도, 위급한 상황도 그의 앞에서는 모두 별것 아닌 일이 되어버린다. 그래서 그를 보고 있으면 언제나 편안하고 믿음직스 럽다. 지금 이 순간은 그녀에게도 천도문의 미래보다 한 끼의 식사가 더 소중하게 여겨졌다. 현각은 그런 사내였다. 스스로도 의식하지 못 한 채 주변 사람을 움직이는 매력을 가진 사내……

'이 사람이 진짜 나의 부군이었으면……'

가질 수 없는 것에 대한 욕망, 그리고 결코 품지 말아야 할 욕심에 대한 죄책감이 그녀의 마음을 무겁게 짓눌렀다.

지금 이 순간, 그녀는 오늘이 천도문의 미래를 결정지을 운명의 날 이라는 사실도 잠시 잊었다. 인생을 송두리째 천도문에 바쳤던 백화린 이 지금 천도문이 아닌 현각을 생각하고 있는 것이다.

2

맑고 청명한 하늘 위로 떠오른 태양은 완연한 봄의 따사로움으로 대지를 덮었다. 푸르른 싹으로 덮인 나무들은 봄의 싱그러움을 열 채비를 하고 있고 언 땅을 딛고 나온 개구리들은 힘찬 봄의 도약을 시작했다.

아직도 겨울의 차가움 속에 싸늘하게 얼어 있는 곳은 천도문뿐이었다.

백호전의 공기는 한겨울의 삭풍보다 더 차가웠고 정원수의 푸른 새싹도 무거운 공기에 눌려 그 빛을 잃을 정도였다.

그 차가운 분위기의 한가운데에 장승운과 현각이 마주 보며 서 있었다.

승리를 얻은 사람에겐 천도문과 함께 진정한 봄이 찾아올 것이고, 패배한 사람은 겨울과 함께 사라지게 될 것이다.

백호전 주위를 겹겹이 에워싼 채 구경하는 무사들은 숨 쉬는 것도 잊은 채 두 사람의 눈빛 하나, 표정 하나까지 놓치지 않으려 눈을 부릅떴다.

백화린과 번살, 사마대도 그들 중 하나였다.

번살의 예상과 달리 장승운은 처음부터 정면 승부를 약속하며 현각의 상대로 나섰다. 그는 확신이 서지 않으면 쉽게 움직이지 않는 사람이다. 그가 직접 나섰다는 것은 현각을 제압할 자신이 있다는 의미일 것이다.

현각을 지켜보는 세 사람은 모두 불안과 초조함을 감추기 어려웠다.

"천도문은 형님의 것도, 나의 것도, 그리고 너의 것도 아니다. 이 자리에 있는 천여 명 천도문 식솔의 피와 땀으로 이룩된 우리 모두의 것이다! 난 천도문의 주인은 우리 모두가 인정하고 존경할 수 있는 사람이 되어야 한다고 생각한다. 그래서 무림의 명숙들과 일 년의 약속을 하고 너에게 기회를 준 것이다."

장승운은 거침없이 자신의 속내를 드러냈다.

"그동안 난 네가 천도문의 기강을 떨어뜨리고 천도문의 명성에 먹칠을 하는 것도 조용히 지켜보기만 했다. 하지만 네가 먼저 이빨을 드러낸 이상, 나도 당당하게 맞서는 것이 천도문의 명예를 지키는 일이라 생각한다. 단지 형님의 혈육이라는 이유만으로 실력과 자격이 되지 않는 너에게 천도문을 맡길 수는 없다!"

"와아―!"

장승운을 지지하는 무사들 사이에서 뜨거운 환호성이 터져 나왔다.

장승운의 비장한 얼굴에는 반드시 장천을 꺾어 천도문을 장악하겠다는 야망이 고스란히 드러났다. 아들의 죽음에 대한 충격과 분노는 그의 야망에 눌려 보이지 않았다.

그는 두 아들을 희생시켜 가며 이 자리를 만들었다.

천도문 식솔들의 원성을 사지 않고 무림의 공분을 사지 않기 위해 자신의 두 아들을 희생시킨 것이다.

덕분에 그가 현각에게 검을 겨눈다 해도 그를 원망하거나 나무랄 사람은 없었다. 죽은 아들을 위해 검을 든 아버지를 나무랄 사람은 없을 테니까.

그의 두 아들이 있어야 할 자리를 대신 채우고 있는 사람은 백리독향 구국강과 풍검가의 가주인 검치 하후종이었다. 두 사람은 오늘 일의 증인이 되어주는 것과 동시에 번살과 사마대를 견제하는 역할도 해 줄 것이다.

모든 준비는 끝났다. 그는 오로지 승리에 대한 의지뿐, 일 점의 감정도 담기지 않은 표정으로 현각을 쳐다봤다.

현각은 이 자리가 별로 반갑지도, 편하지도 않았다. 하지만 자신을 지켜보는 사람들도 있고 하니 뭔가 멋진 말 한마디쯤은 해야 할 것 같았다. 최소한 장승운보다 열 배는 뜨거운 환호성을 받아야 할 게 아닌가.

"내가 천도문의 문주가 되면 모두 열흘간의 휴가를 주고, 급료도 두 배나 올려주겠다!"

"……!"

무사들이 어리둥절한 표정으로 서로를 쳐다보며 얼굴을 찌푸렸다.

백화린까지 황당하다는 표정으로 현각을 노려보자 현각은 찔끔했다.

'그냥 놀아도 돈을 준다는데 왜들 저래? 젠장! 꼴에 무사라고 자존심이 먼저라 이거지?

그렇다면 그들의 자존심에 맞춰 말을 해주면 그만이다.

"허허허! 농담이었네. 나는 자네들 위에 군림하는 문주 따위는 되고 싶지 않네. 숙부님의 말씀처럼 천도문의 그늘 아래 들어선 순간 우리 모두가 가족이며 형제 아닌가. 모두 형제이며 가족인 우리가 이렇듯 서로 나뉘어 검을 겨누고 있는 모습이 서글퍼 잠시 농담을 했던 걸세. 하지만 누구를 원망하겠나? 이 모든 상황이 나의 부족함 때문인 것을. 세상에서 아무리 나를 두고 천하무적 옥면대협이라 칭송해도 자네들의 인정을 받지 못하면 모두 소용없다는 걸 알고 있네. 내가 숙부님의 검에 맞서는 것이 자네들의 자존심을 세우는 일이라면 나 또한 기꺼이 그리하겠네!"

현각이 말과 함께 척마도를 높게 빼 들었다. 은은한 청색 광휘가 태양을 받으며 눈부신 광채가 되어 내전을 밝혔다.

그러자 그가 기대하던 뜨거운 환호성이 터져 나왔다.

"와아―! 문주님 만세!"

장승운이 차갑게 가라앉은 목소리로 말했다.

"아버님께 안부나 전해주거라."

현각도 지지 않고 맞받아쳤다.

"형님께 죄송하다고 전해주세요."

두 사람의 눈이 허공에서 강렬하게 부딪쳤다. 동시에 장승운의 검과 현각의 도가 불을 뿜었다.

현각은 이미 낙성검법이라면 눈을 감고도 알 수 있을 만큼 자신있었다. 하지만 막상 장승운의 손에서 펼쳐지는 낙성검법은 달랐다.

검이 움직일 때마다 일 장에 달하는 유형의 검기가 뻗어지며 현각의 전신을 빈틈없이 에워쌌다. 그의 검기는 마치 창처럼 길게 현각을 위협하기도 하고, 때로는 채찍처럼 자유자재로 방향을 바꾸며 몰아치기도 했다.

장승운의 무공이 예상외로 고강하자 현각도 당황하지 않을 수 없었다. 더욱이 화산제일검 강호성과의 비무를 통해 검기의 매서움을 경험한 적이 있기에 현각의 당황함은 더욱 컸다.

'젠장! 화산제일검과 비슷할 거라더니 오히려 한 수 위잖아!'

장승운에게 선기를 빼앗긴 현각은 공격의 돌파구를 찾지 못한 채 그의 공격을 피하고 걷어내기에만 급급했다.

처음부터 검기를 발출해 현각의 움직임을 봉쇄한 장승운이 이번에는 허공을 향해 검을 높이 치켜들었다. 낙성검법의 절초인 낙성분분을 시전하려는 것이다.

"그렇게 쉽게는 되지 않을걸요?"

현각이 척마도를 십자로 휘두르며 검기를 뚫고 나갔다. 이것은 정의검 청수찬이 사용하던 십자검법이었다. 현각이 보기에 십자검법은 공격보다 방어를 하기에 유용한 검법이었고, 그의 판단은 옳았다. 도무지 틈이 보이지 않는 것 같던 낙성검법의 검기에 빈틈이 보이기 시작한 것이다.

현각이 느닷없이 십자검법으로 자신의 검기를 뚫자 장승운은 지체하지 않고 검을 수직으로 세웠다. 그리곤 그 상태 그대로 검을 회전시키기 시작했다.

"낙성분분!"

그의 움직임을 읽은 현각이 검의 회전보다 더 빨리 장승운에게로 쇄도했다. 그의 손에서 펼쳐지는 낙성분분이 어느 정도 위력을 떨칠지는 보지 않아도 알 수 있는 일이다. 그래서 낙성분분을 펼치기 전에 봉쇄하려는 것이었다.

현각은 장승운의 검이 회전하는 중심을 향해 거침없이 척마도를 찔러 넣었다. 회전의 중심이 깨지면 회전의 위력은 그만큼 떨어질 수밖에 없으니까.

한데 장승운의 대응이 예상외였다. 그는 지체하지 않고 검을 회수하며 현각을 향해 수평으로 훅 찔러 넣은 것이다.

"크악!"

현각이 놀라며 재빨리 뒤로 물러섰지만 이미 장승운의 검이 그의 배 아래쪽을 살짝 스치고 지나간 후였다. 낙성검법을 너무 잘 알기에 방심하고 달려든 결과였다.

장승운은 이미 초식에 얽매이지 않고 자유자재로 검법을 운용하는 경지에 오른 고수였던 것이다.

현각이 그의 공격에 적절히 대응하지 못하고 당황했던 것도 사실은 그 점 때문이었다. 장승운이 처음부터 노린 것 역시 그 점이었다. 그는 낙성검법의 변초와 허초를 조금씩만 다르게 운용하는 것으로 현각을 혼돈하게 만들었던 것이다.

하지만 이제는 현각도 더 이상 그의 초식에 연연하지 말아야 함을 깨달았다. 그러자 장승운의 기세도 달라졌다.

그는 수평으로 검을 내지른 자세에서 그대로 검을 회전시키며 검기의 소용돌이를 일으켰다. 낙성검법의 절초인 낙성분분의 서로운 운용이었다.

그의 검끝에서 작게 일어난 소용돌이는 일 장에 달하는 검기의 끝에 이르러서는 허공을 가득 메울 정도의 거대한 소용돌이로 변해 있었다.

제아무리 스스로 '천하무적'이라고 떠벌리는 현각도 감히 정면으로 맞설 엄두가 나지 않는 강력한 공격이었다.

마음의 움츠림은 곧 손에서도 드러났다.

현각도 풍뢰도법을 운용하며 맞섰지만 장승운의 공격을 감당하지 못한 채 검기에 휘말리며 뒤로 훌쩍 튕겨졌다.

"끄윽……!"

바닥에 쓰러진 현각의 입에서 검은 피가 한 움큼 토해졌다. 갑자기 눈앞이 하얗게 변하며 현기증이 밀려왔다.

장승운은 싸늘한 미소를 머금으며 그를 향해 천천히 다가왔다. 현각은 몸을 일으키려 했지만 몸이 말을 듣지 않았다. 몸뿐만 아니라 눈앞도 흐릿한 것이 장승운의 모습도 제대로 보이지 않았다. 머리는 어질하고, 눈앞은 흐릿하다. 눈을 비비고 머리를 흔들어봐도 현기증은 가라앉지 않았다.

현각의 안색은 순식간에 창백하게 변했고, 온몸으로 쉴 새 없이 식은땀이 흘렀다. 장승운은 점점 그를 향해 다가오는데 그는 바닥에 주저앉은 채 가쁜 호흡만 몰아쉴 뿐이었다.

멀리서 지켜보던 백화린이 참지 못하고 그를 향해 달려왔다.

"상공!"

"어? 부인!"

거친 숨을 몰아쉬는 현각이 백화린의 손을 꼭 잡았다.

"이상해요……. 갑자기… 움직일 수가 없어요."

백화린은 순간적으로 장승운 뒤편에 서 있는 백리독향을 쳐다봤다. 검푸른 그의 얼굴이 비릿하게 웃고 있었다.

'역시… 그런 거였구나…….'

백리독향과 말을 나누고도 그의 독에 중독되지 않았을 거라고 믿은 자신이 바보였다. 문제는 무형공이었다.

전신에 골고루 퍼져 있는 무형공의 내공은 기혈이 막혀 있다고 해서 크게 영향을 받지 않았다. 그래서 현각 본인은 물론이고 나중에 그를 진맥한 번살과 사마대조차 중독 증세를 알아채지 못했던 것이다.

한데 조금 전 장승운의 검기에 밀리며 현각은 적지 않은 내상을 입었다. 내장에 충격이 가해지자 그의 기혈 안에 잠재해 있던 독이 퍼지기 시작한 것이다. 내상에 독기운까지 겹쳐지자 현각은 움직이지도 못할 정도로 심각한 상태가 되어버렸다.

백화린이 현각의 귀에 대고 속삭였다.

"백리독향의 독이 퍼지고 있나 봐요. 내공으로 독을 몰아내세요."

"어, 어떻게요……?"

"내공의 흐름이 끊긴 곳이 있을 거예요. 내공의 흐름을 닥는 그 힘을 몸 밖으로 밀어내셔야 해요."

말은 쉽지만 실행하는 것은 말처럼 간단치 않았다. 그것은 강력한 내공뿐 아니라 내공의 흐름과 운용을 속속들이 이해하고 있는 초절정의 고수들이나 할 수 있는 일이었다. 하지만 현각은 해내야 한다.

"상공은 하실 수 있어요. 반드시 하셔야 하구요."

백화린의 간절한 말에 현각은 머리를 끄덕였다.

뭘 어떻게 하라는 건지는 잘 모르겠지만 무조건 해야 한다. 백화린이 이토록 간절히 원하고 있지 않은가.

"제가 시간을 벌어드리겠습니다."

백화린이 현각의 앞에서 장승운과 마주 섰다.

장승운의 날카로운 얼굴이 살짝 씰룩였다.

"지금 뭘 하는 것이냐? 네가 천이 대신 싸우기라도 하겠다는 것이냐?"

백화린은 대답 대신 그녀의 묵도를 치켜 올렸다.

"상공을 지키는 일은 돌아가신 문주님께서 제게 남기신 사명입니다. 허락해 주십시오."

"흥!"

장승운이 코웃음을 쳤다.

동시에 번살과 사마대가 장내로 뛰어들었다.

"안 된다!"

장승운은 그녀와 다른 경지에 있는 고수다. 백화린은 그의 삼초지적도 되지 못할 것이다. 누군가 현각을 대신해 싸운다면 그것은 당연히 자신들의 몫이었다.

하지만 그것은 번살과 사마대의 생각에 불과했다. 두 사람이 장내에 들어서자 백리독향과 검치도 움직인 것이다.

"자네들이 상대할 사람은 따로 있는 듯한데?"

장승운은 싸늘하게 웃는 얼굴로 백리독향과 검치를 응시했다.

비록 번살과 사마대가 천도문의 최고수들이긴 하지만 백리독향과 검치의 명성과 실력에 비할 바는 아니었다. 더욱이 천도문의 주축 인물들이 모두 비무에 가담하게 되면 지켜보던 무사들도 양분된 채 격돌하게 될 가능성도 있었다.

장승운에게도 번살에게도 그것은 최후까지 막아야 하는 일이었다.

"어찌할 텐가?"

장승운의 얇은 입술이 자신만만한 미소를 머금은 채 조용히 물었다.

"……."

번살은 대답할 수 없었다. 만약 천도문 전체의 격돌로 번진다면 오늘 천도문은 피바다가 될 것이다. 차라리 천도문을 잃는 한이 있어도 그것은 못할 일이었다. 천도문을 피바다로 만들다니. 반면 불 같은 성격의 사마대는 콧김까지 내뿜으며 거칠게 대답했다.

"뭘 어찌해?! 내 목숨을 빼앗아도 형님의 혼이 담긴 천도문은 빼앗지 못해!"

사마대의 거친 외침에 무사들 사이에서도 동요가 일었다.

"이런 게 어딨어? 왜 천도문의 일에 외부인이 끼어드는 거야?"

"그럼 백호전주님 한 분을 상대로 네 명이 달려드는 건 되냐?"

"소문주님이 문주가 되는 건 당연하잖아! 백호전주님이 욕심을 부려서 화를 자초한 거 아니야?"

"실력이 되고 능력이 되야 문주가 되는 거지! 너는 미친놈을 주공으로 섬기고 싶냐?"

"뭐야?!"

앙칼진 목소리와 함께 천룡수호대의 십구 인이 일제히 도를 뽑아 들었다. 순식간에 백호전은 일촉즉발의 위기 상황으로 변했다.

누군가 돌 하나만 던져도 천여 명 천도문의 무사가 일제히 격돌할 것만 같았다.

"물러서거라!"

동방척이 천룡수호대를 향해 매섭게 외쳤다.

"하지만 당주님……."

월란이 눈물까지 글썽이며 이를 악물었다. 동방척이라고 왜 그녀들의 마음을 모르겠는가. 하지만 아직은 아니다. 같은 식구들을 향해 무기를 뽑는 것은 최후의 선택이어야 한다.

억울하고 다급한 마음에 천룡수호대의 일부는 울음을 터뜨렸다. 목숨을 걸고서라도 지켜야 할 주공이 저기 쓰러져 있는데 그녀들은 감히 나설 수도 없는 처지였다. 더욱이 이번 싸움의 빌미를 제공한 책임까지 느끼고 있기에 그녀들의 조급함과 안타까움은 더욱 컸다.

번살이 흥분한 사마대를 향해 나직이 머리를 저었다. 그리곤 전음으로 말했다.

"천이 하나를 위해 수백의 무사를 희생시킬 순 없네."

"그럼 이대로 물러서자는 거요?"

"지면… 물러서는 게 무인의 도리지……."

"형님!"

사마대가 눈을 부라리며 번살을 노려봤다. 번살은 타이르듯이 조용히 말했다.

"형님이 살아 계셨어도 그리하셨을 게야. 자신의 목숨보다 천도문을 더 귀하게 여기셨으니까."

사마대의 거구가 부르르 떨렸다.

백화린은 듣지 않아도 알 수 있었다. 두 사람이 전음으로 어떤 말을 주고받았을지. 하지만 그녀의 생각은 달랐다.

장승풍은 절대 물러서지 않았을 것이다. 이곳에 있는 모든 무사를 희생시킨다 해도 그는 절대 물러서지 않았을 사람이다. 장천에게 천도문을 물려주기 위해 그는 자신의 수제자였던 목우령조차 지하 뇌옥에 가두지 않았던가.

장승풍은 자신이 원하는 것을 얻기 위해선 수단과 방법을 가리지 않았던 사람이다. 그가 죽는 순간까지 포기하지 못했던 건 장천에 대한 미련이었다. 자신의 아들이 천도문을 지켜주기를 바라는 어리석은 미런……. 그의 어리석은 미련은 백화린에게 숙명이라는 이름의 짐으로 남겨져 있었다. 그녀는 천도문을, 그리고 장천의 자리를 지켜야 했다.

백화린은 현각을 흘긋 쳐다봤다. 주변에서 무슨 일이 일어나는지도 모르는 듯 그는 독과 맞서는 데 집중해 있었다.

'할 수 있을지도 몰라. 그는 언제나 내가 생각지도 못했던 일들을 해냈으니까!'

백화린이 투지에 불타는 눈으로 장승운을 노려봤다.

"죽음을 자초한다면 말리지는 않겠다!"

장승운도 검을 치켜들었다.

"화린아, 안 된다!"

번살의 외침에 백화린이 희미한 미소를 지으며 침착하게 말했다.

"숙부님, 상공을 믿으십시오. 반드시 다시 일어서실 겁니다. 숙부님들은 그때 상공을 지켜주십시오."

그녀의 단호한 말에 타협이나 설득의 여지는 없었다.

번살은 무림에 몸담은 이래, 오늘처럼 자신이 나약하고 무능력하게 여겨지기는 처음이었다. 지금 자신이 할 수 있는 선택이 도대체 뭐가 있단 말인가?

사마대는 망연자실한 표정으로 번살을 쳐다봤다. 이대로 백화린이 죽게 내버려 둘 거냐는 책망이 담긴 눈빛이다.

번살의 고민과 함께 죽음과도 같은 정적에 잠겨 있던 두사들이 갑자기 술렁거리기 시작했다. 동시에 백호전을 빼곡히 메우고 있던 무사들이 파도처럼 양 갈래로 흩어지며 길이 만들어졌다.

그 길을 따라 일 남 일 녀가 들어섰다.

"어머나! 우리를 환영해 주러 이렇게 많은 사람이 모인 거예요? 호호호! 여러분, 반가워요. 앞으로는 화산파도 좀 더 많은 제자를 뽑는 게 좋겠어요."

앙증맞게 떠들며 들어서는 소녀는 다름 아닌 휘아였다. 화산을 나선 것도 처음인 데다, 이렇게 많은 사람을 보게 되자 그녀는 신이 나서 떠들어댔다. 그녀와 함께 들어서는 사내는 물론 화산제일검 강호성이었다.

휘아의 앙탈과 투정에 못 이겨 찾아온 걸음에 그는 뜻하지 않은 상황을 보게 된 것이다. 두 사람의 등장은 경내의 분위기를 순식간에 반전시켰다.

화산파가 이미 현각의 편에 서 있다는 것은 천도문 내에도 오래전에 퍼진 소문이었다.

번살과 사마대는 물론이고 현각을 추종하는 외당 무사들의 얼굴에도 순간 화색이 돌았다.

반면 장승운과 내당 무사들은 더욱 깊고 싸늘한 침묵에 빠졌다.

더욱이 휘아는 현각을 발견하자마자 얼굴색까지 변하며 그를 향해 달려들었다. 하지만 그의 상태가 심상치 않자 백화린을 향해 따지듯 물었다.

"오빠—! 어떻게 된 거예요? 오빠가 왜 이래요?"

"지금 운기조식 중이니 방해하지 않는 게 좋을 거예요."

"오빠가 다친 거예요? 그런 건가요?"

울먹이며 현각을 쳐다보던 휘아가 현각의 배에 있는 상처를 발견하곤 호들갑을 떨어댔다.

"어머나! 저기 상처 좀 봐. 어쩌면 좋아. 감히 우리 오빠를 다치게 하다니!"

휘아가 씩씩거리며 장승운을 노려봤다.

장승운은 난감하기도 하고 당황스럽기도 했다. 만에 하나 화산파나 종남파가 개입할까 봐 일을 서두른 것인데 엉뚱한 꼬맹이가 그의 계획을 휘젓고 있으니 어이가 없을 뿐이었다.

하지만 그 꼬맹이의 사부가 화산제일검이니 섣불리 행동할 수도 없었다. 그는 고강한 무공만큼이나 불 같은 성미로 유명한 사람이다. 괜한 빌미를 주어 강호성에게 이 싸움에 개입할 명분을 줄 필요는 없었다.

어차피 강호성은 방관자의 역할밖에 하지 못할 테니까. 검치 하후종이 멀리서 지켜보기만 하듯.

하지만 강호성의 눈에 보이는 장내의 상황은 그리 여유롭지 못했다. 검을 들고 서 있는 장승운, 그의 앞을 막아선 백화린, 그리고 그녀 뒤에 주저앉아 있는 현각.

강호성은 어렵지 않게 상황을 짐작할 수 있었다. 그의 화난 눈길이 장승운을 노려봤다.

"폭우도의 천도제가 있던 날 우리들 앞에서 일 년의 시간을 약속하지 않으셨소? 한데 어린 질자(姪子:조카)를 상대로 이 무슨 횡포요?"

"그 어린 질자가 내 아들을 죽이고 내게 도발해 왔소!"

"그럴 리가……!"

짧은 시간이지만 그가 본 현각은 결코 종형제를 죽일 사람이 아니었다. 다소 엉뚱하고 뻔뻔하기는 하지만 결코 악한 마음은 없는 아이였다. 그리고 원래 강호성은 장승운처럼 심계가 깊은 사람의 말을 신뢰하지 않았다. 그의 시선은 자연히 뒤쪽에 있는 검치 하후종에게 향했다.

"호안조의 말은 사실이외다. 여기 모여 있는 천도문의 모든 식솔이 알고 있는 사실이기도 하고 말이오."

강호성이 확인하듯 번살과 사마대를 쳐다봤다.

"사실이라고는 할 수 있겠으나 진실이라고는 할 수 없소."

번살의 짧은 대답만으로도 충분했다. 장승운의 심계에 단순한 현각이 걸려든 게 아니고 뭐겠는가. 게다가 하후종과 함께 서 있는 백리독향의 존재까지 감안하면 상황은 더욱 명확해졌다.

현각은 장승운과 싸우기 전에 이미 백리독향과 부딪쳤을 것이다. 그리고 영문도 모르는 채 백리독향의 독공에 중독돼 버렸을 것이다. 그는 화류검선조차 알아보지 못할 정도로 무림에 무지했으니까.

그렇다 해도 정당한 비무였다면 이의를 제기할 수는 없었다. 백리독향의 독공은 천하가 다 아는 비기 아닌가. 오히려 그를 알아보지 못하고 도발한 현각의 어리석음을 탓하는 것이 무림의 생리였다.

강호성은 이 싸움에 끼어들 명분이 없었다.

"가주님과 제가 이번 비무의 중언자가 되는 거군요."

강호성이 하후종을 향해 착잡한 어조로 말했다.

"그리되었구려."

"사부님! 그럼 오빠가 계속 싸우도록 그냥 두겠다는 건가요?"

휘아의 놀란 외침에 강호성이 엄한 표정으로 대답했다.

"이것이 정당한 비무라면 개입하지 않는 것이 무림의 법도다! 그러니 너도 백 부인을 모시고 이리로 오너라!"

강호성이 백화린까지 언급하자 장승운의 날카로운 눈에는 섬광이 번뜩였다. 백화린이 없어지고 나면 그는 운기조식 중인 현각과 마주서게 된다. 운기조식 중인 상대를 향해 공격할 수는 없지 않은가. 강호성은 태연히 정당한 비무를 언급하며 현각이 깨어날 시간을 벌어준 것이다.

백화린은 휘아의 손을 꼭 잡은 채 감격과 안도의 한숨을 내쉬었다. 그들의 등장은 우연이지만, 그 우연도 결국은 현각이 만들어놓은 인연의 덫 위에서 이루어진 것이었다.

'당신은 기적을 만드는 사람이군요. 저는 당신을… 믿어요.'

백화린의 차가운 심장이 뜨겁게 달아올랐다.

제5장
이루지 못한 꿈

1

— 마음이 가는 곳에 몸도 가게 될 것이다.

현각의 온 마음과 정신은 모두 자신의 몸을 향해 있었다.

사람이 오고 가는 것은 물론 자신을 향한 사람들의 뜨거운 시선도 전혀 느끼지 못했다. 그는 오로지 자신의 몸과 하나가 되어 몸의 흐름을 읽고, 몸의 소리를 듣고, 몸의 투쟁을 느꼈다.

내상과 동시에 혈관 속에 침투한 백리독향의 독은 혈액과 함께 체내로 퍼져 가고 있었다. 현각은 전신의 내공을 일깨워 독의 기운에 맞섰다. 하지만 이미 혈관 속에 침투한 독은 혈액의 흐름과 함께 자연스럽게 그의 심장을 향해 다가갔다.

'몸이 아니라 마음으로 싸워야 해! 심검에 맞서듯 심독이라 생각하

고 마음으로 상대하는 거야. 몸이 반응하는 건 그 다음이야.'

몸을 놓아줘야 한다. 몸을 놓아주고 마음으로 독과 맞서야 한다. 하지만 당장이라도 심장을 향해 밀려갈 것 같은 독기운을 두고 몸을 놓아주기란 쉽지 않았다. 그는 의식적으로 내공을 일으키며 독의 흐름을 막기 위해 계속 애썼다.

'할 수 있어! 부인이 할 수 있다고 했으니까 할 수 있는 거야!'

이를 앙다물며 현각은 의식 속으로 몸을 떠나보냈다. 그리고 독의 존재도 잊었다. 그는 오로지 자연을 생각했다.

얼음을 깨는 태양처럼, 태양을 덮는 구름처럼, 구름을 밀어내는 바람처럼 그는 자신의 몸을 대자연 속으로 밀어 넣었다.

봄의 햇살은 겨울을 밀어내고, 봄의 새싹은 여름을 불러들인다. 자연이란 그렇게 저절로 흘러가고 순환하며 생명을 탄생시킨다.

인간의 육체도 마찬가지다.

더우면 모공을 열어 땀을 배출하고, 추우면 모공을 닫아 열기를 보호한다. 그렇게 자연의 흐름에 맞춰 스스로를 보호하고 지켜낸다. 인간의 인위적인 손길은 결코 대자연의 원리를 뛰어넘지 못한다. 현각은 자신의 몸을 그 대자연의 흐름에 맡겨 버린 것이다. 이미 그의 체내에 축적된 무형공의 기운은 대자연의 흐름과 순환을 더욱 강력하게 반영시키는 도구일 뿐이었다.

하지만 그 도구의 능력은 실로 뛰어났다.

현각이 자신의 몸을 의식 밖으로 밀어내는 순간, 무형공은 스스로 그의 몸을 보호하기 위해 움직였다.

혈액 속의 독은 더 이상 심장을 향해 이동하지 못했다. 오히려 무형공의 흐름에 체내의 하부 쪽으로 밀리기 시작했다. 몸 안의 노폐물이

변이 되어 체외로 배출되듯 혈액 속의 독도 방광을 향해 밀려갔다.

한데 마지막 순간 뜻밖의 암초를 만나고 말았다. 장승운의 검에 스친 배 밑의 상처! 큰 상처는 아니었지만 찢어진 살갗이 밀려오는 혈액의 압력을 견디지 못하고 확 벌어진 것이다. 동시에 혈관이 터지며 검붉은 피가 분수처럼 몸 밖으로 뿜어져 나왔다.

"헙!"

"까악!"

느닷없이 현각의 상처에서 검붉은 피가 쏟아지자 백화린과 휘아가 깜짝 놀라며 경악성을 터뜨렸다. 하지만 그냥 놀라고만 있기엔 현각의 출혈은 심각한 수준이었다.

백화린이 재빨리 치맛자락을 찢어 현각의 상처를 동여맸다. 그 순간, 현각이 드디어 눈을 떴다.

"하아……."

비록 상처가 커지긴 했지만 독기운이 씻겨 나가자 정신은 한결 맑아졌다. 그의 맑아진 눈앞에 백화린의 하얗게 질린 얼굴이 들어왔다. 그녀의 가느다란 손은 피로 물든 채 자신의 상처를 동여매고 있었다.

"부인……."

"괜찮으신 겁니까……?"

현각은 자신의 상처를 감싼 백화린의 치맛자락을 보며 씨익 웃었다. 상처의 고통 따위는 느껴지지도 않았다. 오히려 그녀의 마음이 자신의 상처를 돌봐주고 있는 것 같아 흐뭇하고 행복했다. 이 순간만큼은 자신이 장천의 대리인이 아닌 현각이란 사내로 그녀와 마주 보고 있는 느낌이었다.

"이 정도로 흔들릴 것 같으면 천하무적이라고 불리지도 못했습니다!"

현각이 호기롭게 외쳤다.

"오빠, 정말이에요? 정말 괜찮은 거죠?"

백화린을 제치고 휘아의 얼굴이 불쑥 나타나자 현각이 화들짝 놀라며 뒤로 흠칫 물러났다.

"넌 뭐냐? 왜 여기 있는 거야?"

"오빠……."

휘아가 구슬처럼 동그란 눈망울에 눈물을 그렁그렁 매단 채 현각의 품으로 달려들었다.

"흐으윽. 오빠……."

"아악!"

현각이 고통스런 신음을 흘리자 휘아도 깜짝 놀라며 몸을 일으켰다.

"미안해요. 많이 아파요?"

"당연하지!"

백화린이 만지고 있을 땐 달콤하기까지 했던 상처인데, 휘아가 건들자 온몸이 찢어지는 것 같은 고통이 밀려왔다. 상처가 제법 깊고 큰 모양이다.

"정말 괜찮은 건가?"

현각에게 다가온 강호성이 걱정스러운 듯 물었다.

"어르신은 여기 웬일이세요? 폐관 수련에 들어갈 거라면서요?"

"그럴 작정이었는데, 휘아가 하도 아우성을 치는 바람에……."

휘아가 창피한 줄도 모르고 현각을 향해 히죽 웃었다.

"문주님이 오빠를 못 따라가게 하잖아요. 그래서 단식 투쟁까지 하면서 사부님을 설득했죠. 헤헤~"

아무리 철없는 소녀지만 이 많은 사람 앞에서 이렇게 노골적으로 애정 고백을 하다니… 뻔뻔한 걸로 치면 그녀는 거의 '여자 현각' 이라 할 만한 수준이었다.

"이 싸움을 먼저 시작한 것이 정말 장 대협이오?"

"그게… 제 실수로 그렇게 됐어요……."

어차피 충분히 짐작하고 있던 상황이다. 강호성은 나직이 머리를 끄덕이며 다시 물었다.

"하면 이번 비무로 천도문의 운명을 결정지을 거요?"

현각은 백화린을 쳐다봤다.

겨울 호수처럼 차갑게 굳어 있던 백화린의 차가운 눈동자가 살짝 흔들렸다. 하지만 이내 침착을 되찾으며 다시 조용하게 가라앉았다. 현각의 부상이 불안하긴 하지만 물러서기엔 너무 먼 곳까지 와 있었다. 이미 돌이킬 수 없는 상황인 것이다.

백화린이 아랫입술을 질끈 배어 물며 살짝 머리를 끄덕였다.

현각은 강호성을 향해 씨익 웃었다.

"어르신은 구경이나 하세요."

화륜검선 앞에서도 당당하게 맞섰던 아이다. 스스로 이기겠다고 마음먹으면 장승운이라 해도 그를 쉽게 꺾지는 못할 것이다.

"장 대협의 뜻이 그렇다면이야……."

휘아가 현각을 향해 다시 구슬 같은 눈을 치켜떴다.

"날 처녀귀신으로 만들 건 아니죠?"

"뭐, 뭐라고?"

"내가 열다섯 살이 되려면 아직 삼 년 남았으니까 그때까지는 죽으면 안 돼요."

"어험!"

강호성이 헛기침을 하며 휘아를 잡아먹을 듯 노려봤다. 사부님의 매서운 눈초리에 휘아가 콧잔등을 찡긋거리며 마지못해 뒤로 물러섰다. 그러면서도 한마디 덧붙였다.

"오빠는 천하무적이에요. 그죠?"

"그럼!"

현각의 자신만만한 대답에 휘아가 흐뭇하게 웃었다.

휘아가 웃거나 말거나 현각의 시선은 오로지 백화린만 응시하고 있었다.

"내가 이기길 바라죠?"

"그야 당연하지만……."

"그럼 이길게요. 부인을 위해 반드시 그를 꺾을게요."

"……!"

"기억해요. 난 천도문이 아니라 당신을 위해 싸우는 거예요. 그리고 당신을 위해 천도문을 지켜줄게요."

백화린의 차갑기만 하던 눈에 눈물이 그렁그렁 맺혔다. 누구에게도 보여준 적 없는 눈물이지만 지금 이 순간은 눈물을 흘려도 될 것 같았다. 새벽 이슬보다 맑고 투명한 한 방울의 눈물이 그녀의 눈에서 구슬처럼 또르륵 굴러 떨어졌다.

"당신을… 믿어요……."

"……!"

더 이상 무슨 말이 필요하겠는가. 백화린이 자신을 믿고 있다는데!

현각의 심장은 당장이라도 폭발할 듯 세차게 요동쳤다.

반드시 이기리라! 반드시 이겨 백화린의 믿음에 부응하리라!

장승운과 마주 선 현각은 거대한 나무처럼 높고 굳건했다.

백화린은 물론이고, 그를 바라보고 있는 모든 무사에게 그는 거대한 그늘을 덮어주는 위대한 문주의 모습으로 서 있었다.

장승운조차 기세가 돌변한 그의 모습에 안색이 굳어졌다. 하지만 현각은 자신의 상대가 되지 못한다. 더욱이 부상까지 당한 몸으로야.

장승운이 이내 비릿한 조소를 머금으며 말했다.

"네놈의 용기는 가상하다만 무모한 용기는 결국 죽음을 자초할 뿐이지."

"그 얘기를 형님에게도 해주지 그러셨어요? 그럼 어제 같은 사고는 없었을 거 아니에요?"

"네놈이 지금 나를 희롱하자는 것이냐?"

"아니오. 전 숙부님을 이기려는 겁니다. 그래서 미리 말씀드려야겠습니다."

"……?"

"편히 쉬십시오."

현각은 마치 죽은 사람을 대하듯 머리까지 숙여 인사를 한 후 척마도를 치켜들었다.

검을 마주 드는 장승운의 얼굴은 수치와 분노로 일그러졌다.

"물론이다! 네놈이 죽고 나면 남은 여생 편하게 쉬고 또 쉴 테다!"

두 사람의 도와 검이 다시 격돌하기 시작했다.

처음부터 전력을 다한 두 사람의 무기가 부딪치자 요란한 폭발음과 함께 주변에 경기의 회오리가 몰아쳤다.

콰콰쾅─!

내공이 약한 무사들은 그 기운만으로도 놀라 몸을 움츠리며 뒤로 물러섰다.

현각의 손에서 펼쳐지는 풍뢰도법은 백호전을 통째로 날려 버리기라도 할 듯 거세고 격렬했다. 마치 폭우도 장승풍이 직접 펼치는 것 같은 착각이 들 정도였다.

'어느새 천이가 형님의 경지에 도달해 있구나. 어쩌면 이번 싸움으로 그 경지마저 넘어설지도 모른다.'

번살은 염려와 기대가 섞인 표정으로 마른 입술에 침을 적셨다.

사마대의 부리부리한 눈에는 어울리지 않는 눈물이 맺혀 있었다.

'형님은 천이가 평생의 오점이라고 했지만 필생의 역작이오. 하늘에서라도 꼭 보셔야 하우. 천이는 형님이 평생 이룬 것보다 더 많은 걸 이뤄낼 거요. 하늘에서라도 반드시 지켜보셔야 하오.'

강호성의 복잡한 심경 역시 두 사람 못지않았다. 지금 현각의 무공은 그와 비무를 할 때보다 훨씬 매섭고 위력적이었다.

'일취월장이란 바로 저런 모습을 두고 하는 말이구나. 이대로라면 무공의 궁극까지 도달하는 것도 시간문제 아닌가? 머지않아 삼치거인의 신화가 다시 재현되겠군.'

모두를 감탄시키는 현각과 대등하게 맞서고 있는 장승운의 무공 또한 놀라웠다. 십 년 만에 검집을 벗어난 그의 유성검은 밤하늘의 별보다 찬란하고 화려하게 빛을 뿜었다.

그의 검이 스치기만 해도 땅이 푹 파이며 누런 흙먼지를 피워 올렸다. 백호전의 내전은 두 사람이 피워내는 먼지와 경기만이 난무할 뿐 두 사람의 모습은 보이지도 않았다.

이따금 들려오는 강력한 폭음만이 두 사람의 대결이 얼마나 치열하고 맹렬한지 짐작하게 해주었다.

일생에 두 번은 보기 힘든 절정고수들의 비무를 눈앞에 두고서도 보지 못하는 안타까움에 무사들이 눈을 부라렸다.

그때 경기의 그물을 뚫고 장승운의 몸이 회오리치듯 허공으로 솟아올랐다.

파라락—!

옷자락을 휘날리며 허공으로 솟구친 장승운이 허공에 부양한 채 소나기 같은 검기를 퍼부었다.

"끄악—!"

내전의 뒤편에 있던 무사 한 명이 소나기처럼 쏟아지는 그의 검기를 미처 피하지 못한 채 몸이 양단되어 버렸다.

"……!"

너무나 순식간의 일이라 근처에 있던 내당의 고수들조차 손을 쓰지 못했다.

"으악—!"

그의 죽음을 본 무사들 중 일부는 공포에 젖은 모습으로 담장을 넘어 백호전 밖으로 피하기도 했다.

점점 맹렬해지는 두 사람의 싸움은 어느덧 내전을 넘어 백호전 전체로 살기를 확산시키는 중이었다.

허공에서 비처럼 쏟아지는 장승운의 검기를 피하기 위해 현각 역시 풍뢰도법의 가장 강력한 초식인 경뢰분전을 연속적으로 떨쳐 냈다.

콰콰콰쾅—!

전력을 다한 두 사람의 경기가 허공에서 맞부딪치자 백호전 전체가 터질 듯한 폭발음이 쉴 새 없이 터졌다.

흙바닥엔 커다란 웅덩이가 푹푹 파였고 청석은 산산이 부서진 채 사방으로 비산됐다.

퍽!

허공으로 날아온 청석 파편에 맞아 머리가 깨지는 무사도 있었다. 그들의 힘으로 피하기엔 폭발의 힘은 너무나 강력했다. 부서진 청석마저 두 사람의 경기에 따라 이리저리 흩날리자 더 이상 견디지 못한 대부분의 무사가 백호전 밖으로 몸을 피했다.

이제 백호전에 남아 있는 사람은 그야말로 소수 정예의 고수들로 그 수는 백 명도 채 되지 않았다. 그들 중에는 천룡수호대도 끼어 있었다. 그녀들의 무공이 두 사람의 경기를 감당할 수준이 되어서가 아니었다. 단지 죽더라도 자리를 뜨지 않겠다는 결연한 의지 때문이었다.

그녀들의 마음을 아는 번살과 사마대는 겉으로 드러나지 않는 가운데 은근히 그녀들을 보호해 주고 있었다.

계속되는 현각과 장승운의 충돌은 그야말로 용호상박(龍虎相搏)이었다. 둘 중 하나가 죽기 전에는 끝나지 않을 치열한 싸움이 숨 막히는 긴장 속에 이어지고 있었다.

둘의 승부가 길어질수록 현각의 부상도 점점 심각해졌다. 현각은 자신의 부상도 느끼지 못할 정도로 무공에 몰입해 있었지만, 그의 배를 동여매고 있는 백화린의 옷자락은 이미 피로 흥건하게 젖어 있었다.

백화린은 마치 자신의 몸에서 피가 나오는 것 같은 절박한 심정으로 현각을 지켜봤다.

현각은 연이어 풍뢰도법을 떨쳐 냈다.

긴장도, 흥분도, 두려움도 없는 현각의 무표정한 얼굴은 그가 완전히 무아지경에 돌입해 있음을 반증했다. 그는 몸과 마음과 도가 하나된 일체감에 몰입한 채 마음에 따라 몸이 움직이는 신검합일의 완벽한 경지를 맛보고 있었다. 그의 몸은 폭풍이 되어 몰려갔고, 그의 도는 폭풍 속을 휘젓는 한줄기 뇌전이었다.

시간이 거듭될수록 현각의 움직임은 점점 위세를 떨치는 데 반해 장승운은 지친 기색이 역력했다. 처음부터 전력을 다해 검기를 떨쳐 냈기 때문에 내공에 한계를 느낄 수밖에 없었다. 반면 현각은 그와의 대결을 통해 오히려 심검의 진정한 경지로 접어들고 있었다.

현각은 이 비무가 서로의 목숨을 건 흉험한 승부라는 것도 어느덧 잊고 있었다. 오로지 마음의 검을 손을 통해 완벽하게 재현하는 데만 몰두해 있었다. 그리고 점차 일치되어 가는 심검을 느끼며 짜릿한 환희를 느꼈다.

장승운은 자신과의 비무를 통해 현각의 무공이 진일보하고 있음을 느끼자 마음이 조급해졌다.

'더 이상 끌 수 없다!'

장승운의 동공이 확대되더니 옷자락이 팽팽하게 부풀어 올랐다. 내공을 최대한 끌어올리며 최후의 일격을 준비하고 있는 것이다.

현각은 척마도를 늘어뜨린 채 담담하게 서 있었다.

'마음으로 맞서라. 마음으로!'

현각은 자신에게 되뇌이며 긴장되는 마음을 억누르려 애썼다.

장승운은 천천히 하늘을 향해 유성검을 치켜들었다. 바람 한 점 없는 날씨지만 장승운의 장포는 당장이라도 터질 듯이 펄럭거렸다.

경내에 남아 있던 모든 사람이 숨을 멈췄다.

장승운의 검이 한줄기 허공을 내리긋자 삼 장에 달하는 검기가 발산되었다. 그리고 장승운의 검은 밤하늘을 가로지르는 유성처럼 한줄기 강력한 섬광이 되어 현각을 향해 쏟아졌다. 단 한 줄기의 검광에 그의 필생의 공력이 담겨 있는 것이다.

현각도 척마도를 내지르며 정면으로 맞섰다.

"뇌천무위—!"

현각의 기합성과 함께 장내는 거대한 폭발의 소용돌이에 휘감겼다.

파파파광—!

현각은 숨 쉬는 것도 잊었다. 심장의 박동도 멎었고, 그 순간만큼은 시간의 흐름조차 멈췄다. 백화린이 그토록 꿈꿨으나 여전히 이뤄보지 못한 경지. 현각은 그 높은 경지에 서서 뇌천무위를 펼치며 장승운을 향해 돌진했다.

"……!"

장승운은 찰나지간 숨이 멎는 것 같은 공포를 느꼈다.

현각이 자신의 내공에 정면으로 맞서며 쇄도해 오다니! 그 순간, 장승운은 자신의 패배를 직감했다. 어쩌면 현각이 백리독향의 독을 이겨내는 순간 깨달았는지도 모른다. 인정하고 싶지 않았을 뿐이지. 부상에도 불구하고 전혀 흔들림없이 자신과 대등한 실력을 보이는 순간에도 그는 깨달았다. 오늘의 승부는 이미 결정지어졌음을.

하지만 그는 물러설 데가 없었다.

이미 자신이 가진 모든 걸 걸었고 자신이 할 수 있는 최선을 다했다. 이젠 그 결과를 받아들일 순간이다.

꽈꽈꽝—!

두 사람의 검기와 도기가 정면으로 충돌했다.

거대한 경기의 폭발에 장승운은 전신이 갈가리 찢겨지는 느낌이었다. 하지만 현각은 그의 검기를 뚫으며 척마도를 내질렀다.

현각의 척마도가 뇌전처럼 장승운의 가슴을 후려쳤다.

"끅—!"

짧은 신음성과 함께 한줄기 검은 피가 장승운의 가느다란 입술을 적셨다.

"……!"

현각은 장승운의 가슴에 박힌 척마도를 거둘 생각도 하지 않은 채 석상처럼 굳어 있었다.

그는 더 이상 놀라거나 당황하지 않았다. 오히려 장승운이란 최고의 적수를 만나 사력을 다해 자신의 무공을 펼칠 수 있었던 것에 대한 쾌감과 환희에 살며시 몸을 떨었다.

최고의 적수를 만난다는 건 무인이라면 누구나 꿈꾸는 일이었다. 평생 무림에 몸담고 살아온 장승운도 그 점은 마찬가지였다. 그 역시 마지막 한 올의 진기까지 끌어내 자신이 할 수 있는 건 다 했다.

미련없는 승부였다. 단지 자신이 그토록 원한 승리자의 영광이 현각의 몫일 뿐…….

"내가… 졌구나……."

장승운은 허탈하게 웃었다. 한평생 형님의 그늘을 벗어나기 위해 발버둥 치며 살아왔다. 자식들조차 희생시키며 오로지 한 길을 위해 달려왔다. 하지만 결국은 이루지 못한 꿈이 되고 말았다.

언제부터였을까? 형님을 꺾고 싶었던 게…….

아마 그들의 하나뿐인 누이동생 장홍련이 형님의 실수로 죽는 순간부터였을 거다. 세상 그 누구보다 사랑했던 여동생을 잃은 슬픔이 그에게서 사랑을 빼앗아 가버린 거다.

이상하다. 왜 삶의 마지막 순간 그 아이의 얼굴이 떠오르는 걸까? 역시 혈육의 정이란 개인의 야욕보다 강한 거였던가? 그것을 부정하고 살아온 지난 세월은 모두 허상이었던가?

자신의 야망을 위해 자식마저 희생시킨 그에게 남은 건 초라한 죽음 뿐이었다. 장승운은 마지막 순간에야 그 사실을 깨달았다.

"크흐흐……!"

서글픈 한 가닥 웃음을 끝으로 장승운의 몸이 스르르 무너졌다.

'형님, 못난 아우를 용서하시오. 그리고 가엾은 내 아들들아, 모진 아비를… 절대 용서하지 마라.'

후회없이 살기 위해 그토록 애썼건만 결국 서글픔만 안고 가는 초라 하고 슬픈 최후였다.

믿을 수 없는 결과에 잠시 말을 잃고 서 있던 검치 하후종과 백리독 향도 이내 씁쓸히 발걸음을 돌렸다. 원래 패자는 말이 없는 법이다.

드디어 끝났다는 안도감과 승리의 환희보다 현각에게 먼저 찾아온 감정은 고통이었다. 복부의 상처에서 흘러내린 피는 어느덧 그의 바지 까지 흥건하게 적시고 있었다. 이번엔 독이 아니라 과다한 출혈 때문 에 눈앞이 흐릿해졌다.

현각은 더 이상 버티지 못하고 털썩 주저앉았다.

백화린이 그를 향해 다급하게 달려왔다.

"상공―!"

현각은 힘겨운 미소를 지으며 백화린의 품에 몸을 기댔다. 그녀의 아늑한 품속에 지친 육체를 맡긴 채 현각은 서서히 의식의 끈을 놓았 다.

2

따사로운 햇살이 얼굴을 비추고 달콤한 복숭아 향기가 콧잔등을 간지럽혔다.

무의식 속에서도 현각은 느낄 수 있었다.

'부인이 왔구나.'

현각이 기분 좋은 꿈에서 깨어나듯 살머시 눈을 떴다.

"이제 의식이 드나요?"

봄볕보다 화사하고 아름다운 백화린의 얼굴이 그를 내려다보고 있었다. 얼음장 같던 눈에도 봄의 햇살이 찾아든 듯 따사롭게 변한 모습이다.

현각 역시 그윽한 미소를 지으며 백화린의 얼굴을 쳐다봤다.

"언제부터 여기 있었어요?"

"당신은 지금 삼 일 만에 깨어난 거예요."

"뭐라구요?"

놀란 현각이 몸을 일으키려고 하자 백화린이 살며시 그의 어깨를 눌렀다.

"그대로 누워 계세요. 이틀 정도는 더 요양하시는 게 좋을 거라고 했어요."

"그럼 숙부님은……?"

"걱정 마세요. 숙부님의 장례식은 정중하게 치러 드렸으니까요."

"백호전의 무사들은요?"

"일부는 떠났지만 대부분은 제자리에 그대로 있어요. 어차피 그들이 원한 건 강한 문주였어요. 당신이 그들이 원하는 강한 문주가 되어준 거구요."

새삼 떠오른 자신의 업적에 현각이 넌지시 미소를 지었다.

"제가 온전히 천도문을 지켜낸 거군요?"

"기적 같은 일을 해냈어요. 오직 당신만이 할 수 있는 일을……."

백화린이 말끝을 흐리며 살포시 웃었다.

그러고 보니 단둘이 있는데도 꼬박꼬박 존댓말까지 하고 있었다. 이미 그녀의 마음에 현각이란 사내가 새겨지고 있다는 의미가 아니고 뭐겠는가. 이런 기회를 그냥 흘려보낼 현각이 아니었다.

"그 천도문은 부인께 줄게요."

"……?"

"난… 부인만 있으면 돼요."

백화린의 얼굴이 잘 익은 복숭아처럼 살짝 붉어졌다. 현각은 심장이 멎을 것만 같았다. 여자가 얼굴을 붉힐 때야 그 내심은 뻔하지 않은가. 더욱이 백화린처럼 도도한 여자가 얼굴을 붉힐 정도라면 이미 마음은 완전히 자신에게 넘어왔다는 뜻이다.

현각이 뜨거운 가슴을 주체하지 못하고 백화린의 손을 꼭 잡았다.

"나를 받아주는 거죠? 장천이란 사내의 대리인이 아닌 현각이란 사내로서 말이에요."

그러고 싶었다.

지난 삼 일 내내 현각의 머리맡을 지키며 그가 눈을 뜨기만을 기다렸다. 그의 미소를 다시 보고 싶었고, 그의 실없는 농담을 다시 듣고 싶었다. 이대로 그의 손목을 잡은 채 그의 품에 기대고 싶었다.

현각은 자신에게 천도문을 지키는 것 이외에 다른 삶을 꿈꾸게 만든 유일한 사람이었다. 여자로서의 욕정과 행복을 꿈꾸게 만든 유일한 사람……

그의 앞에선 어떤 고민도, 두려움도 한낱 우스갯거리밖에 되지 않는다.

그는 삶의 무게를 극복하고 삶의 즐거움을 추구할 줄 아는 사내였다. 백화린은 그를 보며 잃었던 미소를 되찾았고 이따금은 즐거운 순간도 누렸다.

그의 손은 너무나 따뜻하고 정겹다. 백화린은 이 손을 놓고 싶지 않았다. 하지만 그녀는 이미 장천이란 사내와 혼인을 한 사이였다. 외면할 수 없는 현실의 무게는 어쩔 수 없이 백화린으로 하여금 현각에게서 손을 빼게 만들었다.

하지만 현각은 그녀를 놓아주지 않았다. 오히려 그녀를 잡고 있는 손에 더 힘을 줬다.

"당신의 남편이 돌아오면 우리 함께 떠나요."

"……!"

"당신의 남편을 위해 당신이 할 수 있는 건 다 했잖아요. 그러니 이 제는 당신을 위해 살아요. 나와 함께……!"

자신의 가슴이 이렇게 뜨거웠던 적이 있었을까? 백화린은 주체하기 힘든 열기와 감동에 목까지 메였다.

천도문을 위해 목우령의 열렬한 사랑도 외면했던 그녀다. 하지만 현 각의 사랑은… 외면하기 싫었다. 그와 함께라면 깊은 산골의 이름 없 는 촌부가 되어 살아도 좋을 것 같다.

백화린의 맑은 눈동자가 요동쳤다. 현각의 손 아래 잡혀 있는 그녀 의 가녀린 손끝이 파르르 떨렸다.

현각은 침까지 꼴깍 삼키며 그녀의 대답을 기다렸다. 그리고 백화린 이 대답을 위해 막 입술을 여는 순간이었다.

"오빠—!"

경쾌한 외침과 함께 휘아가 넙죽 나타났다. 해맑은 미소를 짓고 있 는 그녀의 모습은 참으로 앙증맞고 귀엽다. 하지만 볼 때마다 어쩜 이 리도 얄밉고 미울까?

현각은 이를 빠득 갈았다.

'으이구, 저 웬수!'

아무것도 모르는 휘아는 환한 미소를 지으며 두 사람의 사이에 냉큼 끼어들었다.

"오빠! 드디어 일어났군요! 휘아가 얼마나 기다렸다구요. 하필이면 내가 잠깐 자리를 비운 새 깨어날 게 뭐람? 그래도 꼭 알아줘야 돼요. 내가 삼 일 내내 오빠 침상을 지켰다구요."

똘망똘망한 눈으로 힘주어 말하는 걸 보니 생색이라도 내고 싶은 모 양이다.

아무리 영웅은 호색하고, 여다익선(女多益善)을 삶의 신조로 생각하는 현각이지만 휘아는 예외였다. 단지 그녀가 철부지 어린 꼬마여서만은 아니다. 첫 만남부터 지금 이 순간까지 그녀는 도무지 자기 인생에 도움이 안 되는 여자였다.

"널 보니까 다 나아가던 상처가 도지는 것 같다. 그만 화산으로 돌아가지 그러냐?"

"뭐라구요?"

휘아가 눈썹을 팔자로 찡긋 세워 올리며 앙칼지게 대꾸했다.

"내가 오빠 생명의 은인이라는 걸 아직도 모른단 말이에요?"

"너야말로 내가 네 생명의 은인이라는 걸 벌써 잊었냐? 생명의 은인이 부탁 하나만 하자. 제발 화산으로 돌아가라, 응?"

"하! 참 내. 나도 생명의 은인으로서 한마디 하겠는데요, 나랑 혼인하겠다는 약속을 하기 전에는 난 절대 천도문을 떠나지 않을 작정이니까 그리 아세요!"

"……?"

이건 빚이라도 받으러 온 고리대금업자의 배짱이다.

돈 받기 전에는 한 발자국도 움직이지 않겠다는 빚쟁이의 말과 뭐가 다르단 말인가. 더욱이 부인을 옆에 두고 혼인을 하자고 조르는 여자라니!

철면무적 백치대협 현각도 이렇게까지 뻔뻔했던 적은 없었다. 적어도 자신의 생각으로는 그랬다.

현각은 화를 내야 할지, 그녀를 잘 달래야 할지도 쉽게 판단이 서지 않았다. 그냥 멍한 표정으로 물을 뿐이다.

"내가 왜 너랑 혼인을 해야 되는데?"

"그야 오빠는 내 목숨을 구해줬고, 나는 또 오빠의 목숨을 구해줬으니 이게 하늘이 내려준 인연이 아니고 뭐겠어요?"

이건 또 무슨 소릴까?

현각은 여전히 멍한 얼굴로 백화린을 쳐다보며 눈썹을 찡긋거렸다. 저 애가 도대체 무슨 말을 하냐는 표정으로.

백화린도 멍하기는 마찬가지였다.

이십 년 만에 깨달은 사랑을 열두 살짜리 꼬마가 자기 눈앞에서 채가려 하는 게 아닌가? 그녀는 현각이 세상에서 제일 뻔뻔한 사람인 줄 알았는데, 지금 보니 그는 두 번째였다. 첫 번째로 뻔뻔한 사람은 따로 있었다. 그것도 열두 살짜리 여자애가 이미 천하제일을 노리는 뻔뻔함을 이룬 것이다.

"좋아요! 오빠가 아직 뭘 모르는 것 같은데 언니가 말 좀 해주세요."

"무슨 얘기를 하라는 거지……?"

"언니가 그랬잖아요! 나의 등장은 천우신조(天佑神助)나 다름없었다고! 그 덕분에 오빠가 살아날 수 있었다고! 언니 입으로 직접 생명의 은인이라며 인사를 했었잖아요!"

그 인사가 현각의 둘째 부인으로 맞는다는 말은 아니었건만 휘아에게는 그랬던 모양이다.

목숨의 빚을 혼인으로 받아내는 경우가 간혹 있기는 했다. 물론 목숨을 구해준 사람은 남자이고, 상대가 처녀일 때의 얘기다. 한데 여자가, 그것도 이미 혼인을 한 사내를 상대로 혼인을 강요하는 모습이라니.

냉정한 백화린조차 대답할 말을 찾지 못하고 멍하니 휘아를 쳐다보기만 했다.

그나마 현각이 먼저 정신을 차리고 간신히 입을 열었다.

"너는 정말로 나랑 혼인할 생각으로 천도문에 온 거냐?"

휘아가 몸을 배배 꼬며 얼굴을 붉혔다. 이건 또 무슨 해괴한 짓인
지…….

"사실 여기에 올 때는 오빠가 허락해 주지 않으면 어쩌나 하고 걱정
했었거든요. 근데 제가 오빠 목숨을 구했으니 우리의 인연도 예사롭지
는 않은가 봐요."

환장할 일이다.

"너희 사부님도 이 사실을 아시냐?"

"그럼요. 지금 두 분 전주님을 설득하고 계시는 중인걸요?"

울상이 된 현각이 백화린에게 물었다.

"무림에 이런 법도도 있나요?"

백화린의 표정도 뭐라 말할 수 없는 당황함과 착잡함에 일그러져 있
었다.

"금시초문입니다."

현각은 일단 안도했다. 열두 살 소녀의 철없는 사랑을 나무라서 뭐
하겠는가. 그냥 어른들이 알아서 정리하면 될 일이지.

'하여간 너무 잘난 것도 탈이라니까!'

현각은 휘아가 보란 듯이 백화린의 손을 꼭 잡았다. 하지만 그가 휘
아를 너무 과소평가했나 보다.

"으아앙—!"

휘아가 돌연 대성통곡을 시작해 버린 것이다.

현각과 백화린은 서로 얼굴을 쳐다보며 허탈하게 웃었다. 어쩌랴,
그녀는 이제 겨우 열두 살인 것을. 아직도 눈물과 투정이 통하는 나이

아닌가. 그저 강호성의 등에 업혀 하루라도 빨리 화산으로 돌려보내는 수밖에 달리 해결책이 없었다.

주작전에서 번살과 사마대와 마주 앉은 강호성은 아직도 다 하지 못한 현각의 칭찬에 열을 내고 있었다.

"절정고수는 노력으로 이룩할 수 있지만 천하제일인은 하늘에서 내린다더니 장 대협이 바로 하늘에서 내린 고수가 아니고 뭐겠습니까?"

침이 마르도록 계속되는 강호성의 칭찬에 사마대도 우쭐한 기분으로 통쾌한 웃음을 터뜨렸다.

"껄껄껄! 그러게 말입니다. 무공에 대한 그 아이의 나약함이 오히려 무형공과 인연을 맺는 계기가 되었으니 운명이라 할밖에요. 껄껄껄!"

"사실 휘아의 투정에 못 이겨 따라오긴 했지만 내심으론 장 대협과 다시 겨뤄보고 싶은 욕심도 있었습니다. 한데 여기 와서 보니 장 대협의 성취는 화산에 왔을 때와 또 다르더군요."

"사실은 저도 그 아이의 적수가 되지 못한답니다."

사마대의 말은 결코 허언이 아니었다. 언제부터인가 현각은 사마대와 번살조차 능가하는 고수가 되어 있었다.

강호성 역시 마찬가지였다.

"무형공이라… 과연 화산의 무공이 무형공을 넘어설 수 있을까……?"

강호성이 혼잣말처럼 나직이 중얼거렸다.

흐뭇하게 찻물만 들이키던 번살이 조용히 입을 열었다.

"화산의 무공이 넘지 못할 벽이 어디 있겠습니까? 천이도 화륜검선과의 만남을 통해 깊은 깨달음을 얻었다고 하더군요."

"그렇겠지요. 당장은 아니겠지만 장차 장 대협의 적수가 될 분은 화류검선 어르신밖에 없겠지요."

하지만 깨고 싶었다. 화산제일투광이라 불릴 정도로 비무를 즐기는 강호성이 아닌가.

"이미 지난번 장 대협과의 비무 이후에 결심했던 일인데… 전 폐관 수련에 들어갈 겁니다."

번살이 찻잔을 내려놓으며 강호성을 빤히 쳐다봤다.

폐관 수련에 들어가서라도 현각과 자웅을 겨뤄보고 싶은 마음이야 충분히 이해할 수 있다. 자신 역시 그런 욕심에서 자유롭지 못한 무인이니까. 한데 그 얘기를 왜 자신들에게 허락받듯 하는 걸까?

"그래서 말인데……."

강호성이 입술을 살짝 적시며 어렵게 말을 이어갔다.

"당분간 우리 휘아를 맡아주시면 어떨지 하고……."

강호성은 말끝도 다 맺지 못한 채 두 사람의 눈치를 힐끔 봤다. 그런 강호성의 모습에 사마대가 호탕하게 웃었다.

"껄껄껄! 화산제일검의 그 호기는 어디다 두고 오셨습니까? 겨우 그런 일에 말끝을 흐리시다니! 껄껄껄!"

번살도 나직이 웃었다.

"그러게요. 휘아는 강 대협과 함께 우리 천도문의 은인입니다. 그 아이가 원한다면 평생이라도 머물게 해드려야지요. 허허허!'

두 사람의 말에 강호성이 커다랗게 한숨을 쉬었다.

"이리 쉽게 허락을 해주시니 그저 감사할 따름입니다. 저가 늦게 거둔 제자라 마냥 예뻐만 했더니 철도 없고 고집도 센 게 워낙 제멋대로라……. 너무 폐가 되는 건 아닐지 걱정입니다."

"어린아이가 다 그렇지요. 너무 염려 마십시오."

현각이 들으면 뒤로 까무라칠 일이다.

그리고 실제로도 그랬다.

"뭐라구요? 휘아가 여기 머물 거라구요?"

현각은 눈에 쌍심지를 켜고 번살과 사마대를 노려봤다.

"숙부님이 허락했으니까, 숙부님이 책임지세요!"

"휘아는 우리 천도문의 귀한 손님이다. 함부로 말하지 말거라."

번살의 점잖은 꾸짖음에도 현각의 씩씩거림은 멈추지 않았다.

"휘아가 왜 여기 있겠다고 했는지나 알고 하시는 소리예요?"

"화산에서 너와 인연이 있었다고 하더구나. 휘아는 아직 어리니 무형공을 익힐 수 있을지도 모르고……."

번살의 말이 끝나기도 전에 현각이 버럭 소리를 질렀다.

"거봐요! 아무것도 모르시잖아요! 하여간 휘아가 여기 있는 동안은 제 얼굴 볼 생각 하지도 마세요!"

현각이 다급히 돌아섰다. 혹시라도 휘아와 마주치기 전에 어디론가 피하려는 것이다.

'어디로 가지? 휘아, 고 계집애가 절대 못 쫓아올 은밀하고 외진 장소가 어디지?'

떠오르는 장소가 있긴 하다, 반갑지는 않지만.

"어쩔 수 없지. 휘아를 상대하는 것보다야 나을 테니까."

현각의 발걸음이 혜문당을 향했다.

그의 생각으로 가장 은밀하고 외진 곳은 단연 서고였다.

오랜만에 찾아온 혜문당은 여전히 어둡고 칙칙한 책 냄새로 덮여 있었다.

　"에휴, 이런 데서 사니까 느는 건 주름살밖에 없지."

　서고 사이를 어슬렁어슬렁 걸어가던 현각이 깜짝 놀라며 걸음을 멈췄다. 어느샌가 혜문당주가 그의 앞에 나타나 있었던 것이다.

　"깜짝이야! 사람이 움직일 때는 좀 인기척을 내야지, 이거야 원 참……."

　"멍청한 놈. 서고가 흔들리도록 걸어왔는데도 눈치 채지 못한 놈이 바보지."

　"아니, 이 영감이! 내가 누군지나 알고 이러는 거예요?"

　"알지. 가짜 장천."

　"그거야 옛날 얘기고, 지금은 엄연히 천하무적 옥면대협으로 온 무림에 명성이 자자한 고수요, 고수! 고수가 뭔지는 알죠?"

　현각의 거드름에 주름투성이 혜문당주가 코웃음을 치며 말했다.

　"제깟놈이 무슨 천하무적! 운이 좋아 간신히 살아난 게지."

　"하여간 말로 제 살을 깎아먹지. 그래도 무형공을 가르쳐 준 공이 있으니 어디 편안한 자리로 옮겨줄까 했더니……."

　"허튼소리하지 말고 네놈 앞가림이나 잘해라."

　혜문당주의 빈정거림에 현각이 입술을 쭉 내밀었다.

　기껏 무형공을 가르쳐 줘놓고 이제 와서 시샘하는 모습이라니……. 심술 맞은 영감인 건 알았지만 이렇게 마음이 편협한 사람인지는 미처 몰랐다.

　"내 걱정 말고 영감 앞가림이나 잘하세요. 뭐가 뭐 생각해 준다고 별걱정을 다 하네."

"엉터리 무형공으로 천둥벌거숭이처럼 날뛰는 꼴을 보니 네놈도 그리 명이 질기지는 못하겠구나. 쯧쯧."

혜문당주가 혀를 차며 돌아섰다.

"아니, 저 영감이! 악담을 해도 정도가 있지!"

혜문당주가 몸을 휙 돌렸다.

축 처진 눈꺼풀에 덮여 잘 보이지도 않던 혜문당주의 눈빛이 날카롭게 빛났다.

"무림이 그렇게 쉽고 만만한 곳인 줄 아냐? 네놈도 곧 알게 될 게다. 무림이 어떤 곳인지……!"

완전히 다른 사람처럼 돌변한 혜문당주의 날카로운 기세에 현각이 움찔했다.

"왜… 안 어울리는… 짓을 하고 그래요……?"

따져 묻는 현각의 목소리도 왠지 기가 죽은 기색이 역력했다. 실없는 소리로 치부하기엔 혜문당주의 목소리가 너무나 강렬했다. 현각의 단순한 마음에 돌덩이처럼 얹혀질 정도로.

제6장
피할 수 없으면 맞서라!

1

멀리서 바라보는 천도문의 새벽
은 아름다웠다.

화려한 전각의 처마 끝에 걸린 새벽 이슬이 아침 햇살에 반짝거리는
모습은 눈이 아릴 정도로 아름다웠다.

수련을 시작하는 무사들의 힘찬 기합성으로 시작하는 아침은 여전
히 활기에 넘쳤다.

'나도 저 소리에 잠을 깨곤 했었지……'

달라진 게 있다면 멀리서 천도문을 바라보고 있는 장천의 마음이었
다.

그는 저 담장 안에서 태어났고, 걸음마를 시작했고, 무공을 배웠다.
자신의 인생 모두가 담겨 있는 것이고, 자신의 미래 또한 품고 있던 곳
이다.

한데 멀고 긴 길을 돌아온 지금의 그에게 천도문의 높은 담장은 그가 허물어야 할 장벽이 되어 있었다.

'내 손으로 천도문을 칠 수 있을까?'

이곳까지 오며 수천 번도 더 자문해 본 말이다.

할 수 없는 일이라고, 있을 수 없는 일이라고 말하면서도 그는 피하지 못했다. 아니, 피하지 않은 건지도 모른다.

그는 보여주고 싶었다. 자신을 무시하고 외면했던 사람들에게 자신의 힘과 능력을 과시하고 싶었다. 그들의 무릎을 꿇리고, 그들의 어리석음을 비웃어주고 싶었다. 자신을 버린 대가가 무엇인지 똑똑히 경험하게 해주고 싶었다.

어리석은 욕망임을 알지만 그는 뿌리치지 못했다.

천도문에서 버림받았던 지난 시간의 처절한 고통을 떠올리면 이대로 천도문을 짓밟아도 한이 풀릴 것 같지 않았다. 하루에도 몇 번씩 죽음의 고비를 넘기며 이를 악물었던 시간들을 어찌 잊겠는가?

하지만 막상 천도문을 바라보자 마음이 흔들렸다. 자신이 어떻게 천도문을 치겠는가? 천도문은 그의 삶이자 뿌리인데. 자신의 손으로 천도문을 친다는 것은 스스로의 목에 검을 들이미는 것과 마찬가지였다.

장천의 얼굴을 가린 옥색 면사가 그의 나직한 한숨에 파르르 떨렸다. 눈에는 보이지 않을 정도로 미세한 떨림이었지만 여자의 직감을 피해가지는 못했다.

장천의 옆에 서 있던 아수라성녀 서희가 수정 같은 눈망울을 반짝이며 묘한 미소를 지었다.

"왜요? 드디어 중원무림에 진출한다고 생각하니 떨리나요?"

"……."

"호호호! 의외군요. 당신에게도 감정 같은 게 있는 줄은 몰랐어요."

"천하무적 옥면대협이라 했소, 새 문주의 별호가?"

아수라성녀 서희가 장천의 손을 꼭 잡았다.

"이제 곧 당신의 이름이 될 거예요."

"……!"

옥색 면사 위로 드러난 장천의 눈동자가 보일 듯 말 듯 싸늘하게 웃었다. 천도문의 문주가 된다는 건 원래 자신이 있어야 할 자리를 되찾는 것뿐이었다.

'어차피 피할 수 없는 일이라면 요란하게 부딪치는 것도 나쁠 건 없지. 훗훗.'

마음을 결정하자 심란함은 사라지고 오히려 복수에 대한 짜릿한 기대감이 몰려왔다. 강한 자가 살아남는 곳이 무림이라면 이제 그는 철저하게 그 강한 사람이 될 것이다. 설사 천도문을 향해 검을 뽑는 한이 있어도.

"돌아갑시다!"

장천은 타인처럼 냉랭하게 천도문에서 돌아섰다.

지금 와서 천도문에 미련을 갖는다 한들 또 어쩌겠는가? 이미 그는 구마천에 소속된 마교의 인물인데.

배신은 있을 수 없었다. 마교에서 배신자의 말로가 어떠한지는 담정귀를 통해 똑똑히 봤다. 죽지도 살지도 못한 채 생사로를 지키고 있던 살귀, 담정귀의 모습이 바로 배신자의 말로였으니까.

더욱이 마황 사승비는 자신을 후계자로 지목하지 않았는가? 지금 와서 자신이 천도문의 소문주라고 밝히는 것은 죽여달라고 목을 내미는 것과 마찬가지다.

장천은 그럴 수 없었다. 죽기 위해 여기까지 온 게 아니니까.

마황 사승비는 죽음보다 더한 고통이 뭔지 아는 사람이다. 자신의 의지로는 아무것도 할 수 없는 상황에 갇힌 채 마음속에 분노만 쌓아가는 것. 경험해 보지 않고선 결코 알 수 없는 그 죽음보다 더한 고통을 마황은 알고 있었다.

그래서 장천은 그가 두려웠다.

그런 고통을 이겨낸 사람들이 얼마나 잔인해질 수 있는지 너무나 잘 알고 있는 장천이었다. 자신도 그런 고통을 경험했으니까. 그리고 그 고통 속에서 혈영신마에게 처절하게 배웠다. 피할 수 없으면 맞서야 한다는 것을!

그가 맞서야 할 상대는 천도문도 아니고 마황도 아니다. 그의 진정한 상대는… 자신의 운명이었다.

중원의 이목을 피하기 위해 뿔뿔이 흩어져 온 마교 무사들의 일차 집결지는 서안 북쪽의 수향각이라는 작은 객점이었다.

대부분 상인으로 변장한 그들은 조용한 침묵 속에 장천이 나타나기만 기다렸다. 목우령도 그들과 함께 있었다.

장천과 아수라성녀가 객점에 들어서자 이리저리 흩어져 술을 마시고 있던 무사들의 눈이 일제히 빛을 발했다. 그들의 수는 이십 명밖에 되지 않았지만 모두 혈참마대 소속의 고수들로 웬만한 문파 하나와 맞먹는 전력이라 해도 과언이 아닌 인물들이었다.

하지만 장천은 그들에게 눈길도 주지 않은 채 목우령에게 말했다.

"내 방으로 오게."

아수라성녀 서희가 잠시 불쾌한 내색을 보였지만 장천은 상관하지 않았다.

"오늘 밤에 보도록 하지요."

장천은 단호하게 서희마저 내보낸 채 목우령과 마주 앉았다. 천마교를 떠난 후 처음이었다.

"어찌 되었느냐? 천도문에선 충분히 대비하고 있는 거겠지?"

목우령이 전음으로 물었다.

천마교를 떠나기 전날 장천이 그에게 말했다. 천마교의 목표가 천도문이라면 천도문을 살릴 수 있는 사람도 자신뿐이니 믿고 따라오라고.

목우령은 그렇게 했다. 자신보다 더 절박한 사람이 장천이니 어떻게든 천도문에 미리 언질을 주었을 게 아닌가. 목우령은 그렇게 믿고 있었다.

장천은 쓸쓸히 웃었다. 가슴이 텅 빈 것 같은 공허함이 그대로 묻어나는 미소와 함께 전음으로 말했다.

"천도문은 나 대신 자기들의 입맛에 맞는 새 문주를 구한 모양이더군. 천하무적이라고 하던가?"

그가 느낄 절망과 배신감을 생각하면 목우령도 가슴이 아팠다. 하지만 지금은 그런 감상에 젖어 있을 때가 아니지 않은가.

"그건 이미 설명하지 않았느냐? 네가 천도문에 돌아가기만 하면 모두 해결될 일이다. 그러니 너무 마음 쓰지 말거라."

목우령의 전음에 장천의 공허하던 미소가 싸늘하게 변했다.

"내 부인은 그와 사랑에 빠졌나 보더군."

"……!"

"나와는 말조차 섞지 않던 여인이 그와는 날마다 비무를 하며 하루 종일 붙어 있다고 하더군. 그것도 환한 얼굴로. 그녀의 환한 얼굴이 어떤 건지 난 상상조차 되지 않는데… 사형은 어떻소?"

"그럴 리가… 없지 않느냐? 누구보다 화린이를 잘 알면서……."

목우령의 말을 자르며 장천이 더욱 싸늘해진 목소리로 말했다.

"부인을 잘 알기에 하는 소리요!"

"……."

목우령은 할 말이 없었다. 정말로 백화린이 그와 하루 종일 함께 붙어 있을까? 심장조차 돌처럼 단단하게 단련해 천도문에 바쳐 버렸던 그 여인이?

믿을 순 없지만 혈기당이 전해준 정보일 테니 틀림없는 사실일 것이다.

백화린은 정말로 사랑에 빠진 것이다. 환한 얼굴이라… 백화린의 환한 얼굴이라…….

목우령도 상상이 되지 않았다. 그녀의 환한 얼굴이 어떤 모양을 하고 있을지. 그가 마지막으로 보았던 건 그녀의 눈물이었다. 한데 지금은 웃고 있다고 한다.

너무나 잘된 일인데… 왜 반갑지 않은 걸까? 뒤늦게라도 사랑을 얻고 미소를 찾았다면 당연히 기뻐해 줘야 하건만 가슴에 구멍이라도 난 듯 왜 이리 허무해지는 걸까?

목우령의 상념을 깨며 장천의 전음이 천둥처럼 귓전으로 스며들었다.

"난 천도문을 되찾기로 마음먹었소!"

"……?"

목우령의 눈에 핏발이 섰다. 장천의 말을 이해할 수는 없지만 그가 자신과 다른 생각을 하고 있다는 것만은 분명하게 느낄 수 있었다.

"그래서 사형에게 한 가지 선물을 할까 하오."

"……."

"천도문에서 날 찾으러 온 유일한 사람이었으니 나도 보답을 하는 게 도리겠지."

"……."

"백화린을 살리고 싶으면… 당신이 직접 지키시오!"

"……!"

목우령은 멍한 진공 상태에 빠져 버렸다. 장천의 말이 들리지도 않고, 아무 생각도 할 수 없는 상태. 자신이 살아서 숨을 쉬고 있다는 것도 자각하지 못하는 극한의 충격 상태.

지금의 목우령이 그랬다.

혈성곡에서 장천과 닮은 아이들을 봤을 때도, 장천이 마교의 장로가 되었을 때도 이 정도 충격을 받지는 않았다. 하지만 지금의 한마디는 그를 혼돈의 극한까지 밀어 넣기에 충분했다.

장천은 지금 천마교의 일원으로 천도문을 치려는 것이다. 그의 아버지가 직접 세우고 그가 태어난 곳인 천도문을 그의 손으로 치겠다는 것이다.

"네, 네가 가, 감히… 어찌……. 아니지? 네 마음의 상처를 내가 다 안다고는 할 수 없지만… 그래도…… 그럴 수는 없는 거지. 그럴 수가 없지……."

충격에 잠긴 채 횡설수설하는 목우령의 뇌리에 장천의 전음은 점점 더 차갑게만 다가왔다.

"명심하시오. 사제지간으로 마주 보는 것은 이 순간이 마지막이오. 당신을 죽여 입을 막지 않는 게 내 마지막 배려요. 그러니 당신이 어찌할지 잘 생각해 보시오."

목우령이 그를 배신하면 백화린을 죽이겠다는 협박이었다.

그의 협박은 두렵지 않다. 자신의 죽음도 두렵지 않다. 하지만 백화린은······.

목우령이 벌떡 일어섰다. 지금이라도 가서 알려야 한다. 한 걸음만 달려가면 그녀가 있는데 이대로 있을 수는 없었다.

"후후훗!"

장천이 처음으로 소리 내어 웃었다.

그리곤 더 이상 사형이 아닌 수하를 대하듯 말했다.

"날 꺾을 자신이 있으면 나가라!"

챙!

목우령은 미련없이 그의 거도를 치켜들었다. 자신의 실력으로 더 이상 그의 상대가 되지 못함을 알지만 상관없었다. 죽음 또한 무인이 택할 수 있는 하나의 길이며 방법이니까.

천도문의 멸문을 지켜보느니 차라리 이 자리에서 장렬하게 싸우다 죽을 것이다. 그리고 장천에게 말해 줄 것이다. 내게 천도문이 삶이었다면 너에게 천도문은 운명이라고.

목우령의 거도가 장천을 향해 맹렬히 돌진했다. 그러나 그때, 장천의 청천벽력 같은 한마디가 그의 귓전으로 스며들었다.

"하나, 네가 먼저 죽으면 그녀도 죽는다."

"······!"

목우령은 도를 치켜든 채 멍하니 굳어버렸다.

예전의 맑고 유약했던 그의 눈빛은 어디로 가고, 굶주린 늑대처럼 번뜩이는 눈빛만이 남아 있을까? 힘없이 떨구던 수줍은 미소는 어디로 가고, 살기로 가득 찬 섬뜩한 미소만 남았을까? 도대체 무엇이 그에게서 과거의 흔적을 모조리 빼앗아갔을까?

장천은 그의 손으로 그를 단련시킨 혈영신마를 죽였다.

만약 그가 살아 있었다면 자신의 손으로 죽였을 것이다. 혈영신마는 자신에게서 장천이란 사제를 빼앗아갔고, 백화린의 남편을 없애 버렸으며 천도문의 후계자를 죽여 버렸다.

장천은 더 이상 존재하지 않았다. 일영이란 이름으로 다시 태어난 마황의 그림자가 남아 있을 뿐이다. 세상에 대한 분노와 복수심밖에 없는 냉혈, 그게 바로 목우령을 바라보고 있는 사내의 정체였다.

"천도문을 치려거든… 나부터 죽여다오… 제발…….."

장천이 말없이 목우령을 응시했다. 삶의 의지나 생기는 보이지 않는 고통으로 가득 찬 얼굴이다. 차라리 죽는 게 더 편할 것 같은 그의 얼굴을 보며 장천은 깨달았다. 자신이 그를 죽음보다 더한 고통으로 밀어 넣고 있다는 사실을.

목우령은 알까? 어린 장천에게 그는 넘지 못할 벽이었고, 동경의 대상이며, 또한 열등감의 근원이었던 걸. 그는 처음부터 자신의 운명 안에 함께 있던 사람이었다. 어쩌면 그가 자신을 찾아온 것도 운명의 일부일지 모른다. 혈성곡이란 지옥에서도 그와 함께 살아 나왔듯이.

장천은 그를 죽이고 싶지 않았다.

"당신이 죽으면… 백화린도 죽소."

마지막으로 사형에게 하는 말이다.

목우령은 그의 말에서 진심을 느꼈다. 자신이 죽으면 백화린도 죽을 것이란 그의 말은 진심이었다.

그녀를 위해서라도 자신은 살아남아야 한다. 무슨 수를 써서라도……. 설사 천도문의 멸문을 넋 놓고 지켜보는 한이 있더라도 백화린을 지키고 싶은 것이 목우령의 솔직한 심정이었다. 그의 거도가 힘없이 바닥으로 떨궈졌다. 그의 넓은 어깨는 자신의 도보다 더 무겁고 깊은 침묵 속으로 가라앉았다.

2

스윽.

어둠에 잠긴 작은 모옥의 지붕 위에서 흑의 복면인이 몸을 일으켰다. 언제부터 그곳에 몸을 숨기고 있었는지는 모르지만 밤과 함께 이동을 시작했다.

잠시 후, 옆집의 마구간에서도 한 명의 복면인이 슬며시 나왔다.

마을 어귀의 커다란 나무 위에서도, 그리고 마을 뒤편의 야산에서도 흑의 복면인들이 모습을 드러냈다.

천도문 뒤편의 으슥한 공터에 모인 흑의 복면인은 무려 이백 명에 달했다. 그들은 혈참마대와 더불어 천도문 공격의 선봉에 설 흑기대(黑旗隊) 소속 무사들이었다.

천마교 내에서도 가장 잔인하기로 악명 높은 흑기대가 선봉으로 나섰다는 것은 천도문에 불어닥칠 피보라를 예감케 하는 대목이었다.

잠시 후, 상인의 의복을 벗어 던진 혈참마대도 그들에게 합류했다. 흑기대가 천도문의 무사들을 제압하는 동안 천도문의 고수들을 제거하는 것이 혈참마대의 역할이었다.

그리고 마지막으로 장천과 아수라성녀가 나타났다.

이백 명이 넘는 인원이 모여 있지만 숨소리는 고사하고 미세한 기운조차 느껴지지 않았다. 혈전을 앞둔 긴장이나 흥분 따위도 없었다. 오히려 긴장과 흥분에 숨조차 쉬기 힘든 사람은 장천이었다.

천마교의 최정예들인 혈참마대와 흑기대.

천도문에서 이들을 상대할 수 있는 고수가 과연 얼마나 될까? 게다가 저 뒤편의 어둠 속에는 적기대(赤旗隊)마저 대기하고 있다.

오늘의 승부가 싸움이 아닌 일방적인 살육전이 될지도 모른다는 불안감이 장천의 가슴을 무겁게 짓눌렀다.

자신의 마음을 들키기라도 할세라 장천이 묵직하게 입을 열었다.

"준비되었느냐?"

흑기대주가 눈빛을 빛내며 대답했다.

"하명만 하십시오."

"적기대는?"

장천의 말에 어둠 속에서 유령처럼 적의 복면인이 나타났다.

"대기하고 있습니다. 단 한 명도 이 담장을 넘어 나오지 못할 것입니다."

"……"

장천은 잠시 천도문의 높은 담장을 올려다봤다.

한때 이 높은 담장은 자신을 보호해 주던 튼튼한 울타리였었다. 하지만 이 울타리 밖에 던져지는 순간, 그는 세상의 밑바닥을 경험했다.

인간이 아니라 하나의 도구로 사육되던 그 잔인했던 시간들……

그 시간 동안 그는 철저하게 천도문으로부터 버림받았다. 세상의 전부라고 믿었던 천도문이 그를 팽개쳐 버린 것이다.

그리고 자신의 자리를 빼앗아 버린 사내, 현각. 그에게 생각이 미치자 장천의 흔들리던 눈빛도 싸늘하게 가라앉았다.

'네놈이 내 이름으로 내 자리를 훔쳐 갔다면 나 역시 네놈의 이름으로 그 자리를 빼앗아 버리겠다!'

장천의 손이 서서히 허공을 향해 올려졌다. 혈참마대와 흑기대 무사들의 시선이 일제히 그의 손끝을 쫓았다. 허공으로 올려진 장천의 손이 천도문을 향해 쭉 뻗어졌다.

"가랏—!"

휘리릭!

휙! 휙!

흑기대와 혈참마대의 무사들이 천도문의 담장 위로 날아올라 갔다.

드디어 길고 긴 싸움의 서막이 시작된 것이다.

천마교의 무사들에겐 중원정벌을 위한 야망의 첫 장이, 그리고 장천에겐 자신의 운명과의 비정한 싸움의 시작이었다.

"우리들도 가야지요?"

서희가 순진한 눈망울을 굴리며 말했다. 담장 너머에 어떤 세상이 있을까 궁금해하듯 그녀의 순진한 눈망울 속엔 호기심이 가득했다.

장천은 대답없이 훌쩍 담장 위로 몸을 날렸다.

달빛만 교교히 흘러내리는 천도문은 여전히 밤의 정적 속에 고요히 잠들어 있었다. 그들의 턱밑까지 죽음의 그림자가 다가온 줄도 모르는 채.

장천은 천도문 내에 들어서지 않았다. 그는 바람처럼 표홀한 신법을 운용하며 그대로 천도문의 심장을 향해 갔다. 한 마리의 새처럼 달빛을 가로지르며 그가 발을 내린 곳은 천도문의 가장 높은 곳, 청룡전의 지붕 위였다.

한때 그의 아버지가 천하를 호령하던 청룡전은 드디어 깊은 잠에서 깨어난 듯 비명성이 터져 나왔다.

"으윽!"

"큭!"

신음 소리와 함께 전각 밖으로 달려나오는 무사들의 모습이 보였다. 그들의 뒤를 쫓아 흑기대의 복면인들이 검을 휘둘렀다.

천도문의 무사는 변변한 저항조차 해보지도 못한 채 그들의 검에 쓰러졌다. 장승풍의 사망 이후 청룡전은 그의 시신을 지키기 위한 무사들밖에 남아 있지 않았기 때문에 감히 흑기대의 상대가 되지 못했다. 더욱이 느닷없는 기습에 놀란 마음은 저항할 생각조차 하지 못하는 상태였다.

흑기대의 일방적인 살육이 전개되고 있었다.

장천은 자신도 의식하지 못하는 사이, 주먹을 불끈 쥐었다.

'싸워라! 천도문의 무사답게 당당하게 맞서고 장렬하게 죽어라!'

장천은 터질 듯한 가슴으로 외쳤다. 하지만 그의 외침은 마음속의 메아리일 뿐 감히 소리가 되어 나오지 못했다.

그래도 그의 외침이 전해진 걸까?

콰지직!

청룡전의 이층 창문이 부서지며 혈참마대 소속의 고수 한 명이 시체가 되어 떨어졌다. 동시에 부서진 문으로 거구의 중년인이 뛰어내렸다.

그는 청룡전의 부전주인 단종신도(丹鍾神刀) 명여설이었다. 그는 장승풍이 죽은 후에도 청룡전을 지키고 있던 유일한 고수였다.

천마교에서도 그를 상대하기 위해 혈참마대의 고수 한 명을 투입했지만 오히려 그의 손에 고혼이 되고 말았다.

단종신도가 싸움에 가세하자 전세도 변했다. 성난 황소처럼 날뛰며 도를 휘둘러 대는 단종신도의 기세에 흑기대 중 두 명이 순식간에 쓰러지고 말았다. 게다가 그의 가세에 자신을 되찾은 천도문의 무사들도 반격을 시작했다.

하지만 그들은 흑기대의 상대가 되지 못했다. 흑기대의 검이 움직이는 곳마다 피가 튀었고 신음성이 터졌다.

"끄윽!"

"악!"

단종신도의 활약은 죽음을 다소 늦춰줄 뿐 막아주지는 못했다.

더욱이 그는 세 명의 흑기대원을 상대하느라 어느덧 온몸이 부상투성이었다. 혈참마대의 고수를 쓰러뜨릴 정도로 강한 단종신도였지만 혼자의 힘으로 세 명의 흑기대원을 감당하는 것은 역부족이었다.

그들은 교묘하게 단종신도를 에워싼 채 쉴 새 없는 공격을 퍼부었다.

단종신도는 흑기대를 상대하면서도 위기에 처한 수하들을 외면할 수 없었다. 분산된 그의 마음이 흑기대를 상대하는 손에도 그대로 드러났다.

그의 도는 광포하기만 할 뿐 균형을 잃었고 과다한 내공의 운용으로 싸움의 흐름을 잃어가고 있었다.

그런 허점을 놓칠 흑기대가 아니었다. 그들은 단종신도의 허점을 놓치지 않고 교묘하게 파고들었다.

어느샌가 장천의 옆에 서 있던 아수라성녀가 고운 아미를 찌푸리며 우울하게 말했다.

"끔찍하군요. 오늘 밤 얼마나 많은 사람이 죽게 될지……."

장천이 의외라는 듯 서희를 쳐다봤다. 그녀는 정말로 슬픈 표정으로 장내를 내려다보고 있었다.

'아직은 성녀라는 얘긴가?'

그때였다. 흑기대의 눈을 피해 천도문의 무사 하나가 밖으로 도망치기 위해 담장 위로 뛰어올랐다. 한데 무엇에 가로막힌 걸까? 그의 몸은 담장 위에 잠시 멈춰 서 있었다. 그리곤 이내 장내로 떨어졌다. 허리가 양단된 처참한 모습으로.

투둑!

"……!"

그 모습을 본 천도문의 무사들이 경악으로 눈을 부릅떴다. 무슨 일이 일어난 건지 짐작조차 할 수 없었다.

장천도 무사가 죽기 전까지는 모르고 있던 사실이다.

"천잠사……!"

천잠사(天蠶絲)는 설산에 사는 영물인 천잠이 설련실과 빙매실을 먹이로 성장한 후 토해내는 일종의 비단 실인데 검으로도 잘리지 않을 만큼 질기고 단단해 종종 무기로 사용된다.

하지만 그 양이 너무나 적기 때문에 무림에서도 보물로 취급되는 귀한 실이었다. 그런데 적기대는 그 천잠사로 이 거대한 천도문의 담장을 모두 에워싸고 있는 것이다.

단 한 명도 담장을 넘지 못할 것이라던 적기대주의 말이 허언이 아님이 증명되는 순간이었다.

그의 죽음으로 인해 천도문의 무사들이 느끼는 절망과 공포는 한층 높아졌다. 마지막 생로(生路)라 생각했던 탈출조차 불가능하다는 것을 깨달았으니까.

"잔인하군요."

서희도 오늘의 싸움이 마음에 들지 않는 듯 또다시 얼굴을 찌푸렸다.

그 순간, 분노에 찬 단종신도의 도에 또 한 명의 흑기대원이 피를 토하며 쓰러졌다.

"한 명의 희생이라도 줄이려면 한시라도 빨리 이 혈겁을 끝내는 수밖에 없어요."

말과 함께 서희가 장내로 날아들었다.

백색 궁장을 휘날리며 날아드는 그녀의 모습은 선녀의 하강이라 착각할 만큼 우아하고 아름다웠다. 하지만 그녀의 손은 달랐다.

바닥에 발이 닿기도 전에 그녀의 섬섬옥수에서 뻗어진 경기에 천도문의 무사들이 썩은 짚단처럼 쓰러졌다. 그들은 자신이 누구의 손에 죽었는지조차 모를 것이다.

장내에 내려선 서희는 이내 단종신도를 향해 장력을 떨쳤다.

콰쾅—!

상상하지도 못한 강렬한 장력에 단종신도의 안색이 창백하게 변했다.

그는 재빨리 추풍소엽(秋風掃葉)의 신법으로 바닥을 구르며 간신히 그녀의 일격을 피해냈다. 하지만 놀란 가슴은 진정되지 않았다.

천하에 이런 장력을 떨칠 여고수는 많지 않다. 더욱이 소녀처럼 맑고 순진한 눈망울을 가진 절정의 여고수라면 그가 알기로 한 사람뿐이다.

"당신은 혹시… 아수라성녀 서희……?"

"날 알아봐 주니 고맙군요. 그 보답으로 고통없이 보내 드릴게요."

아무런 적의도, 살의도 느껴지지 않는 담담한 말이다.

하지만 그녀의 손에서 재차 뿜어진 경기는 그렇지 않았다. 거센 파도 앞에 선 인간의 심정이 이러할까? 단종신도는 감히 피할 엄두도 내지 못했다.

'과연 천도문의 누가 그녀의 손을 막을 수 있단 말인가?'

절망하던 순간 뇌전처럼 스쳐 가는 사람이 있었다.

그들의 새로운 문주, 천하무적 옥면대협!

그의 존재를 상기하는 순간 단종신도는 절망과 두려움을 거뒀다. 오히려 그는 있는 힘을 다해 외쳤다.

"문주님이 우리들의 피를 갚아줄 것이다!"

퍼펑!

서희의 장력에 정면으로 격타당했으면서도 그는 신음 소리조차 내지 않은 채 장렬하게 쓰러졌다. 천도문 무사의 기개를 한껏 보여준 비장한 최후였다.

하지만 그의 마지막 말은 비수가 되어 장천의 가슴을 후려쳤다.

'문주님? 너희의 문주님? 후후훗!'

칼날처럼 날카롭게 변한 그의 눈빛이 멀리 한곳을 응시했다. 그의 눈 끝에 걸린 곳은 그가 태어나고, 자란 곳, 바로 승천전이었다.

승천전은 난공불락이었다.

현각과 백화린, 외당 당주인 잠월도 동방척과 현각의 유모 앵란만
해도 혈참마대가 감당하기에 벅찼다. 그런데 암습이 시작되자마자 혈
로(血路)를 뚫고 번살과 사마대까지 승천전에 가세한 것이다.

그들을 맡았던 혈참마대는 모두 열두 명이었지만 지금 남아 있는 사
람은 다섯 명뿐이었다.

오십 명이 투입된 흑기대는 더욱 처참했다. 겨우 열 명도 되지 않는
무사만 남아 간신히 백화린과 앵란에 맞서고 있는 정도였다.

미친 듯이 맹렬하게 척마도를 휘두르는 현각은 가슴이 폭발하기 일
보 직전이었다.

아닌 밤중에 홍두깨라도 이런 일이 있을 수는 없다. 아무런 이유도
없이 남의 집에 쳐들어와 다짜고짜 사람들을 죽여 버리다니.

그들의 손에 죽은 천도문의 무사들이 얼마나 될지는 감히 생각도 할
수 없었다. 그리고 전혀 생각하고 싶지 않았다.

단지 막아야 한다는 생각뿐이다. 이놈들을 막고 천도문을 지켜내야
한다. 백화린에게 그렇게 말하지 않았던가. 천도문을 지켜주겠다고.

장승운만 제거하면 끝인 줄 알았다. 이런 무자비한 혈겁이 기다리고
있을 줄이야 어찌 상상이나 했겠는가.

현각의 분노가 실린 척마도는 거침없이 흑기대원 두 명을 베어 넘기
며 그 뒤에 있던 혈참마대에게로 향했다.

혈참마대가 절정의 고수들로 이뤄진 정예이긴 하지만 무형공을 익
힌 현각의 적수는 아니었다. 그는 폭풍처럼 몰아치는 현각의 공격을
채 십 초도 받아내지 못한 채 목이 잘리고 말았다.

현각은 멈추지 않았다.

승천전 밖에서 피 흘리고 있을 다른 무사들을 생각하면 여기서 지체할 시간이 없었다. 그가 또 한 명의 흑기대를 베는 순간에도 밖에서는 계속 처절한 비명 소리가 들렸다.

"숙부님, 부인을 지켜주세요!"

현각이 훌쩍 몸을 솟구쳤다.

승천전 밖의 무사들을 도우려는 것이다. 하지만 그보다 한 걸음 앞서 다시 세 명의 혈참마대가 승천전으로 들어왔다. 뒤이어 몇 명의 흑기대도 합류했다.

승천전을 향해 오는 적의 수가 많아질수록 현각을 비롯한 천도문 고수들의 마음은 더욱 다급해졌다. 자신들이 맡은 전각을 정리했기에 이리로 모여드는 게 아니겠는가. 시간을 지체하면 천도문의 무사들이 몰살당할지도 모른다. 이들의 실력은 그러기에 충분했다.

그런데도 현각은 그들에게 발목이 잡혀 승천전 밖으로 나가지 못했다.

번살은 지축이라도 갈라 버릴 듯 맹렬하게 쇄천도법을 펼쳤다. 그는 자신을 공격해 오는 적은 무시한 채 자신이 점찍은 상대를 향해서만 공격을 펼쳤다. 자신을 공격하는 검을 피하는 몸짓으로 다른 적을 공격하는 방식이었다.

위력은 컸지만 혈참마대 같은 고수들을 상대하기엔 너무나 위험한 방식이었다. 그는 벌써 어깨와 다리에 심각한 부상을 입은 상태였다. 그런데도 그는 두 명의 혈참마대를 상대하며 조금도 물러섬없이 맹렬한 공격을 퍼붓고 있었다.

사마대 역시 마찬가지였다.

그는 공기마저 요동칠 정도의 강력한 장력으로 좌충우돌 닥치는 대로 적들을 상대했다. 그의 옆구리에도 커다란 검상이 새겨졌지만 그의 기세는 조금도 수그러들지 않았다.

흑기대의 검이 그의 가슴을 향해 찔러오자 그는 양손으로 검을 잡아 버렸다. 그리곤 검과 함께 흑기대를 덜렁 들어 우측에 있던 혈참마대의 고수에게 휙 집어 던졌다. 혈참마대가 그를 피하려 훌쩍 몸을 솟구치자 뒤편에 있던 동방척의 도가 그의 몸을 내리그었다.

쩌억!

소리와 함께 그의 몸이 양분되며 피보라를 뿜었다.

싸움은 점점 흉험해졌다.

백화린과 앵란은 번살의 지시대로 혈참마대를 피하며 흑기대만 상대했다. 혈참마대가 아니라 흑기대 개개인의 무공조차도 백화린을 능가할 정도였다.

제아무리 정예라 해도 일개 무사들의 실력이 이 정도라니! 천마교의 무서움을 절감할 수밖에 없었다.

하지만 그녀는 누구보다 강한 정신력과 투지를 가진 무인이었다. 그녀는 전각을 등진 자세로 적의 접근을 최소화한 채, 한 명 한 명 착실하게 상대해 나갔다.

때때로 위기에 처하는 순간이면 현각이 바람같이 달려와 그녀를 돕곤 했다. 그러면서도 그는 사방팔방을 정신없이 휘저으며 상대를 제거해 나갔다.

"상공! 시간이 없습니다! 이대로 지체하면 승천전 밖의 무사들은 몰살할 겁니다!"

번살도 덧붙여 외쳤다.

"여기는 우리들에게 맡겨라!"

현각이 이를 악물며 담장 위로 몸을 솟구쳤다.

그 순간이었다.

콰콰콰콰쾅―!

담장을 통째로 무너뜨리는 폭음과 함께 허공에 우뚝 선 여인의 모습이 보였다. 그녀는 소녀처럼 맑고 순진한 눈으로 현각을 쳐다보며 살짝 미소를 지었다.

"후훗, 당신이 천하무적 옥면대협이군요."

"……!"

마치 자신을 이미 본 적이 있다는 듯한 말투였다. 그리고 신기하다는 듯이 자신을 바라보는 저 눈빛…….

현각은 본능적으로 알 수 있었다.

'그가… 왔구나……!'

제7장

운명의 승부

1

장내는 일순 죽음과도 같은 정적에 휩싸였다.

혈참마대와 흑기대의 남은 무사들은 그녀의 등장에 미련없이 승천전 밖으로 몸을 날렸다. 서희는 바닥을 가득 메운 시체들을 보며 고운 아미를 살포시 찌푸렸다.

"피 냄새가 진동을 하는군요."

마치 눈물이라도 고인 듯 촉촉이 젖은 눈동자를 보면 그녀가 마교의 인물이라고는 상상도 되지 않았다. 그리고 여전히 아수라성녀로 존재하고 있는 듯한 착각마저 들었다. 하지만 이 지독한 혈겁의 현장에 있는 이상, 그녀는 아수라마녀일 수밖에 없었다.

번살이 조용히 입을 열었다.

"원하는 게 뭐요?"

"천도문이죠. 천도문을 빼앗는 게 우리들의 임무예요."

서희는 너무나 정중하고 상냥하게 대답했다.

하지만 그녀의 말에 사마대의 불 같은 성미가 폭발을 일으키고 말았다.

"이 마녀 같은 년! 네년의 얼굴 가죽을 벗겨 천도문의 현판 위에 달아버릴 테다!"

사마대의 외침에 서희의 안색도 돌변했다.

새벽 이슬을 머금은 한 떨기 꽃처럼 청초하던 얼굴이 순식간에 빙굴에서 걸어나온 마녀처럼 매섭게 일그러졌다. 단지 감정의 변화만으로 사람의 얼굴이 저렇게 돌변할 수 있다는 게 신기할 정도였다.

무림에서도 아수라마녀로 변한 그녀의 얼굴을 본 사람은 없다. 마녀가 된 그녀의 손에서 살아남은 사람이 없으니까.

"어리석은 것들! 서두르지 않아도 어차피 죽일 작정이었다!"

허공으로 더욱 높이 솟구치는 서희의 백색 궁장이 세차게 펄럭였다. 그리고 그녀의 몸이 추락하는 새처럼 바닥을 향해 쏘아지는 순간, 현각이 눈을 휩떴다.

주변의 공기는 물론이고 바람까지 그녀의 손끝으로 모아지고 있는 것이다. 만약 그 기운이 그녀의 내공과 맞물려 폭발한다면……?

생각과 동시에 현각이 백화린에게 몸을 날리며 외쳤다.

"피해—!"

꽈꽈꽈꽝—!

승천전을 통째로 뒤흔드는 믿을 수 없는 폭발이 일었다. 그녀의 장력이 발출되는 순간 움직였다면 감히 피할 수조차 없었을 거대한 폭발이다.

현각의 충고에 미리 몸을 날린 사람들 중에서도 내공이 약한 사람들은 충격의 여파를 견디지 못하고 주저앉았다.

다행히 백화린은 현각의 보호 속에 견뎌냈지만 현각의 유모인 앵란은 창백해진 얼굴로 털썩 주저앉았다.

"쿨럭!"

기침을 하는 그녀의 입에서 검은 피가 한 움큼 토해졌다. 토해진 피 속에는 내장의 조각까지 섞여 있었다. 서희의 장력에 스친 것만으로도 회복할 수 없는 부상을 입은 것이다. 그녀를 전각 옆의 안전한 곳으로 대피시키는 백화린의 손끝이 떨렸다.

천천히 바닥으로 내려선 서희는 못마땅한 듯 얼굴을 씰룩였다.

"본녀의 팔극회장박을 미리 알아채다니… 제법이군."

팔극회장박(八極廻掌拍)은 순간적으로 팔괘의 힘을 손끝에 모아 떨치는 가공할 장력이었다. 다만 팔괘의 힘이 섞여 장력으로 화하는 느린 시간 때문에 비무에 사용하기에는 어려움이 많았다.

하지만 일단 펼쳐진 후에는 누구도 감당하지 못할 위력을 발하는 장법으로, 아수라마녀의 명성을 안겨준 장법이기도 했다.

현각의 가슴이 세차게 요동쳤다.

그녀의 전신에서 뿜어져 나오는 기세만으로도 심장이 울렁거릴 정도였다. 전에도 이런 느낌을 경험한 적이 있었다.

흑란곡의 여고수 무후 교희와 처음 만났을 때였던가? 자신을 덮쳐오는 그녀의 기세에 놀라 그대로 주저앉아 버린 적이 있었다.

화륜검선의 심검을 받아내고 장승운과 목숨을 건 처절한 비무를 한 경험이 아니라면 지금도 그랬을지 모르겠다.

서희가 뿜어내는 기세는 그만큼 강렬했다. 하지만 기죽을 현각이 아니었다. 단지 좀 놀랐을 뿐.

서희가 여전히 마녀 같은 냉랭한 얼굴로 코웃음을 쳤다.

"푸훗! 제 입으로 천하무적이라 한다지? 어디 실력 좀 볼까?"

서희가 갑자기 몸을 날리며 현각을 덮쳐 왔다. 그녀는 슬쩍 손을 젖히는 것만으로도 검기 못지않은 기세를 뿜어내며 현각의 안면을 찍어갔다. 그녀가 손을 움직임과 동시에 공격해 오는 시간은 너무나 빨랐다. 게다가 그녀가 펼치는 지법 또한 실로 교묘했다. 양손이 서로 교차하며 위아래로 움직이는데 그 변화를 전혀 예측할 수 없었다.

"헉!"

현각은 급급히 그림자 신법을 운용하며 간신히 그녀의 공격을 피하고만 있을 뿐이었다. 마교 무공을 처음 대해보는 낯설음이 그의 당황한 얼굴을 통해 고스란히 드러났다.

그녀의 초식에는 어떤 흐름도 읽혀지지 않았고, 그녀의 내공 또한 어떠한 일관성도 느껴지지 않았다.

쭉 뻗어오는 손에서 회오리 같은 경기가 이는가 하면, 가볍게 손목을 비트는 것만으로 심장까지 서늘해지는 경기를 뿜어내기도 했다.

마치 현각을 농락하고 희롱하듯 그녀의 움직임은 자유자재, 거침이 없었다.

휙! 휙!

그녀의 가느다란 손목이 움직일 때마다 밤하늘을 찢는 것 같은 매서운 파공음이 퍼졌다.

소리만으로도 심장을 얼려 버릴 것 같은 공포와 전율에 백화린과 동방척은 물론, 번살과 사마대조차 놀란 입을 다물지 못했다.

명불허전(名不虛傳)이라고 했던가!

아수라성녀의 무공은 그들이 상상하고 있던 것 이상이었다.

상대의 무공 원리를 파악해 사전에 공격을 차단하는 것이 현각의 장기였지만 서희에게는 통하지 않는 일이었다.

현각은 그녀가 무공을 사용하는 것이 아니라 그냥 마구잡이로 손을 휘두르는 것같이 여겨졌다. 그렇지 않고서야 이 무슨 해괴한 움직임에 기이한 초식이란 말인가.

그녀는 이미 초식 따위는 초월한 고수였다. 그녀의 마음이 곧 무공이고, 그녀의 손이 움직이는 궤적이 곧 초식이었다.

현각은 마치 거대한 벽에 가로막힌 느낌이었다.

초식을 걷어버리고 마음으로 맞서야 한다는 것은 알지만 틈이 없었다. 더욱이 그녀는 섣불리 진기를 폭발시키지도 않았다. 손끝에 운집된 그녀의 진기는 스치기만 해도 상대의 내장을 박살 낼 것이다.

나비의 날개처럼 우아하게 펄럭이는 그녀의 백색 궁장조차 그녀의 진기를 담은 채 팽팽하게 장내를 휩쓸었다.

번살과 사마대는 동시에 생각했다.

'이대로 두면 천이가 위태롭다. 공격의 활로를 열어줘야 한다!'

서로의 마음을 읽기라도 한 듯 두 사람이 동시에 출수했다.

번살이 서희의 우측으로 쇄도하며 묵직하게 일도를 내질렀다. 수비는 도외시한 채 오로지 그녀에게 작은 상처라도 주겠다는 마음으로 내지른 공격이다. 그의 이 일 초에는 산도 능히 쪼갤 만한 거대한 힘이 실려 있었다.

그런데 서희는 맨손으로 그의 도를 받아내며 오히려 섬광을 튀겼다.

파직!

서희의 손끝에 밀집된 진기가 폭주하며 번살의 도끝을 잘라 버렸다.

손이 도를 잘랐으니 그녀의 내공이 어느 정도인지는 말할 필요도 없었다.

그녀의 내공에 정면으로 맞선 번살이 창백한 얼굴로 잘려진 자신의 도를 쳐다봤다. 무인에게 무기를 훼손당한 것보다 더 큰 상처와 모멸감은 없다. 더욱이 오십 인생을 함께한 도가 잘려진 현실 앞에 번살은 그저 망연자실할 따름이었다.

'천이는? 천이는 할 수 있을까……?'

불가능하다는 것을 알면서도 포기할 수 없는 마음이 현각에게로 향했다.

그가 할 수 있는 일이라곤 턱 앞까지 치밀어 오른 핏물을 되삼켜 자신의 내상을 숨기는 것뿐이었다.

반대편에서 용섭회탁의 초식을 운용하며 서희를 장영(掌影)의 그물에 가둔 사마대도 그녀의 일 초를 감당하지 못했다. 서희의 소맷자락이 펄럭이는 순간, 그의 장영은 흔적도 없이 사라져 버렸고 오히려 섬전 같은 그녀의 금나수가 그의 심장을 향했다.

그녀의 손가락이 다가오는 모습만으로도 사마대는 심장이 옭죄이는 것 같은 통증을 느꼈다. 단지 그녀의 손을 피하는 것에도 사마대는 전신의 공력을 운용해야 했다. 간신히 그녀의 금나수에서 벗어나는 순간, 그녀의 다섯 손가락에서 부챗살처럼 퍼진 다섯 가닥의 강기가 그림자처럼 사마대를 쫓아왔다.

기어이 피를 보지 않고서는 물러서지 않을 태세다.

"……!"

구마천의 일인인 아수라성녀.

당금 무림에서 그녀의 손을 받아낼 고수가 몇이나 되겠는가? 중원십

대고수를 포함해도 채 오십 명이 넘지 못할 것이다.

유감스럽지만 사마대는 그 속에 포함되지 못했다.

더욱이 사마대가 그녀의 손을 피하기 위해 움직이면 내상을 입은 번살이나 그 뒤에 있는 백화린에게까지 서희의 강기가 미칠지 모른다.

사마대는 차라리 자신의 몸을 방패로 내어주는 방법을 택했다.

그 순간이었다.

파앗—!

현각의 도에서 쏘아진 한줄기 도기가 그녀의 손목을 향해 빛살처럼 쏘아졌다.

서희도 움찔하며 뒤로 한 걸음 물러섰다. 그녀에게는 첫 뒷걸음질이고, 현각에게는 첫 공격이었다.

'나보다 고수를 상대할 때는 선제공격뿐이랬어……!'

인정하고 싶지는 않지만 그녀는 분명 자신보다 한 수 위였다.

'여우 같은 년! 겉으로는 저렇게 어려 보여도 사실은 백 살쯤 된 노파일 거야!'

그렇지 않고서야 저 젊은 여인이 자신보다 고수일 수 없다는 게 현각의 생각이었다. 생각은 그걸로 끝이었다. 현각은 장승운과 겨루며 무아지경에 빠졌던 순간을 떠올렸다.

'손이 아니라 마음을 움직여야 한다!'

현각은 몰입했다. 단순하다는 것은 이런 상황에 대단한 도움이 된다.

천도문의 혈겁을, 그리고 진짜 장천이 왔을지도 모른다는 불안과 충격을 벗어버린다는 건 생각처럼 쉬운 일이 아니다. 하지만 그는 해냈다. 마음과 동시에 오로지 무(武)의 세계로 몰입한 것이다.

그리고 그는 마음으로 운용하는 진정한 풍뢰도법의 위력을 보여주기 시작했다. 승천전의 앞마당에 그의 도가 펼치는 폭풍 같은 경기로 가득 찼다. 장승운과의 대결에서 깨달은 신검합일의 경지가 또다시 재현된 것이다.

하지만 그를 바라보는 백화린의 표정에 전과 같은 감동과 믿음은 없었다. 오히려 안타까움과 초조함에 입술이 바싹 타 들어갔다.

그녀뿐 아니라 이 자리에 있는 천도문의 사람 모두의 마음 역시 그랬다.

현각은 그녀의 상대가 되지 못한다. 이 자리에 있는 사람 모두가 합공을 한다 해도 역시 그녀의 상대는 되지 못한다. 그녀는 이미 그들의 경지를 훌쩍 뛰어넘은 초절정의 고수니까.

제아무리 무형공을 익힌 현각이라 해도 아직 수련 시간이 일 년도 채 되지 않았다. 그 정도의 수련으로 구마천의 일인인 아수라성녀를 대적한다는 것은 불가능했다.

백화린이 번살과 눈빛을 교환했다. 번살이 단호하게 머리를 끄덕인다. 백화린은 승천전 내부의 깊은 곳을 향해 전음을 보냈다.

'준비하고 있거라!'

다시 현각을 바라보는 그녀의 눈길이 아득하게 가라앉았다.

'전 여전히 믿고 있어요. 당신이 만들어내는 기적을……'

현각의 척마도는 온 하늘을 뒤덮은 빛살 같은 점의 뇌전으로 화해 있었다. 서희의 매서운 지법을 경험했기에 엄밀한 도망(刀網)을 형성하며 그녀의 접근을 차단하려는 것이다.

"훗, 천하무적은 아니어도 철면무적 정도는 되겠구나!"

싸늘한 말과 함께 그녀가 느닷없이 소맷자락을 채찍처럼 쳐냈다.

차차차!

청석 바닥에 천의 궤적이 남을 정도니 그 안에 담긴 힘을 말해 무엇하랴. 서희의 손이 움직이는 대로 말려 나온 옷자락은 어느덧 일 장에 달하는 긴 채찍으로 변해 있었다.

그녀가 쌍수를 휘두를 때마다 그녀의 백색 옷자락이 사면팔방을 에워싸며 사정없이 현각을 후려쳤다.

픽!

단지 옷자락이 살짝 스치기만 했는데도 살갗이 터지는 소리가 들렸다.

"끅!"

살점이 뭉툭 떨어져 나가는 고통에 현각의 입에서 절로 신음성이 흘렀다.

"후후훗, 이제 시작인데 벌써 신음을 흘려서야 되겠느냐?"

눈물이 그렁그렁 맺힌 눈으로 시체를 내려다보던 그녀의 눈이 지금은 살기로 번뜩이고 있었다.

"네년의 신음 소리는 침상에서 들을까 했더니만 그 눈깔을 보면 섰던 물건도 도로 죽겠다!"

"……!"

이게 어디 천도문의 문주 입에서 나올 소린가?

한 번 열린 현각의 입은 멈추지 않았다.

"남자의 신음 소리가 듣고 싶으면 침상으로 기어들어 와 옷을 벗으면 될 일이지, 미련하게 이게 뭐 하는 짓이냐?"

"철면무적이란 별호가 괜히 붙은 게 아니었구나!"

"네년은 아까 봤을 때도 삼 년은 재수없을 얼굴이었는데 지금 보니 또 삼 년은 재수없을 것 같고 자꾸 쳐다보니 앞으로 삼십 년은 재수없을 것 같다. 퉤퉤퉤!"

사실 처음 그녀와 대적할 때만 해도 천도문의 문주로서 위엄을 지키고 싶었다. 그것이 이유없이 죽어간 천도문의 무사들에게 해줄 수 있는 유일한 일이니까.

그런데 지금은 위엄이고 체면이고 다 필요없었다. 그녀를 이길 수만 있다면 발가벗고라도 싸우고 싶은 심정이었다.

서희의 전신으로 거대한 해일 같은 진기가 일렁거렸다.

두 사람의 충돌로 부서졌던 바닥의 청석들이 절로 허공에 빨려 들어갈 정도로 매서운 진기였다. 다시 한 번 팔극회장박의 위력이 승천전을 덮치려 하고 있었다.

"……!"

그녀의 의도를 알아챈 천도문의 고수들이 눈을 휩떴다.

하지만 그들보다 서희의 장력이 더 빨랐다.

"별걱정을 다 하는구나. 삼십 년이 아니라 삼각도 살아남지 못할 놈이!"

그녀의 사나운 말과 함께 팔극회장박이 해일 같은 거대한 힘으로 현각을 덮쳤다. 눈으로 보지 않고서야 어떻게 이것이 인간의 힘이라 믿겠는가.

쿠아아ㅡ!

그녀의 장력이 현각의 심장을 뒤흔들며 다가오는 순간, 현각은 화륜검선의 심검에 맞서던 순간을 떠올렸다.

'맞서려 하지 말고 몸을 실어라! 자연과 내가 하나되듯 상대의 기운에 내 몸을 실어라ㅡ!'

현각이 바람 속에 떠다니는 낙엽처럼 그녀의 장력 속으로 휘말려 들어갔다. 아무리 거센 바람도, 강력한 파도도 낙엽을 찢지는 못한다. 단지 흔들어놓을 뿐.

현각은 그녀의 경기 속에서 떠다니는 한 조각 낙엽이었다.

오히려 현각의 뒤편에 있던 다른 사람들이 팔극회장박의 여파를 감당하지 못하고 주저앉았다.

"윽!"

백화린이 울컥하며 피를 토해냈다. 이미 내상을 입은 번살 역시 마찬가지였다. 꾹꾹 삼키고 있던 검은 피가 결국 입 밖으로 쏟아져 나왔다.

동방척도 충격을 감당하기 힘든 듯 주춤거리며 뒤로 물러섰다. 그녀의 장력에 타격을 입지 않은 사람은 그나마 온전하게 남아 있던 사마대뿐이었다.

그리고 또 한 사람, 현각.

서희의 팔극회장박을 정면으로 맞았는데도 현각은 아무런 타격도 없이 가라앉듯 바닥에 내려섰다. 폭풍을 견뎌내고 숲 속에 내려앉는 한 조각 낙엽처럼.

"……!"

서희가 믿을 수 없다는 표정으로 그를 노려봤다. 자신의 팔극회장박을 정면으로 받아내다니. 아니, 그 안에 몸을 싣다니!

서희 정도의 고수들은 단지 놀라는 것에서 그치지 않는다.

'무형공!'

그녀는 이 한 번의 수법만으로도 무형공의 요체를 어렴풋이 깨달았다.

'자연에 동화되어 그 흐름에 몸을 싣는다?

팔극회장박이 순간적으로 팔극의 기운을 모으는 무공이라는 점을 감안하면 가능한 일이었다. 그 또한 자연의 힘을 빌려 펼치는 무공이니까.

'우습군. 나의 가장 강력한 무공이 그에게는 무용지물이라니……'

당황한 서희가 주춤하고 있는 동안, 사기충천한 현각이 기습적으로 척마도를 휘둘렀다.

"내 말귀를 잘못 알아들었나 본데, 삼십 년 동안 재수없는 건 내가 아니라 네년이다!"

말과 함께 그의 도끝에서 유성 같은 도기들이 쏟아지며 서희를 뒤덮었다.

"홍! 네놈의 기세는 장하다만 이젠 끝이다!"

서희가 얼굴을 일그러뜨리며 옷자락을 휙 떨쳤다. 그녀의 절기인 옥로혈삼(劍虜血衫)이 펼쳐진 것이다.

그녀의 옷자락은 마치 살아 있는 뱀처럼 하늘을 가득 메운 도기 사이를 뚫고 현각을 향해 밀려왔다.

현각이 그림자 신법을 운용하며 재빨리 허공으로 솟구치자 그녀의 옷자락도 뱀이 머리를 치켜들 듯 방향을 비틀며 그를 쫓았다.

차르륵!

파리를 잡는 개구리의 헛바닥처럼 서희의 옷자락은 순식간에 현각을 또르르 말아버렸다. 그리곤 포획한 먹이를 목구멍으로 밀어 넣듯 자신의 품을 향해 그의 몸을 잡아당겼다.

"헉!"

그 순간이었다.

"그는 내 몫이오!"

너무나 귀에 익은 목소리.

쿵!

현각과 백화린의 심장이 동시에 바닥을 향해 곤두박질쳤다.

2

스으윽.

그도 이 순간을 즐기고 싶었을까? 그는 장봉독립(長峯獨立)의 신법을 펼치며 수면 위로 부상하듯 서서히 승천전의 담장 위로 올라왔다.

여전히 면사로 얼굴을 가리고 있지만 현각은 그가 누구인지 알 수 있었다. 현각은 터질 듯한 심장의 요동을 억누르며 백화린에게로 시선을 돌렸다.

"……!"

백화린은 마치 유령이라도 본 사람처럼 멍하니 입을 벌린 채 그를 바라보고 있었다. 면사에 가려진 눈빛만으로도 그녀는 그가 누구인지 알 수 있었다.

더욱이 그 눈빛이 터질 듯한 분노를 담은 채 자신을 노려보고 있을 때에야.

당연히 와야 할 사람이 온 것인데 왜 이리 마음이 암담할까?

언제부터인가 그녀는 장천을 잊고 있었다. 현각에게 기대고 의지하며 그의 따뜻함 속에 마음을 녹이고 있었다. 그런데 장천이 들어온 것이다. 마교의 인물들과 함께.

어느샌가 순수한 소녀의 표정으로 돌아간 서희가 장천의 옆에 나란히 선 채 시무룩한 표정을 지었다.

"당신이 아니었으면 절대 그를 양보하지 않았을 거예요."

백화린이 여전히 진정되지 않는 놀란 가슴과 경악으로 휩떠진 눈을 들어 장천을 바라봤다. 천마교의 구마천 중 일인인 아수라성녀를 좌지우지하는 사람, 그가 과연 장천일 수 있을까?

백화린은 자신도 모르게 머리를 저었다. 결코 있을 수 없는 일이다. 그가 무슨 이유로 마교의 무리들과 함께 있는지는 몰라도 마교의 사람일 수는 없었다. 그럴 리가 없었다.

그녀의 의심에 대답이라도 하듯 장천이 얼굴을 가린 면사를 천천히 벗었다.

"헉!"

"아니!"

번살과 사마대는 물론 동방척도 경악을 금치 못했다.

면사 속에 드러난 얼굴은 장천이었다. 사람들은 믿을 수 없다는 표정으로 장천과 현각을 번갈아 쳐다봤다.

사람은 두 사람이되, 얼굴은 하나다.

대명천지에 이 무슨 해괴한 변고란 말인가!

장천의 입꼬리가 싸늘하게 살짝 말려 올라갔다.

"세상엔 눈으로 보기 전엔 결코 믿을 수 없는 일도 있지요. 보시는 바와 같이!"

그의 말대로 눈으로 직접 보지 않았다면 이 일을 어떻게 믿겠는가. 눈으로 직접 보고 있는 지금도 여전히 믿기지 않는데. 그들은 마치 유령이라도 보는 듯한 표정으로 장천을 바라봤다.

그들은 몰랐다. 자신들의 이 낯선 눈길이 그를 얼마나 외롭게 만드는지. 그리고 그 외로움과 배신감에 그의 마음이 어떻게 돌변해 있는지.

그래도 마지막 한 가닥 기대는 걸고 찾아온 걸음이다.

'나를 보면 알게 될 것이다. 그동안 현각에게 속았다는 것을.'

하지만 그들의 망연자실한 표정은 장천에게 남아 있던 한 가닥 기대마저 무참하게 짓밟아 버렸다.

그들에게 자신이 낯선 사람이라면, 자신 또한 그들을 타인으로 대하면 그만이다.

장천의 마음이 더욱 차갑게 얼어붙었다. 그의 마음은 무표정하게 굳어지는 눈빛을 통해 그대로 배어 나왔다.

백화린은 가슴이 찢어질 것만 같았다. 눈물을 글썽이며 사라진 사람이 저런 냉혈한이 되어 돌아왔을 때야 그간의 고초가 오죽했겠는가. 그런데 돌아온 곳에 자신의 자리가 없다면 그 절망과 배신감은 또 오죽하겠는가.

그렇다 해도 하지 말아야 할 일이 있다. 아무리 배신감에 치를 떨어도 천도문을 향해 칼을 휘두르지는 말았어야 한다. 차라리 자신과 현각을 죽여 복수를 한다면 열 번이라도 기꺼이 받아들일 것이다.

하지만 천도문은 안 된다. 천도문이 곧 그의 삶인데 자신의 삶을 향해 검을 휘두르면 어쩌자는 것인가.

피를 흘리는 것은 천도문만이 아니다. 그의 가슴에도 분명 고통의 핏물이 흐르고 있을 것이다.

백화린은 장천의 앞으로 다가갔다. 칼날 같은 그의 눈길이 가슴을 후벼 파는 듯 아프게 다가오지만 그녀는 그를 향해 걸어갔다.

그리고 장천이 오연하게 서 있는 담장 앞에 무릎을 꿇었다.

"절 죽이시고 천도문을 구해주십시오."

장천의 입술이 파르르 떨렸다.

'모르겠소? 용서를 구하기엔 이미 늦었다는 걸?'

휘릭.

장천이 옷자락을 휘날리며 경내로 내려섰다. 그리곤 손끝으로 백화린의 턱을 치켜들며 말했다.

"죽이기엔 너무 아까운 미모 아닌가? 승리자에겐 전리품이 있어야 하지 않겠소? 후후훗!"

"……!"

백화린의 얼굴이 경련이라도 일으키듯 파르르 떨렸다.

현각의 얼굴 또한 분노로 파르르 떨렸다. 감히 백화린을 전리품으로 취급하다니! 백화린은 그가 돌아올 자리를 지켜주기 위해 최선을 다했다. 그에게 이런 모욕을 받을 이유가 없었다.

'네놈에겐 절대 빼앗기지 않아! 그녀를 전리품 취급 하는 순간 이미 두 사람은 남남이니까!'

백화린을 사이에 두고 야수처럼 번들거리는 장천의 매서운 눈과 현각의 화난 눈빛이 부딪쳤다.

"어렸을 때 내 꿈이 뭐였는지 아시오? 당신처럼 천하무적이 되는 거였소."

"당신의 능력으론 결코 이루지 못할 꿈이었군."

"당신이 해낸 일을 나라고 못할 리 없지 않겠소? 당신을 죽여 그 이름을 취하면 될 테니까. 안 그렇소?"

"그래서 천도문의 이 많은 사람을 죽인 거요?"

"자신의 문파를 지키고 문도를 보호하는 게 문주의 책무 아니었소?"

"그러는 당신은 그 문주가 될 능력이 안 되니 차라리 부숴 버리겠다는 거요?"

상대에게서 자신의 얼굴을 보며, 상대의 입에서 자신의 목소리를 들으며 대화하는 것은 소름 끼치는 느낌이었다. 장천과 현각 모두에게.

두 사람을 지켜보는 다른 이들의 심정 또한 마찬가지였다.

태양은 결코 두 개일 수가 없다. 한쪽이 그림자가 되든지 아니면 사라져야 한다.

장천은 이미 그림자의 삶을 겪었다. 그는 두 번 다시 그 어둠 속으로 돌아가고 싶지 않았다.

현각은 태양이 되든, 그림자가 되든 상관없었다. 그는 오로지 장천의 분노로부터 백화린을 구해내야 한다는 생각뿐이었다.

그는 여전히 무릎을 꿇고 있는 백화린의 손목을 덥석 잡아 일으켰다.

"당신을 전리품으로 남겨놓을 수는 없어요."

그리곤 장천을 향해 말했다.

"우리들은 떠나겠소. 천도문은 당신이 갖든지 말든지 마음대로 하시오. 천하무적이 되든지, 천하혈적이 되든지 그것도 당신 맘대로 하고!"

그의 행동은 장천의 분노를 더욱 부채질했다. 감히 자신의 앞에서 백화린의 손을 잡고 떠나겠다니. 그는 모두 죽거나 떠나 버린 빈 껍데기 천도문을 찾으러 온 게 아니었다.

"어리석은 놈! 우린 처음부터 하나의 하늘 아래 살 수 없는 사람임을 아직도 모른단 말이냐?"

그의 얼굴은 웃고 있었지만 그의 손에서는 이미 한 가닥 강기가 뿜어졌다. 소리도, 형체도 없이 섬전처럼 현각을 향해 날아가는 강기의 정체는 적살장이었다. 혈영신마의 독문무공이었던 적살장은 변함없는 위력으로 현각을 향해 쏘아졌다.

"어?"

현각이 느낀 것은 미세한 공기의 파동이었다. 장내의 정적과 그의 긴장감이 아니었으면 느끼지도 못했을 정도의 미세한 파동. 하지만 막상 그의 목전에 다다른 파동은 그의 몸을 관통해 버릴 듯 강렬한 힘으로 돌변했다.

"합!"

현각이 화들짝 놀라며 허리를 숙여 간신히 그의 일장을 피했다. 그의 장력을 피해놓고도 현각은 얼떨떨했다. 그가 당연히 풍뢰도법을 펼칠 줄 알았던 것이다. 그래서 내심으로 자신만만해하고 있었건만 그의 무공은 전혀 색다른 것이었다.

"천하무적이 이 정도에 놀라서야 되겠소?"

노골적인 빈정거림과 함께 장천의 손이 연이어 적살장을 떨쳐 내기 시작했다.

그림자 신법을 운용해 그의 적살장을 피해내는 현각은 마치 살얼음판 위를 걷는 기분이었다. 언제 어디서 날아올지 모르는 무형, 무기의 적살장은 장천의 내공과 더불어 가공할 위력을 발휘했다.

'보이지 않으면 안 보면 그만이지!'

현각은 주저없이 눈을 감았다. 눈을 감자 미세한 공기의 파동이 점점 크고 선명하게 들렸다. 상대의 기운을 확연하게 느낄 수 있다면 피하는 일은 그리 어렵지 않았다.

현각에겐 흑란곡의 그림자 신법이 있으니까.

한때 천하를 진동했던 무후의 천마무영신법은 현각에게 그림자 신법이라는 엉뚱한 이름으로 불리고 있지만 위력만은 확실했다. 그야말로 그림자처럼 날렵하게 움직이는 현각에게 장천의 적살장은 더 이상의 위력을 발휘하지 못했다.

장천도 더 이상 적살장 따위엔 미련없었다. 그저 현각의 무공을 가늠해 보기 위한 장난(?)이었을 뿐.

현각도 백화린의 앞에서 그에게 주눅 든 모습은 보여주고 싶지 않았다. 원래 주눅 따위 잘 드는 성격도 아니고.

그는 히죽 웃으며 거만하게 말했다.

"이게 다요?"

장천도 미소 지었다. 얼음장처럼 차갑고 독사처럼 비릿한 미소를.

"한 가지는 약속하겠다. 네놈을 절대 쉽게 죽이지는 않겠다는 것!"

"자신없다는 말도 그렇게 하면 멋있게 들릴 것 같소?"

파앗!

허공으로 떠오른 장천의 발이 현각을 향해 불을 뿜었다. 어떤 무공이든 기수식이 있고, 진기를 응축하기 위한 과정이 필요한 게 상식이다.

그러나 장천이 대뜸 펼친 각법은 처음부터 거대한 바위도 부숴 버릴 듯 강맹했다. 더욱이 잠시의 틈도 없이 맹렬하게 전개되는 초식은 순식간에 현각의 전후좌우 사위를 장악해 버렸다.

파파파팟!

"이, 이럴 수가! 저자는……!"

좀처럼 당황하지 않는 번살의 입에서 신음 같은 말이 나왔다.

그럴 수밖에 없었다. 지금 장천이 펼쳐 내는 것은 천마삼공 중 하나인 천풍신권인 것이다.

무림에 적을 둔 사람치고 천풍신권을 모르는 사람이 있을까? 실제로 본 적도 없고, 경험한 적도 없지만 무림인이라면 누구나 아는 무공이 바로 천마삼공이었다.

그런데 지금 장천의 몸을 통해 그 천풍신권이 펼쳐지고 있는 것이다. 그것은 그가 단지 마교의 인물일 뿐 아니라 마황 사승비의 후계자라는 뜻이었다.

마황의 후계자가 직접 나섰다면 그가 천마교를 나서는 순간 이미 천도문의 멸문은 정해진 일이었다.

한데 왜?

도대체 왜 하필이면 천도문이란 말인가?

섬서성 장악이 목표였다면 화산파나 종남파를 공격했어야 한다. 지리적 이점을 원한다면 종남파를 쳤어야 하고, 무림에 떨치는 파급 효과를 감안하면 화산파를 공격하는 것이 당연하다.

그런데 그들은 소리 소문도 없이 천도문으로 밀려들어 왔다. 마황의 후계자가 직접 나서서.

더욱 놀라운 것은 그 마황의 후계자가 자신들의 문주와 똑같은 얼굴을 가졌다는 사실이다. 이 일을 어떻게 해석해야 할까? 도대체 천마교와 천도문 사이에 무슨 상관이 있단 말인가?

암담한 것은 생각만이 아니었다. 현각과 장천의 대결 조한 암담한 상황에 접어들고 있었다.

현각의 척마도가 펼쳐 내는 풍뢰도법은 가히 신검합일의 진수를 보여주고 있었다. 그의 일 도, 일 초에 천지가 들썩이는 것 같은 폭풍이 몰아쳤다.

그는 반드시 풍뢰도법으로 그를 꺾겠다는 의지와 집념으로 혼신의 힘을 다했다. 마교의 잔당이 되어 돌아온 장천에게 백화린을 빼앗길 수는 없지 않은가.

하지만 안타깝게도 장천에게 현각의 풍뢰도법은 별로 위협이 되지 못했다.

장천은 현각의 풍뢰도법 사이를 자유자재로 넘나들며 거침없이 천풍신권을 펼쳐 냈다. 때로는 기습적인 천마수로 현각의 공세를 끊어버리기도 했다. 현각의 강맹한 공격도 장천 앞에서는 공허한 메아리일 뿐인 것이다.

반면 장천의 공격은 쉴 새 없이 현각의 몸을 강타했다.

퍼퍽!

북이 찢어지는 것 같은 요란한 소리와 함께 현각이 무참하게 바닥에 고꾸라졌다. 만약 장천이 마지막 순간 내공을 조절하지 않았다면 그는 영영 일어서지 못했을지도 모른다. 창백한 얼굴로 몸을 일으키는 현각이 이를 악물었다.

'무형공은 분명 천하제일무공이야! 저놈을 이기지 못할 리가 없어!'

삼치거인의 무형공이 천하제일무공임은 분명한 사실이었다. 하지만 마황의 천마삼공 또한 천하제일로 꼽히는 무공이다.

게다가 장천이 수도 없는 죽음의 고비를 넘기는 동안, 현각은 미인들에게 둘러싸인 채 유희하듯 무공을 수련했다.

매 순간순간 오로지 살아남겠다는 처절한 의지로 익힌 장천의 무공과 그저 뽐내기 위한 수단으로 익힌 현각의 무공은 그 자세에서부터 다를 수밖에 없었다.

현각은 이기고 싶었다. 하지만 장천은 그를 죽이고 싶다.

현각은 투지를 불태우지만 장천은 살심을 불태운다.

강한 욕망이 강한 힘을 불러일으키는 건 당연지사. 장천의 공격은 점차 위력을 더해갔다.

파르릇!

회오리치듯 허공을 한 바퀴 휘돈 장천의 발이 현각이 펼쳐 놓은 엄밀한 도망 사이를 뚫고 들어갔다.

'풍뢰도법은 너도 잘 안다 이거지? 그렇다면!'

현각은 풍뢰도법을 포기하면서 재빨리 청수찬의 십자검법으로 그의 공격을 차단하며 대뜸 강호성의 백화집금검법을 펼쳤다. 장천에게 가장 낯선 무공을 선택한 것이다.

현각의 도에서 빛무리 같은 도기가 분수처럼 뿜어졌다. 도법에서는 보기 힘든 화려한 도기가 허공을 수놓으며 장천에게 밀려갔다.

장천이 처음으로 한 걸음 물러섰다.

현각은 기회를 놓치지 않고 낙성분분에서 뇌천무위까지 자신이 알고 있는 모든 무공의 절초를 쉼없이 쏟아냈다.

검법에서 도법으로, 다시 도법에서 검법으로 자유자재로 오가는 현각의 공격에 장천도 다소 당황했다. 그의 상식으로도 검법과 도법을 함께 펼치는 것은 불가능한 일이었다.

장천의 당황한 기색에 자신감을 회복한 현각은 뇌전처럼 장천을 향해 돌진했다. 초식을 벗어던진 채 마음이 이끄는 대로 뻗어간 그의 도가 아슬하게 장천의 옷자락을 스치고 지나갔다.

'이거였어! 마음이 가는 곳에 몸이 간다는 말의 진짜 의미가!'

그동안은 초식에의 몰입인 줄 알았다. 하지만 진정한 마음은 초식을 초월한 곳에 있었다. 현각의 무공은 장천을 만나 또 한 단계의 성장을 거두고 있는 것이다.

하지만 장천은 이미 겪은 경지다.

실전과 살행(殺行)을 통해 단련된 장천의 무공은 이미 오래전에 초식의 허울을 벗어던진 상태였다. 게다가 천풍신권은 이제 겨우 오성의 단계에 돌입한 상태다.

장천은 지금까지 그 오성의 천풍신권으로 절정에 이른 현각의 풍뢰도법을 받아낸 것이다. 그리고 현각의 도가 그의 옆구리를 스쳐 가는 순간, 진짜 그의 비기가 나왔다. 수라천마화공의 천마수!

파핫!

섬전보다 빠른 손놀림이다. 애초에 움직인 적도 없는 듯 그의 가슴 앞에 모아진 양손에 한 자루의 도가 들려 있었다. 조금 전까지 현각의 손에 있던 척마도가.

"엇?"

현각이 눈을 부릅떴다.

무인이 눈앞에서 무기를 빼앗겨 버렸으니 이런 수모와 수치가 어디 있겠는가? 그것도 천하무적이라 자처하던 천도문의 문주가.

"후훗!"

장천이 치아를 드러내며 웃었다.

그리고 현각을 향해 전음으로 말했다.

"원래 내 것이었던 걸 찾는 것뿐이다!"

장천이 척마도를 휘두르기 시작했다.

　화린사와 흡질독의 동굴에서, 그리고 대통산의 혹한 속에서 수련한 그의 내공이 척마도에 실린 채 자색의 도강(刀罡)을 뿜어냈다.

　"허걱!"

　자색의 도강이라니! 현각은 그게 뭔지도 몰랐다.

　도기란 눈에 보이지 않는 무형의 기운을 말한다. 무형의 도기가 강해지다 보면 어느 순간 유형의 기운으로 화하게 된다. 그 유형의 도기가 마치 금속처럼 단단하게 응축되고 집약된 것이 바로 도강이다.

　검강이나 도강을 발하는 것만으로도 그는 능히 십대고수를 노려볼 만한 위치에 올랐다 해도 과언이 아니었다.

　마황 사승비의 후계자에겐 당연한 일이지만, 불과 얼마 전까지 천도문의 못난 아들이었던 장천에겐 기적 같은 일이었다.

　장천의 도강은 스치는 모든 것을 먼지로 만들어 버릴 정도로 위맹한 힘으로 장내를 휩쓸었다.

　무기조차 빼앗긴 현각은 숨조차 쉴 수 없는 공포 속에서 그의 도강을 피하기에 급급했다.

　백화린은 더 이상 지켜볼 수 없었다.

　처음부터 현각이 감당할 수 없는 싸움임은 알았다. 하지만 그녀는 감히 나설 수 없는 처지였다. 장천을 앞에 두고 어떻게 그녀가 현각을 돕겠는가. 그렇다고 이대로 현각이 그에게 희롱당하며 죽는 것을 지켜만 볼 수도 없었다.

　'상공, 이 죄는 죽음으로 갚겠습니다……!'

　장천에게 마음의 사죄를 하며 백화린은 번살과 사마대에게 눈짓을 보냈다.

현각의 위급함을 알고도 두 사람이 싸움에 가담하지 않은 이유는 최후를 대비하기 위해서였다.

그리고 지금이 그 최후의 수단을 사용해야 할 때였다.

사마대가 용섬회탁을 펼치며 느닷없이 도강 사이로 뛰어들었다.

'앗!'

놀란 장천이 급급히 도강을 거두어들였다. 사마대가 둘의 대결에 개입할 거라고는 전혀 예상치 못했다.

그 순간, 번살이 재빨리 현각의 혈도를 점하며 전각 안으로 던져 버렸다.

"가거라!"

통나무처럼 던져진 현각이 발작적으로 외쳤다.

"싫어요! 부인을 두고 가긴 어딜 가요?"

난생처음 깨달은 사랑이다. 이대로 그녀를 사지에 남겨둔 채 떠날 수는 없었다.

"당신의 역할은 끝났습니다! 떠나세요!"

백화린이 묵도를 치켜들며 그에게 매몰차게 말했다.

"부, 부인……."

더 이상 말할 여유도 없었다. 전각 안에 숨죽이고 있던 천룡수호대가 그의 몸을 냉큼 잡아끈 것이다.

"당신들 뜻대로 되지는 않을 것이오!"

장천이 전각을 향해 몸을 날렸다. 그러자 번살과 사마대가 동시에 장천을 향해 몸을 날렸다.

파파팡—!

폭발하듯 터져 나오는 그들의 내공에 장천조차 주춤하며 몸을 피했다.

죽음을 각오한 듯 온몸으로 돌진하는 그들은 마지막 한 올의 내공까지 아낌없이 토해내고 있었다. 천도문은 지켜내지 못했지만 현각만은 지켜야 한다. 현각이 살아 있는 한 천도문도 살아 있는 것이니까.

백화린과 동방척도 같은 마음으로 무기를 치켜들며 전각의 입구를 막아섰다.

아수라성녀가 전각을 향해 몸을 날리는 것을 보면서도 두 사람은 꿈쩍도 하지 않았다. 이미 죽음을 각오한 사람들에게 두려울 것이 뭐가 있겠는가.

천룡수호대의 손에 끌려가면서도 현각은 계속 외쳤다.

"부인! 약속해요! 반드시 살아 있겠다고! 내가 돌아올 때까지 반드시 살아 있겠다고—!"

멀어지는 현각의 처절한 외침은 백화린의 가슴 깊은 곳에서 공허한 메아리가 되어 흩어져 버렸다.

'죄송해요. 그 약속은… 지키지 못할 것 같아요…….'

제8장
사나이의 가슴에 흐르는 눈물

1

장 천이 마지막까지 애정을 가지
고 있었던 사람이 번살과 사마대다. 천도문에서 유일하게 격려와 위안
으로 자신을 감싸주던 사람이 그들이니까.

사마대의 돌진에 검강을 거둬들인 것도, 두 사람의 공격에 주춤하며
걸음을 멈춰 선 것도 그들에게 남아 있던 장천의 마지막 기대 때문이
었다.

하지만 그들은 끝내 눈앞에 있는 자신을 알아보지 못한 채 현각을
위해 목숨을 걸고 있다.

이런 감정을 분노라고 해야 하나, 실망이라고 해야 하나?

장천은 마음 한구석에 남아 있던 마지막 한 올의 감정까지 모두 지
워 버렸다. 감정을 지워 버리니 손의 기세도 변했다.

약간의 사정을 두고 있던 손에서 가차없이 천마장이 발출된 것이다.

만월(滿月)의 냉기마저 달구며 뿜어진 천마장의 열기가 번살과 사마대를 향해 밀려갔다.

두 사람은 급급히 신법을 운용해 천마장을 피했지만 가슴의 요동은 가라앉지 않았다.

천마장에 담긴 그의 내공은 천풍신권을 펼칠 때와 확연히 달랐다. 이미 천풍신권만으로도 쉽게 적수가 없을 그였는데, 진짜 절기는 오히려 수라천마화공이었던 것이다.

현각에게 시간이 좀 더 주어진다면 그를 상대할 수 있었을까? 현각을 탈출시킬 때만 해도 당연히 그럴 거라고 생각했다.

하지만 그의 수라천마화공을 경험하자 생각이 달라진다. 현각이 무형공을 수련하는 동안, 장천이 놀고 있지 않는 한은 그가 장천을 뛰어넘지 못할 것 같은 절망이 엄습했다.

장천은 삼 장 거리를 한 호흡에 잘라 버리며 연속으로 패천신권을 펼쳤다.

파파파팍!

주먹이 뻗어지는 데 공기가 요동치며 세찬 격타음을 쏟아낸다.

번살은 지동격서(指東擊西)의 신법으로 몸을 피하며 비어 있는 장천의 옆구리를 향해 도를 내질렀다. 하나 이미 내상을 입은 몸이라 본신의 힘이 모두 담기지는 못했다.

수직으로 몸을 회전하며 그의 일도를 간단히 피해낸 장천은 그대로 번살을 향해 각법을 날렸다. 마치 두 자루의 낭아곤이 날아드는 것 같은 강렬한 그의 발차기가 번살의 어깨에 작렬했다.

파직!

어깨뼈가 으스러지는 소리와 함께 번살의 팔이 축 늘어뜨려졌다. 다행히 도를 떨어뜨리지는 않았지만 더 이상 휘두를 수 없다는 것은 누구나 알 수 있었다.

"이런 육시할 놈—!"

사마대가 노성을 터뜨리며 장천을 향해 벽력같이 쇄도했다. 거구에서 뿜어지는 용화수의 위력은 만만치 않았다. 게다가 분노한 마음까지 더해지자 그의 모습은 마치 한 마리의 성난 황소 같았다.

장천도 피하지 않고 천풍신권으로 맞섰다. 주먹을 내지른 것은 장천이 한 발 늦었지만 전광석화 같은 초식의 빠르기는 용화수를 압도했다.

꽈꽈꽝—!

극성으로 연마한 용화수와 오성의 천풍신권이 정면으로 부딪쳤다.

주먹이 부딪친 거라고는 믿기 어려운 요란한 격타음이 터졌다. 동시에 사마대의 몸이 오 장 밖으로 훌쩍 튕겨져 버렸다.

"크윽!"

쓰러진 사마대의 입과 코는 물론 귀에까지 핏물이 흘렀다.

천도사절의 비참한 몰락이었다. 장승풍과 장승운이 모두 살아 있었다 해도 결과는 마찬가지였을 것이다.

구마천이란 그런 존재였다.

언제라도 교주의 직위에 오를 수 있는 능력과 자질을 갖춘 자들. 즉, 언제라도 천하제일을 넘볼 수 있는 경지의 고수들인 것이다.

천도문은 애초부터 그들의 상대가 되지 못했다. 천도문 그 누구도 그들 중 한 사람을 상대할 수 없을 테니 말이다.

전각 앞으로 돌진했던 서희도 그런 구마천 중 일인 아닌가.

그녀는 눈 깜짝할 사이에 동방척의 목을 비틀어 버렸다. 그리고 연이어 백화린을 향해 손을 뻗었다. 그녀가 뻗은 것은 손이지만 백화린에게 날아가는 것은 마치 다섯 자루의 검 같았다.

백화린은 섬뜩한 기분 속에 재빨리 묵도를 들어 휘둘렀다.

하지만 서희는 망설이지도 않고 손으로 그녀의 묵도를 잡아버렸다. 특별한 초식을 쓴 것도 아니고, 섬전처럼 빠른 손놀림도 아니었다. 다만 그녀는 백화린의 묵도가 그리는 궤적을 차단해 버린 것이다. 멀리서 보면 백화린이 그녀의 손에 묵도를 안겨준 것 같은 모습이었다. 서희의 좌수(左手)가 움직인 것은 그와 동시였다. 섬전처럼 빠른 손끝이 백화린의 전중혈(膻中穴)을 향해 뻗어진 것이다.

백화린은 피할 수도, 피할 방법도 없었다.

그때였다.

휘리릭!

옷자락 휘날리는 소리와 함께 나타난 사내가 서희의 손을 막아선 것은.

사내는 복면으로 얼굴을 가리고 있지만, 백화린은 그가 누구인지 알 수 있었다. 넉 자 다섯 치에 달하는 거도를 들고 다니는 사람은 흔치 않으니까.

"……!"

목우령이었다. 백화린의 간곡한 부탁에 장천을 찾아 나섰던 그녀의 사형, 목우령.

복면 속에서 그의 눈이 울고 있었다. 다른 사람에겐 보이지 않겠지만 백화린에게는 똑똑히 보였다. 눈물조차 흘릴 수 없는 고통과 절망과 슬픔으로 통곡하는 그의 핏발 선 눈이…….

잠시 의아한 눈길로 목우령을 쳐다보던 서희의 눈이 이내 서늘하게 변했다.

"뭐 하는 짓이냐?"

목우령은 말 대신 그의 거도로 대답했다.

넉 자 다섯 치에 달하는 그의 거도가 서희를 향해 매섭게 휘둘러진 것이다. 무거운 무기는 대부분 무기 자체의 힘을 사용하지만 목우령의 도에서는 눈부신 도기가 뻗어졌다. 넉 자 다섯 치에 달하는 도에서 뻗어진 도기!

그 강렬함은 서희조차 순간적으로 뒷걸음질치게 만들었다.

목우령은 그 잠깐의 틈을 놓치지 않고 백화린을 전각 안으로 밀어 넣었다.

"가거라!"

"……!"

"그와 함께 떠나거라! 어서—!"

"……!"

서희의 눈이 사납게 일그러졌다.

하지만 그녀보다 먼저 움직인 사람은 장천이었다. 그리고 두 사람에게 장천보다 먼저 다가온 것은 그의 척마도였다.

파팟!

척마도에서 한줄기 섬광이 번뜩인다 싶은 순간,

투둑.

백화린을 전각 안으로 밀어 넣던 목우령의 팔이 바닥에 떨어졌다.

"헉!"

백화린이 눈을 휩떴다.

그러나 목우령은 조금도 물러서지 않았다. 오히려 그는 온몸으로 백화린의 앞을 막아서며 절규하듯 외쳤다.

"가라! 어서 가라니까!"

장천은 목우령의 입을 막지 않았다. 대신 그의 목에 싸늘한 척마도를 들이댔다.

조금 전까지만 해도 현각의 손에 들린 채 백화린을 보호하던 무기였다.

그 무기가 장천의 손에 옮겨지는 순간, 그것은 백화린을 위협하는 도구로 변해 있었다.

비록 척마도가 겨냥한 것은 목우령의 목이지만 그의 눈이 응시하는 것은 백화린이었다.

"그대가 떠나면 이자가 죽을 텐데? 그래도 괜찮겠소?"

누구보다 백화린을 잘 아는 장천이 아닌가.

그녀는 얼음처럼 차갑고 냉정하지만 신의가 있는 사람이다. 그녀를 위해 사지로 뛰어든 목우령을 두고 혼자 도망갈 사람이 절대 아니다.

잘려진 팔에서, 장천의 검이 겨냥한 목에서 피를 뚝뚝 흘리면서도 목우령은 계속 외쳤다.

"나는 여기 오기 전부터 이미 죽어 있던 목숨이다! 가라! 제발… 가거라……!"

절규하는 목우령의 눈에서 결국 눈물이 흐르고 말았다. 평생을 가슴에 쌓아두었던 절망과 원망과 상실의 눈물이 비가 되어 그의 검은 복면을 적시고 있다.

"……."

그렇기에 백화린은 더 더욱 갈 수 없었다. 목우령이 왜 저 자리에, 저런 모습으로 서 있단 말인가.

모두 자신의 탓이었다. 장천을 찾아달라고 했던 자신의 부탁이 사슬이 되어 그를 묶어둔 것일 테니까.

그는 너무 많은 것을 잃었다.

무인에겐 가장 치명적인 팔을 잃었고, 이름을 잃었고, 얼굴을 잃었고, 인생마저 잃었다. 더 이상은 자신을 위해 그를 희생시킬 순 없었다.

백화린이 목우령의 잘려진 팔 앞에 머리를 떨궜다.

"저를 위해 흘리신 눈물만으로 족합니다. 부디 목숨만큼은 사형을 위해 아껴두세요."

"크흐흑……"

목우령이 어깨를 떨며 흐느꼈다. 한쪽밖에 남지 않은 팔에 들린 그의 거도가 손과 함께 파르르 떨렸다.

오로지 백화린 하나만 바라보고 살아온 인생이다. 그녀를 얻지 못해도 상관없었다, 그녀가 행복하기만 하다면.

하지만 결국 그는 아무것도 하지 못했다. 백화린의 행복을 지켜주지도 못했고, 그녀가 부탁한 장천을 데리고 오지도 못했다.

그가 데리고 온 사람은 장천이 아니라 일영이었다. 천도문의 사람이 아니라 천마교의 사람인 일영을 데리고 온 것이다.

그리고 천도문은 철저하게 짓밟혔다.

절망 속에 통곡하고 있는 목우령의 귀에 번살의 전음이 들렸다.

"너는 혹시… 우령이가 아니냐?"

목우령은 대답하지 못했다. 마교의 인물들 속에 섞여 있는 처지에 어떻게 '그렇다' 고 대답하겠는가.

그는 힘없이 머리를 숙여 눈물을 흘릴 뿐이었다. 장천의 연검이 스쳐 간 목과 어깨에 흐르는 피도 그의 눈물만큼 뜨겁지는 않았다.

그들을 지켜보는 서희의 눈이 영악하게 빛을 발했다.

'저자는 천도문의 사람이었단 말이야?'

그녀의 눈빛은 당연히 장천에게로 이어졌다.

그는 여전히 무표정하다. 때론 흔들리기도 했지만 어느덧 평정을 찾은 그의 눈은 천마교에서와 마찬가지로 차갑고 냉정했다. 하지만 여자의 직감을 피해가지는 못했다.

'그에게도 뭔가 사연이 있군.'

굳이 추궁하지는 않을 작정이다. 자신이 직접 알아내는 게 더 재밌을 테니까.

서희가 살짝 미소 지으며 번살과 사마대를 쳐다봤다. 두 사람 모두 심각한 내상을 입고 창백한 얼굴로 간신히 버티고 서 있는 상태였다.

"저들은 그냥 살려두실 건가요?"

"최소한 승리의 흔적은 필요하지 않겠소?"

마침 혈참마대의 고수들과 흑기대, 적기대의 대주가 승천전으로 모여들었다.

장천이 적기대주를 향해 명령했다.

"저자들의 무공을 폐쇄하고 뇌옥에 가두거라!"

"……!"

무인에게 무공을 폐쇄하는 것은 죽이는 것보다 더한 고문이다. 하지만 두 사람은 죽을 수 없었다. 이 자리에서 천도문의 몰락과 함께 죽고 싶지 않았다. 그들은 여전히 믿고 있었다. 반드시 현각이 돌아올 거라고.

아무리 비굴하고 비참한 상황에 처하더라도 그를 기다리리라!

두 사람은 순순히 적기대의 포박에 응했다.

서희가 수정처럼 맑은 눈망울로 백화린과 장천을 쳐다보며 머리를 갸웃거렸다.

"이 여자는요?"

"내 전리품이라 하지 않았소?"

"이 남자는요?"

"그녀의 시종으로 쓰면 되겠군."

재미있다는 듯 서희가 환하게 웃었다. 세상의 어둠과 더러움을 한 번도 본 적이 없는 듯한 맑은 소녀의 얼굴로.

"이제 도망간 문주를 잡으러 갈 차례인가요?"

장천이 침착한 얼굴로 혈참마대를 향해 말했다.

"아마도 저곳의 비밀 통로는 장수강을 지나 종남산으로 연결될 것이다. 한 명도 놓치지 말고 제거하라."

"당신은 그 길을 어떻게 알죠?"

서희의 물음에 장천이 가볍게 코웃음을 흘렸다.

장승풍이 죽던 날, 장승운을 피해 자신이 도망간 길이 바로 그곳이었다. 자신의 운명을 뒤바꿔 놓은 시발점이 그 길인데 어찌 모르겠는가.

"이곳으로 오는 동안 봐두었소. 은밀하게 서안을 빠져나갈 수 있는 길은 그쪽밖에 없더군요."

"그렇군요."

서희의 눈에 이채가 스쳐 갔다. 그가 서안을 둘러본 건 확실하다. 서안의 외곽을 따라 흐르고 있는 강을 본 것도 사실이다. 하지만 그는 누구에게도 강의 이름을 물어보지 않았고, 듣지도 못했다. 계속 동행한 자신이 모르니 그도 모르는 게 정상이다.

그런데 그는 강의 이름은 물론, 그 강이 종남산과 연결된다는 사실까지 알고 있는 게 아닌가. 더욱이 천도문의 비밀 통로가 그리로 통할 거라는 확신은 서안을 속속들이 꿰뚫고 있기 전에는 하기 힘든 추리였다.

'서안의 지리를 잘 알고 있는 게 아니라면 천도문을 속속들이 알고 있는 거겠군.'

서희는 더 이상 묻지 않았다.

어차피 세 사람의 기묘한 눈빛에 대한 비밀은 이곳에서 지내는 동안 그녀가 풀어야 하는 숙제이자 유희거리니까.

장천의 명을 받고 돌아서던 혈참마대를 향해 장천이 한마디 덧붙였다.

"모두 척살하되, 문주는 사로잡아라."

서희가 고운 아미에 살짝 주름을 잡았다.

"이들의 무공으로 그자를 생포하기는 어려울 텐데요?"

"여기에 그의 부인이 있지 않소? 실력으로 안 되면 거래를 하는 방법도 있겠지요."

백화린을 바라보는 장천의 눈빛이 사악하게 번들거렸다.

2

화린이 천룡수호대의 일호인 월란에게 사전에 언질을 주었던 건 장승운과의 대결이 있기 전날 밤이었다.

어떤 일이 있어도 그분을 죽게 할 수는 없으니, 최악의 상황에 처하면 그분을 모시고 도망가라고. 이 비밀 통로를 알려준 것도 그때였다.

물론 백화린도 이런 상황이 일어날 거라고는 꿈에도 생각지 못한 상황에서 했던 말이다. 받아들이는 천룡수호대 역시 마찬가지였고. 다만 그녀들은 자신들을 믿고 그분의 목숨을 맡긴다고 말한 백화린에게 고맙고 감사했을 뿐이다.

그리고 그녀들은 백화린에게 맹세했다.

어떤 상황에서도 그녀들은 싸움에 개입하지 않겠다고. 마지막 순간까지 숨죽이고 있다가 문주를 구하는 일에만 전력을 다하겠다고.

하지만 정말로 자신들의 맹세를 지켜야 할 상황이 올 줄은 몰랐다. 그것도 이렇게 빨리.

어둡고 긴 수로를 지나 장수강의 갈대 숲 사이로 막 나오는 순간이 었다.

여섯 명의 손에 결박당하듯 들려 있던 현각이 힘없는 목소리로 말했다.

"그만 내려놔도 된다."

"안 돼요! 다시 천도문으로 돌아가실 거잖아요!"

"……."

어쩌면 백화린은 원래의 임자를 찾아가게 된 것인지도 모른다. 그녀가 그토록 기다리던 진짜 천도문의 주인에게로.

하지만 그녀를 바라보던 장천의 차가운 눈빛은 결코 부인을 되찾은 남자의 것이 아니었다. 오히려 전리품을 취한 듯 오만하고 싸늘하기만 했다.

그의 눈빛과 표정이 앞으로 백화린의 처지를 말해 줬다. 그래서 현각은 반드시 그녀를 구해야 했다.

백화린을 구하려면 그에겐 힘이 필요했다. 지금보다 더 강하고, 강한 힘!

'지금은 돌아갈 수 없어……!'

그가 백화린을 죽이지는 않을 것이다. 복수심과 질투심으로 이글거리는 마음으로 백화린을 쉽게 죽일 리 없다. 차라리 자기 옆에 두고 괴롭히며 고문할 것이다.

현각의 가슴은 돌아가자고 하지만 그의 본능은 앞으로 가라고 한다. 뒤로 돌아가서 얻을 건 죽음뿐이다. 하지만 앞으로 나가면 미래를 얻을 수 있다. 백화린을 구하려면 과거가 아니라 미래로 가야 한다. 그리고 더 강해진 모습으로 돌아와야 한다.

"가자!"

현각은 앞장서 달렸다. 천룡수호대에게 눈물을 보이지 않으려 애쓰며 계속 앞을 향해 달렸다. 서희와의 대결에서 얻은 상처들이 욱씬거리며 비명을 토했지만 마음의 상처에 비하면 아무것도 아니다.

하룻밤의 운우지락을 꿈꾸며 따라간 걸음이 결국 여기까지 오고 말았다. 천도문은 자신의 운명을 뒤바꿨고, 백화린은 자신의 인생을 결정지어 버렸다.

앞으로 그의 인생은 오로지 한 가지 목표를 위해서만 존재할 것이다.

천도문으로 돌아오는 것!

현각은 달렸다.

그들은 어느덧 장수강의 갈대밭을 지나 종남산으로 접어들었다.

'일단은 종남파에 가서 이 사실을 알리고… 화산으로 가자! 그래, 화산파라면 도와줄 거야! 거기엔… 화륜검선이 있잖아!'

화륜검선이라면 장천이나 서희의 상대가 될지도 모른다. 방법이 생각나자 마음이 더욱 급해졌다.

그러나 현각은 더 이상 전진하지 못한 채 걸음을 멈춰야 했다.

어느샌가 그들을 쫓아온 흑의 장한이 길을 가로막고 선 것이다. 복면을 쓰지 않은 모습으로 보아 그는 혈참마대의 고수였다.

천룡수호대가 재빨리 진을 형성하며 현각을 에워쌌다. 동시에 현각이 외쳤다.

"물러서라!"

"저희들은 문주님의 수호대입니다!"

"그러니까 물러서라는 거다. 이제 남은 건 너희밖에 없는데 여기서 개죽음을 당하게 할 수 없으니까!"

천룡수호대의 머리가 푹 떨궈졌다. 그녀들도 안다. 자신들이 현각을 지키는 것이 아니라 오히려 그의 보호를 받아야 하는 상황임을.

혈참마대는 백화린조차 혼자 감당하기 어려운 고수들이었는데 그녀들이 무슨 수로 상대한단 말인가.

대원들을 뒤로 물러서게 한 월란이 현각의 손에 자신의 천룡도를 쥐어 줬다.

흑의 장한의 손에 들린 무기는 보기에도 섬뜩한 당파(鎧鈀:삼지창)였다. 반면 현각은 장천에게 척마도를 빼앗긴 빈손이었다.

하지만 현각은 도를 받는 대신 매서운 눈길로 월란을 쳐다봤다.

"어떤 일이 있어도 네 무기를 남에게 주지 마라. 네 목숨을 지켜줄 유일한 도구니까."

"하지만 문주님……!"

현각은 월란이 건네주는 천룡도를 받지 않았다.

그리곤 처음부터 용화수의 절초인 풍권상구천을 운용하며 흑의인을 향해 돌진했다. 무기도 없이, 부상까지 당한 몸이다. 게다가 앞으로 얼마나 많은 추적대가 올지 모르는 상황이다.

최대한 빨리 놈을 제압하고 한 걸음이라도 더 멀리 피해야 한다.

회오리처럼 회전하는 현각의 몸이 흑의인에게 맹렬한 경력을 뿜어냈다.

흑의인도 위축되지 않고 회전의 중심을 향해 당파를 밀어 넣었다. 고수답게 처음부터 정확히 힘의 중심을 향해 찔러 넣은 일격이었다.

만약 둘의 내공이 비슷하다면 현각의 공격은 힘을 잃고, 무위로 돌아갔을 것이다.

하지만 부상당한 몸이라도 현각은 흑의인보다 한 수 위였다. 더 강렬한 내공이 흑의인을 회전의 반경 안으로 끌어들였다. 둘의 간격이 좁혀짐과 동시에 현각은 그를 향해 폭풍같이 권을 몰아쳤다.

흑의인은 졸지에 현각의 맹렬한 권세 안에 갇히고 말았다. 그렇다고 무력하게 당하고만 있을 혈참마대가 아니었다.

그는 당파를 강렬하게 휘두르며 슬쩍 몸을 뒤로 뺐다. 그런데 기이하게도 그의 당파는 오히려 번개처럼 앞으로 내뻗치며 현각의 권세를 뚫는 게 아닌가.

현각이 재빨리 몸을 비틀어 그의 당파를 피했다. 그리곤 상대의 당파가 방향을 바꾸기도 전에 용섬회탁의 초식으로 주먹을 내질렀다. 현각이 내지른 것은 주먹이지만 사내는 마치 태산이 밀려오는 것 같은 힘을 느꼈다.

흑의인이 현각의 주먹을 막기 위해 당파를 휘두르는 순간, 느닷없이 한 가닥 거대한 잠력이 그의 등을 후려쳤다.

현각은 한 번의 주먹을 내지르며 연속으로 이 권을 쳐냈던 것이다. 혈참마대의 고수도 눈치 채지 못할 정도로 쾌속한 이 권을.

빠빡!

등뼈가 으스러지는 소리와 함께 사내의 입에서 검붉은 핏물이 비산했다.

현각의 공격은 거기서 멈추지 않았다. 승천전의 싸움으로 그들이 죽기 전에는 물러서지 않는다는 걸 경험한 현각의 손이 다시 사내의 심장을 향해 날아갔다.

퍽!

현각의 주먹에, 사내의 심장이 파열되는 느낌이 똑똑하게 전해져 왔다.

하지만 흑의인의 몸이 쓰러지기도 전에 현각의 귀에 여인의 처절한 비명 소리가 들려왔다.

"꺄악―!"

현각이 다급히 뒤를 돌아봤다.

강렬한 홍의를 입은 혈참마대의 고수에게 벌써 두 명의 천룡수호대가 고혼이 되어 있었다.

현각과 흑의인이 싸우는 소리가 다른 혈참마대를 불러들인 것이다. 그는 동료를 돕는 대신 주어진 임무대로 가차없이 천룡수호대를 척살하기 시작했다.

천룡수호대의 진법은 순식간에 무너졌고 홍의인은 굶주린 늑대처럼 그녀들을 향해 검을 휘둘렀다.

"멈춰―!"

현각이 노성을 지르며 홍의인에게 돌진했다. 그 짧은 시간에도 홍의인이 휘두르는 두 자루 수리검에 또 한 명의 천룡수호대가 피를 뿜었다.

파파팍!

번개처럼 돌진한 현각의 발이 홍의인의 머리에 작렬했다. 장천이 사용하던 천풍신권을 흉내 낸 것이다.

단순한 흉내로 천풍신권의 위력을 발휘할 수는 없었지만 상대를 당황시키기에는 충분했다. 홍의인이 놀라서 피하는 동안 천룡수호대는 그의 검세에서 벗어날 수 있었다.

홍의인이 무표정한 얼굴로 냉막하게 말했다.

"순순히 따라오면 부인은 살려주겠다고 했다."

"……!"

현각의 안색이 돌변했다. 감히 백화린의 목숨을 두고 흥정하려 하다니!

"혹시 집에 부인이 있냐?"

"……?"

느닷없는 현각의 질문에 홍의인이 눈을 치켜떴다.

"네놈이야말로 순순히 죽어주면 그 눈알을 뽑아서 부인에게 기념품으로 보내주겠다!"

"훙!"

가벼운 코웃음과 함께 홍의인이 팔 끝에 묶여 있는 수리검을 휘두르며 현각에게 쇄도했다. 붉은 그림자가 일렁인다 싶은 순간, 사내의 짧은 수리검은 어느덧 현각의 얼굴 앞에 다다라 있었다. 기괴할 정도로 빠른 움직임이었다. 그가 손을 쓰는 동작 또한 괴이하기 이를 데 없었다.

그의 수리검이 자신의 얼굴을 향해 다가온다 싶은 순간, 어느샌가 옆구리에 싸늘한 검기가 느껴졌다.

두 자루의 수리검은 마치 하나의 검인 듯 한 점을 노리다 마지막 순간 서로 다른 지점을 향해 양분된 것이다.

현각이 재빨리 몸을 피했지만 사내의 수리검에 옆구리가 찢기는 상처를 입고 말았다. 홍의인의 움직임은 그만큼 빨랐다. 현각조차 그의 기괴한 움직임을 모두 피해내지 못할 정도로.

척마도가 있었다면 적당히 거리를 두고 사내를 제압했겠지만 지금 같은 근접전에서 홍의인의 수리검은 너무나 매서운 무기였다.

획획—

칼바람이 일고 섬광이 사방에 번뜩였다. 어느 것이 진초이고 어느 것이 허초인지도 쉽게 구분되지 않는다.

"한 가닥 재주가 있는 놈이라 이거지? 그렇다고 네놈이 죽는다는 사실이 변할 것 같냐?"

현각의 몸이 허공을 향해 훌쩍 솟구쳤다. 홍의인도 지지 않고 허공을 향해 몸을 날렸다. 바로 현각이 원하던 바였다.

천룡수호대에 타격을 주지 않고 두 사람의 내공으로 정면 대결하는 것!

홍의인이 몸을 날리자마자 현각은 전력을 다해 내공을 발출했다. 단지 내공뿐만이 아니다. 상대를 향한 원한의 마음까지 담긴 그의 내공엔 칼이 담겨 있었다. 자신도 모르는 새 심검(心劍)을 발출한 것이다.

"헉!"

현각의 내공 대결에 정면으로 맞서던 홍의인이 화들짝 놀라며 뒤로 몸을 날렸다. 하지만 현각은 허공답보(虛空踏步)의 신법이라도 펼치는 듯 십 장 거리를 날아가며 사내의 가슴에 주먹을 날렸다.

심검에 신경을 곤두세우고 있던 홍의인으로선 피할 수 없는 돌발적인 일격이었다.

파곽!

현각의 내공이 용화수에 담겨 내공과 내장을 일시에 흔들어 버렸다.

"커흑!"

바닥으로 떨어지는 사내의 입에서 분수처럼 핏물이 비산했다.

하지만 여전히 싸움은 끝나지 않았다.

사사삭―

새벽 이슬을 머금은 수풀 위로 날듯이 다가오는 가벼운 발걸음 소리가 다가오고 있으니까.

현각이 천룡수호대에 말했다.

"저들이 원하는 건 나야. 너희들은 어서 피해!"

"싫습니다! 저희들은 문주님의 수호대입니다. 설사 죽는 한이 있어도 문주님의 곁을 지키겠습니다!"

동료들의 허무한 죽음을 보고도 그녀들의 의지는 조금도 흔들리지 않았다.

"너희들을 지키느라 내가 죽을 것 같아서 하는 소리야! 그러니까 어서 피하란 말이야!"

현각이 소리를 버럭 질렀다.

그러나 천룡수호대는 흔들리지 않았다.

"문주님이 가십시오! 저희들이 시간을 벌겠습니다. 아주 잠시뿐이겠지만 문주님이라면 충분히 피하실 수 있을 겁니다."

"……."

목숨을 건 그녀들의 충성과 의리에 현각은 잠시 할 말을 잃었다.

그러고 보니 천도문에 두고 온 건 백화린 하나만이 아니었다.

천여 명 천도문 식솔의 시체와 마지막까지 목숨을 걸고 자신을 사랑해 준 두 분의 숙부님도 있었다. 이곳에 천룡수호대가 함께 있듯.

현각이 안색을 바꾸며 조용히, 그리고 진지하게 말했다.

"나는 반드시 천도문으로 돌아온다. 하지만 나 혼자서는 불가능하다. 그러니까 너희들이 힘을 길러라. 어떻게든 여기를 벗어나 각자 힘을 기르고 있어라. 내가 돌아오는 날, 너희들을 찾겠다. 그때 내 힘이

되어주고 싶거든, 강해지거라!'

문주다운 위엄이 가득 담긴 그의 명령에 천룡수호대가 머리를 떨궜다.

그녀들이라고 왜 모르겠는가. 현재 자신들의 실력으로는 그의 짐밖에 되지 못함을.

그녀들은 자신들의 주공을 믿었다. 그라면 반드시 이 사지를 벗어나 더 강한 모습으로 자신들을 찾아올 것이다.

현각은 반드시 그렇게 할 것이다.

"문주님의 명을… 받들겠습니다!"

월란이 이를 악물며 대답했다.

"반드시 살아서 힘을 기르겠습니다. 그러니 문주님도 부디 저희들을 잊지 말아주세요."

그녀뿐만 아니다. 뒤에 있는 다른 대원 모두 이를 악물며 눈물을 삼켰다.

"물론이다! 반드시 너희들을 찾을 테니 살아만 있어다오."

월란이 핏발 선 눈으로 뒤의 대원들에게 지시했다.

"더 이상 함께 가지 않는다. 모두 흩어져서 추적을 따돌리고 살길을 도모하자!"

"예!"

"모두 살아서… 다시 만나자!"

그 말이 끝이었다. 눈물을 보이기 싫은 월란부터 산을 향해 달렸다. 뒤이어 남아 있는 열다섯 명도 부챗살처럼 사방으로 퍼지며 달려갔다.

혈참마대의 척살을 피해 그녀들 중 몇 명이나 살아남을 수 있을지……

현각은 그 자리에 담담히 선 채 새롭게 다가오는 혈참마대의 고수를 기다렸다. 천룡수호대가 도망갈 시간을 벌어주려는 것이다.

새벽의 여명을 뚫으며 두 명의 혈참마대가 모습을 드러냈다.

거듭되는 난전(難戰)으로 어느덧 상처투성이가 된 현각에게 두 명의 혈참마대는 결코 가볍지 않은 상대였다.

제9장

우연은 없다!
운명이 있을 뿐…….

1

흑기대와 적기대는 생존자를 색출하고 시체를 정리하기에 여념이 없었다.

어느덧 먼동이 터오기 시작한다. 장천은 아버지의 처소였던 청룡전에서 천도문의 새로운 아침을 기다리고 있었다.

혈우(血雨)가 지나간 자리를 치우기 위해 분주하게 움직이는 마교의 무사들은 어느덧 천도문의 무복으로 갈아입은 상태였다. 수북하게 쌓였던 시체들은 서서히 땅속으로 사라지고, 그들의 빈자리는 새로운 얼굴이 채우고 있다.

천도문은 멸문한 것이 아니라 다시 태어난 것이다. 천마교의 인물들에 의해 완벽하게 위장된 천마교의 비밀 분타로……

그래서 천여 명에 달하는 천도문의 무사를 모조리 죽여 입을 봉해 버린 것이다.

장천이 있기에 가능한 일이었다.

뒤바뀐 운명만 아니라면 현각이 있어야 할 자리였다. 자신을 대신해 천도문의 문주 노릇을 했어야 할 현각. 그는 간밤의 혈겁으로 진짜 문주가 되었다. 천도문의 재건을 위해 목숨을 걸고 도망을 택할 수밖에 없었던 진짜 문주.

반대로 장천은 이제 두 번 다시는 진짜가 될 수 없는 처지가 돼버렸다. 천도문의 식솔을 모조리 자기 손으로 죽였으니 영원히 되돌아갈 수 없는 곳까지 와버린 셈이다. 그저 앞으로 나아갈 뿐.

"무슨 생각을 그리 골똘히 하는 거죠?"

서희가 장천의 상념을 깨우며 다가왔다.

"그저 내게 주어진 새로운 자리를 지켜보고 있었소."

"천도문주라는 자리 말인가요?"

"……"

장천은 대답 대신 서희를 똑바로 응시하며 물었다.

"소저는 왜 나를 택했소?"

느닷없고 저돌적인 그의 질문에 서희가 수정 같은 눈망울을 동그랗게 치켜떴다.

"그게 무슨 소리죠?"

"구마천의 시험이 있던 날, 왜 나를 도왔냐고 묻는 거요."

도왔다는 표현보다 선택했다는 표현이 옳을지도 모른다. 장천이 구마천의 일원이 되기 위한 시험을 받을 때, 서희가 결정적으로 그의 편을 들어줬으니까.

그리고 중원정벌의 선두에 선 장천을 따라 이곳까지 온 것이다. 교주의 지시가 아닌 그녀 스스로의 의지로.

서희가 장천의 얼굴을 똑바로 쳐다봤다. 소녀처럼 순수해 보이는 아수라성녀의 얼굴에 살짝 홍조가 돌았다.

"내가 당신에게 반한 거면 안 되나요?"

"……."

그녀의 한마디에 장천은 너무나 오래 잊고 지내던 사실을 상기했다. 그는 매우 잘생긴 사내였다. 똑같은 생김의 현각은 지금까지 그 얼굴 하나로 살아오지 않았는가.

하지만 장천은 자신의 얼굴을 싫어했었다. 그는 언제나 인물 값도 못하는 놈이었으니까. 오히려 남들이 쳐다보기도 싫은 못생긴 얼굴이기를 바란 적도 있었다.

그런데 먼 길을 돌아오는 동안 모든 게 변했다.

자신이 더 이상 천도문의 진짜 문주가 아니듯 그도 예전의 나약하고 곱상하기만 한 못난 장천이 아니었다.

유약하던 눈빛에는 힘이 실렸고, 겁먹은 듯 움츠리고 있던 어깨는 단단하게 펴졌다. 절벽에서 떨어질 때 얻은 얼굴의 상처도 그에겐 흉이 되지 않았다. 오히려 곱상하기만 하던 얼굴에 사내다움을 심어줄 뿐이다.

지금의 그를 보면 누가 감히 짐작이나 하겠는가. 그 흉터가 겁에 질린 채 절벽에서 떨어지며 얻은 것임을.

그는 매력적인 사내로 변해 있었다. 아수라성녀 서희의 마음을 얻을 정도로.

'싫지 않군.'

잘생긴 얼굴 덕분에 서희 같은 고수를 아군으로 얻었으니 당연했다. 하지만 감정의 흔들림은 없었다. 한낱 여인에게 마음이 흔들리기에 그의 마음은 너무나 단단하게 굳어버렸으니까.

그가 여인에게 느끼는 유일한 감정이 백화린에 대한 복수심이었다. 자신을 버리고 다른 사내에게 마음을 빼앗긴 부인에 대한 복수심…….

'서서히 짓밟아줄 테다!'

장천의 마음을 읽기라도 한 듯 서희가 물었다.

"그 여자는 어쩔 셈이죠?"

아침 햇살을 받은 서희의 눈이 반짝인다.

"호기심이오? 질투심이오?"

"호호호! 둘 다라고 해두죠."

"이미 말하지 않았소."

장천은 담담히 대답했다.

하지만 서희는 그의 눈에 스쳐 가는 애증의 감정을 놓치지 않았다. 서희는 정말로 질투심과 호기심이 뒤섞인 묘한 감정을 느꼈다.

'내가 정말로 그에게 반한 것도 아닐 테고… 후후훗. 이번 중원행은 아주 재밌군.'

두 사람은 각자의 내심을 숨긴 채 침묵 속에 천도문을 내려다봤다.

천도문을 가득 메우고 있던 시체들이 사라지고, 부서진 전각들이 수리되고 있는 동안, 태양이 서서히 빛을 드러내기 시작했다.

새로운 천도문에서의 첫날이 시작되는 것이다.

"혈참마대에게선 아직 소식이 없소?"

"그렇지 않아도 방금 천도문의 외당 무사들이 그들을 찾아 나갔어요."

"……?"

"호호호! 흑기대의 무사들에게 천도문의 무복이 썩 잘 어울리더군요."

"그랬군요."

그때 두 사람의 눈길을 동시에 잡아끄는 광경이 있었다.

청룡전으로 올라오는 긴 계단을 끌려오는 소녀의 앙칼진 외침이 청룡전 높은 곳까지 쩌렁쩌렁하게 울려 퍼졌다.

"몇 번을 말해? 난 화산파의 사람이라고! 화산파! 내 사부님이 누군지 알아? 화산제일검 강호성 대협이 내 사부님이야! 날 함부로 했다간 우리 사부님 손에 살아남지 못할 줄 알라고!"

적기대의 무사들 손에서 발버둥 치며 휘아는 계속 외쳤다.

"그뿐인지 알아? 우리 장문 사백은 또 날 얼마나 어여삐 여기시는데! 화산파의 공적이 되고 싶지 않으면 이 손 놓으란 말이야!"

분위기 파악을 못하는 것인지, 정말로 화산파라는 배경에 대한 자부심 때문인지 그녀는 거침이 없었다.

"네놈들 얼굴 다 똑똑히 봐뒀어! 우리 사부님한테 죽고 싶지 않으면 두 번 다시 무림에 그 얼굴을 내밀지 말아야 할걸!"

청룡전 앞에 던져지면서도 큰소리를 치던 휘아의 눈이 휘둥그레졌다. 바로 눈앞에 현각이 떡하니 버티고 서 있으니 그럴 수밖에.

"오빠―!"

휘아가 대뜸 장천의 품 안으로 달려들었다.

"무슨 일이에요? 도대체 밤새 무슨 일이 있었던 거예요? 흐흐흑……. 아침에 눈을 떠보니까 이상한 데 눕혀져 있잖아요. 그래서 밖에 나왔는데 시체가 산처럼 쌓여 있고……. 흑흑흑. 난 또 무슨 일이 난 건지 알고 얼마나 놀랬는데……."

그동안 휘아가 기거하던 곳은 번살의 주작전이었다. 번살은 습격을 받자마자 잠들어 있는 휘아의 수혈(睡穴)을 점한 채 천장 위의 비밀 공간에 숨겨뒀었다. 최악의 상황에서도 그녀만은 보호하기 위한 자구책이었다.

덕분에 휘아는 천마교의 습격 속에서도 아무것도 모른 채 깊은 잠에 빠져 있었던 것이다. 그녀도 이상한 마음은 들었지만 천도문의 무사들이 왔다 갔다 하는 모습을 보고 아무 의심 없이 밖으로 나와 버린 것이다.

하지만 그녀가 본 천도문의 무사들은 이미 무복을 갈아입은 천마교의 무사들이었다. 그 후에야 그녀는 진짜 천도문의 무사들이 모조리 죽은 모습을 본 것이다. 그리곤 도망칠 틈도 없이 이리로 끌려온 것이고.

그런데 현각이 멀쩡히 살아 있는 모습을 봤으니 얼마나 반가웠겠는가. 그녀는 더 이상 생각할 것도 없이 그의 품에 안겨 놀란 가슴을 토해내고 있는 것이다. 내심으로는 현각의 품에 안겨 있는 사실에 흐뭇해하기도 하면서.

장천은 잠시 생각했다.

'화산제일검의 제자라……?'

그녀를 이용하면 손쉽게 화산파에 접근할 수도 있을 것 같았다. 어차피 천도문을 근거지로 삼은 건 은밀하게 종남파와 화산파까지 제압한 다음, 곧장 무당과 소림으로 진격하겠다는 의미 아니겠는가.

무림맹이 결성될 여유를 주지 않고 구대문파를 분쇄시켜 버리겠다는 것이 마황의 작전이었다. 그러기 위해선 최대한 은밀하게 상황을 진행시켜야 한다.

휘아는 화산파로 진격하는 좋은 길잡이 역할을 해줄지도 모른다.

이심전심이라고 했던가? 서희 역시 같은 생각을 하고 있었다.

"넌 누구니?"

서희가 소녀처럼 맑은 얼굴로 물었다.

장천의 품에 안겨 있던 휘아의 얼굴이 사납게 일그러졌다.

"언니야말로 누구죠? 우리 오빠랑 무슨 사이예요?"

"글쎄… 먼 친척이라고 해두자꾸나. 이젠 네가 대답할 차례란다."

휘아가 턱을 쭉 내밀며 당당하게 대답했다.

"난 오빠의 둘째 부인이 될 사람이에요."

"……!"

장천이 눈살을 찌푸리며 그녀를 노려봤다.

'이런 꼬마랑 정혼을 하면서까지 화산파를 끌어들이려고 했단 말인가?'

현각이란 사내가 자신의 생각처럼 만만한 사람만은 아닐 거라는 생각이 들었다. 화산파까지 끌어들이며 자신의 자리를 도모하려 했다면 말이다.

"뇌옥에 가두거라!"

장천의 싸늘한 명령에 휘아의 눈이 휘둥그레졌다.

"누구요? 저놈들요?"

그녀는 자신들을 끌고 왔던 무사들을 손가락질하면서 물었다. 하지만 그 손가락 끝에 걸린 무사들이 대뜸 그녀를 다시 잡아끌었다.

"어? 어? 어? 이거 왜 이래?"

여전히 상황 파악이 안 되는 듯 그녀는 장천을 쳐다보며 외쳤다.

"오빠! 이놈들이 미쳤나 봐요!"

장천의 입에 얼음장처럼 차갑고 비릿한 미소가 걸렸다.

"……?"

우연은 없다! 운명이 있을 뿐……. 237

휘아에게도 그는 너무나 낯선 사람이었다.

장난기 가득한 눈으로 자신을 쳐다보며 말장난이나 하던 그 현각이 아닌 것이다. 하지만 여전히 다른 사람이라는 생각은 하지 못했다.

두 사람이 함께 있는 모습을 보지 않는 한 누구라도 마찬가지겠지만.

"오, 오빠……."

휘아의 눈에 눈물이 그렁그렁 맺혔다.

그녀의 작은 머리 속에 온갖 생각이 떠올랐다.

'간밤에 싸운 사람이 화산파였을까? 그래서 날 가두려는 건가? 그럴 리가 없는데……. 혹시 저 언니 때문에 나한테 이러는 거 아니야? 맞아! 흑란곡! 저 여우 같은 년이 흑란곡에서 온 거야! 오빠가 저 여우 같은 년 때문에 사도무림이랑 손을 잡은 거야!'

나름대로 결론을 내린 휘아가 악을 쓰며 외쳤다.

"오빠! 안 돼요! 그럼 안 돼요! 저년을 쫓아 보내요! 흑란곡의 여우에게 홀리면 안 돼요! 사도무림이랑 손잡으면 안 된다구요!"

휘아의 처절한(?) 충고가 끝나기도 전에 그녀는 벌써 청룡전의 긴 계단 밑으로 끌려가 버렸다.

멀어지는 휘아를 보며 서희가 싱긋 웃었다.

"화산파의 꼬마 정혼자에 흑란곡까지……. 천도문은 생각보다 재밌는 게 많은 곳이군요."

"……."

장천은 대답 대신 잠깐 고민에 잠겼다.

자신이 천도문을 떠나 있었던 것은 아직 일 년도 채 되지 않는다. 일 년이라는 시간은 짧다면 짧고, 길다면 긴 시간이다.

한 사람의 인생을 송두리째 바꿔놓을 수도 있고, 한 문파의 미래를 흔들어놓기도 한다.

자신의 인생이 변했듯, 현각이란 사내도 이 안에서 너무나 많은 것을 바꿔놓았다.

'어쩌면 그의 힘은 그가 가진 무공 이상일지도 모른다!'

백화린의 마음을 움직였고, 번살과 사마대의 절대적인 신뢰를 받았다. 그건 단지 비슷한 얼굴만으로 해낼 수 있는 일은 아니다.

하긴 미친 척을 하며 천도문은 물론이고, 온 무림의 명숙들을 모조리 속인 전력도 있지 않은가.

그런 상대라면 혈참마대만으로 부족할지도 모른다. 장천의 얼굴이 굳어졌다.

"소저가 직접 나서줘야겠소."

장천의 말에 서희가 어깨를 으쓱했다.

"처음부터 그럴 생각이었어요."

휘리릭!

말과 동시에 서희의 백색 궁장이 길게 흩날렸다. 옷자락의 잔상이 사라지기도 전에 그녀는 이미 긴 계단의 저 끝까지 당도해 있었다.

아수라성녀 서희가 직접 나선 것이다. 현각의 추살을 위해……

2

현각에게 도망치는 건 낯선 일
이 아니었다.

파락호 시절 부인을 빼앗긴 남편에게, 딸을 도둑맞은 아비에게, 그
리고 애인을 빼앗긴 건달에게 무수히 쫓겨본 경험이 있으니까.

하지만 무공을 익힌 이래 그가 도망을 쳐보기는 처음이었다.

그림자 신법을 운용하며 산을 달려가는 그의 모습은 한줄기 바람처
럼 가볍고 날렵했다. 그런데도 도무지 놈들과의 거리가 벌어지지 않았
다.

신법도, 내공도 그가 우수했지만 지친 체력이 문제였다.

무형공은 단전에 내공을 쌓는 것이 아니기 때문에 내공의 소모는 크
지 않았다. 하지만 지친 체력은 무형공으로 해결할 수 있는 문제가 아
니었다. 게다가 전신의 크고 작은 부상은 지친 몸을 더욱 무겁게 만들

었다.

그는 밤새 싸우고, 또 싸웠다.

특히 자신보다 훨씬 강한 장천, 서희와의 싸움은 체력 이상으로 심력을 소모시켰다.

천하제일이라 믿어 의심치 않았던 무형공의 패배는 정말로 큰 충격이었다. 단순한 패배가 아니라 감히 상대가 되지 않을 정도로 무참한 패배였다. '천하무적'의 전설이 일시에 무너질 정도로.

"젠장! 도대체 뭐가 잘못된 거야?"

이해할 수가 없었다.

그동안의 경험으로 봐도 무형공이 천하제일무공이란 사실은 분명했다.

흑란곡의 무후도 그랬고, 화산파의 화륜검선도 인정했으니까. 물론 딱 잘라 그렇다고 말한 건 아니지만 어쨌거나 비슷하게 말을 했었다. 어디 말만 했나? 놀라고, 감탄하고, 칭찬하고, 연구하고…….

그럼 그들조차 장천이나 서희의 상대가 되지 못한다는 걸까?

혈참마대를 피해 도망을 가면서도 현각의 머리 속은 복잡했다. 평생한 것보다 지난 하룻밤 동안의 생각과 고민이 더 많을 정도다.

무엇보다 이해할 수 없는 건 장천의 무공이었다.

백화린과 주변 사람들의 말에 의하면 그는 이미 온 무림이 인정한 겁쟁이라고 했었다. 그런데 어떻게 자신을 능가하는 고수가 돼 있냔 말이다.

물론 자신도 단시간에 절정고수의 반열에 오른 기적을 만들었지만 그거야 자신의 천부적인 재능과 거부할 수 없는 영웅의 풍모 때문이었다는 게 현각의 생각이다.

장천에게도 그런 게 있을 리 없다. 그런 재능이 아무에게나 주어지는 건 아닐 테니까.

"젠장! 제기랄! 염병!"

나오는 건 욕밖에 없다.

욕을 하는 데 너무 신경을 썼기 때문일까?

슉!

현각은 자신을 향해 날아오는 암기의 소리도, 기운도 느끼지 못했다.

픽!

별 모양의 성형표(星形鏢)가 어깨에 박히는 순간에야 현각은 신음과 함께 걸음을 멈췄다.

"악! 어느 놈이냐?"

현각이 무섭게 얼굴을 일그러뜨리며 뒤돌아섰다.

놈들이 무서워서 도망친 게 아니다. 실력이 부족해서는 더 더욱 아니다. 단지 체력을 아끼기 위함이었다.

그렇다고 감히 자신의 어깨에 암기를 들이박다니!

'넌 죽었어!'

현각이 숲을 노려봤다.

"자신있으면 당당하게 나와! 비겁하게 나무 뒤에 숨어 있지 말고!"

슈슈슉!

그러자 수십 개의 암기가 비처럼 그를 향해 쏟아져 왔다. 허공을 가득 메우고 날아오는 암기는 현각이 피할 수 있는 약간의 공간도 허용하지 않았다.

피할 수 없다면 맞설 수밖에!

현각은 재빨리 용섬회탁을 운용했다. 몸의 회전에서 파생되는 강기가 그를 향해 날아오는 암기들을 튕겨냈다.

파파팍!

그의 강기를 뚫지 못한 암기들이 튕겨지며 숲으로 비산했다. 튕겨진 암기들은 놀랍게도 거송을 관통하고서야 바닥에 떨어졌다. 나무를 관통할 정도의 힘이 실린 암기를 하나도 아닌, 수십 개를 한꺼번에 날린다는 건 결코 쉬운 일이 아니다.

현각은 점점 지쳐 가는데 추적하는 상대는 점점 강해지그 있는 것이다. 게다가 자신이 잡히기 전까지는 멈추지 않을 추적이라는 점을 상기하니 현각은 급해졌다.

"그 따위 실력으로는 토끼 한 마디도 잡기 어렵겠다, 이 자식아!"

현각의 도발이 먹혀든 걸까?

거송 위에 몸을 숨기고 있던 상대의 손에서 다시 암기가 발출됐다. 숲 사이로 스며들던 아침 햇살이 마침 상대의 손을 떠나던 암기를 만나며 빛을 발했다.

파앗!

'저기다!'

이번엔 기다리지 않았다.

빛의 반짝임을 본 순간, 현각이 몸을 띄웠다. 상대가 날린 암기가 아슬하게 그의 발 밑을 스쳐 송림 숲으로 쏟아졌다. 그때 현각은 이미 상대를 향해 날아들고 있었다.

"이 쥐새끼 같은 놈!"

현각의 손에서 거침없이 장력이 쏟아졌다.

퍼펑!

상대가 숨어 있던 거송의 줄기들이 폭발하듯 부러져 버릴 정도로 강력한 일격이었다. 하지만 상대는 이미 허공을 향해 몸을 솟구친 상태였다.

어차피 현각이 처음부터 의도한 것도 상대가 모습을 드러내게 하는 것이었다. 현각은 상대가 보이자마자 그를 향해 뭔가를 던져 냈다. 자신의 어깨에 박혀 있던 성형표를 그의 가슴을 향해 되돌려준 것이다. 솔방울로 토끼도 잡던 실력이 아닌가.

현각의 내공이 실린 성형표는 빛살보다 빠르고, 뇌전보다 강하게 상대의 가슴으로 날아갔다.

"헉!"

현각이 암기를 던져 낼 거라고는 전혀 예상치 못했던 상대의 입에서 경악성이 나왔다. 하지만 그때 이미 현각이 던진 성형표는 그의 가슴을 뚫고 지나간 후였다. 자신이 던졌던 암기가 자신의 가슴에 되돌아온 것이다.

"이런 걸 자업자득이라고 하지, 아마?"

현각의 말에 사내가 비릿하게 웃었다. 그리고 허공을 향해 양손을 펼치자 그의 몸에서 은색 섬광이 폭발했다. 죽기 직전, 마지막 힘을 모아 떨쳐 낸 만천세우(滿天細雨)였다. 실보다 가는 은색의 세침이 비처럼 쏟아진 것이다.

진산진기를 폭발시키는 그의 만천세우는 동귀어진을 위해 마련해 둔 비장의 한 수였다.

사방 십여 장을 세침의 비로 뒤덮어 버리니 현각이라 해도 피해낼 도리가 없었다. 경험있는 고수라면 미리 눈치 채고 피했을 수도 있지만 현각은 그가 무슨 짓을 하는지도 몰랐다.

그의 전신에서 세침이 비산하는 걸 보고 피했을 때에는 이미 한 걸음 늦었다.

"앗! 따가!"

현각의 등에도 미처 피하지 못한 세침 세 개가 박혀 있는 것이다. 그림자 신법이 아니었으면 고슴도치 신세가 될 수도 있었던 상황이었다. 다행히 세 개뿐이라 별 타격을 받지는 않지만.

"휴우……."

현각은 안도의 한숨을 내쉬며 등에 박힌 세 개의 침을 뽑았다.

하지만 문제는 그 다음이었다. 세침이 떨어진 곳의 풀과 새싹들이 누렇게 변하고 있는 것이다. 현각이 등에서 뽑아낸 세침의 끝에도 검푸른색이 감돌았다.

"도, 독……?"

백리독향의 독 때문에 고생을 해본 적 있는 현각이다. 지금처럼 다급한 상황에 한낱 독 때문에 발목을 잡힐 수는 없었다.

현각이 쓰러진 사내의 멱살을 잡아 흔들며 외쳤다.

"야, 이 자식아! 해약은? 해약은 내놓고 죽어야지!"

동귀어진을 위해 마련된 비장의 무기에 해약 따위가 있을 리 없었다. 있다 해도 죽은 자는 말이 없으니 찾을 길이 없었다.

"젠장!"

독기운이 퍼지기 전에 몸을 숨길 장소를 찾아야 한다. 독을 몰아내고 지친 몸을 회복하는 것은 그 다음에 할 일이었다.

현각은 달리기 시작했다. 일단 남양 쪽으로 가기만 하면 자기 한 몸 숨길 장소는 얼마든지 찾을 수 있을 것이다. 도움을 청할 사람들도 있고.

세침에 맞았던 등 부위가 욱씬거리며 마치 불이라도 붙은 듯한 열기가 느껴졌다. 아마 독기운이 퍼지고 있는 모양이다.

게다가 그는 채 얼마 가지도 못한 채 다시 두 명의 혈참마대와 맞닥뜨리는 최악의 상황에 처했다. 그중 한 명은 오십 대에 텁수룩한 수염을 기른 흑의인이었고, 다른 한 명은 청의를 입은 이십 대 후반의 사내였다.

흑의인이 든 무기는 석 자 길이의 철괴(鐵拐)였다. 그는 석 자 길이의 삼 분의 일 지점에 달린 짧은 손잡이를 잡고 서서히 철괴를 돌리기 시작했다. 청의청년 또한 날렵한 모양의 유엽도(柳葉刀)를 치켜든 채 현각을 압박해 왔다.

종남산에 들어온 이래, 그의 손에 죽은 혈참마대만 해도 일곱 명이 넘었다. 그런데도 그들의 추적은 멈추지 않았다.

오히려 뒤늦게 추살에 나선 흑기대가 천룡수호대를 추적하고, 혈참마대는 모두 현각의 추적에 합류한 상황이었다.

"지겨운 놈들!"

현각이 대뜸 손을 흔들자 한 가닥 강기가 일며 번개 같은 장풍이 청의인에게 쇄도했다. 청의인이 유엽도를 들어 그의 장풍을 막는 동안 현각은 흑의인에게 돌진했다. 예측 밖의 공격이긴 하지만 노련한 흑의인은 당황함없이 그의 공격에 맞섰다.

한데 현각의 장력이 기이하기 이를 데 없었다. 그는 분명히 정면으로 공격해 왔는데 막으려 하니 어느새 그의 장력은 자신의 등 뒤를 강타하는 게 아닌가. 바로 용화수의 용등구식이었다.

흑의인은 재빨리 철괴를 어깨 뒤로 넘겨 현각의 장력을 쳐냈다. 그 순간 현각이 발출한 또 한차례의 강력한 장력이 그의 가슴을 강타했다.

퍼억!

그의 일격은 그리 위력적이지는 않았지만 공격의 절묘함과 민첩함은 완전히 상대의 허를 찌르는 것이었다. 물론 계산된 공격은 아니었다. 현각은 그냥 본능대로, 닥치는 대로 펼쳐 낸 공격이지만 그 절묘한 초식 운용은 상대방도 감탄할 정도였다.

흑의인의 텁수룩한 수염 사이로 가느다란 혈선 한줄기가 흘렀다. 적지 않은 내상을 입은 모양이다. 하지만 상대는 조금의 주저함이나 물러섬도 없이 더욱 맹렬하게 철괴를 휘둘렀다. 줄기줄기 뿜어져 나오는 철괴의 강기가 그물처럼 현각을 뒤덮었다. 게다가 청의인까지 유엽도를 휘두르며 가세했다.

흑의인이 펼쳐 내는 철괴의 그림자와 청의인이 쏟아낸 도광에 갇힌 현각은 그야말로 속수무책이었다. 지친 몸은 자신의 의지대로 움직여 주지 않고, 독기운은 점점 강하게 몸속을 파고들며 등골을 오싹하게 조여온다.

하지만 이대로 무너질 수는 없었다.

목숨을 걸고 자신을 탈출시킨 두 분 숙부님과 백화린, 그리고 이미 고혼이 된 천도문의 무사들의 한은 어찌할 것이며, 지금 이 시간도 혈로 속에 놓여 있는 천룡수호대는 또 어찌할 것인가.

그들 모두에게 남아 있는 유일한 희망이 현각이었다.

현각은 이를 악물었다. 천하무적 옥면대협의 전설을 이름도 모를 저 하찮은 무사들에게 빼앗길 수는 없었다.

무기마저 빼앗기고 나왔지만 대신 그의 마음에 검이 들어오지 않았는가. 현각은 눈을 감았다.

'마음이 가는 곳에 몸도 간다고 했어……!'

그의 마음속에 담겨진 검을 뽑아야 한다. 조금 전 천룡수호대를 보호하기 위해 자신도 모르게 발출했던 그 심검을 찾아야 한다.

현각의 강렬한 의지가 마음속에 전해지는 순간, 현각은 심장 깊은 곳에서부터 우러나오는 싸늘한 한기를 느꼈다. 마치 차가운 금속의 느낌 같은 오싹한 한기를……

보이지는 않지만 분명히 느낄 수 있었다.

'나를 믿어야 해!'

그리고 현각이 손을 펼치는 순간 그의 마음에서 뽑아진 심검이 휘둘러졌다. 장력이 마치 검기처럼 날카로운 형태로 뽑아진 것이다. 현각도 드디어 자신의 내공을 유형의 강기로 화하는 경지에 이른 것이다.

만약 그의 손에 검이 있었으면 검강으로 화했을 테고, 도가 있었으면 도강으로 화했을 것이다. 장천처럼……

장천이 예전에 경험한 경지를 현각은 생사혈전을 치르는 지금에야 경험하고 있었다. 원래 목숨을 건 극한의 상황은 선천진기까지 격발시키게 마련이고, 그 과정에서 본인의 예측을 뛰어넘는 힘을 발휘하는 경우가 생겨난다. 무공의 새로운 경지는 대부분 그러한 과정을 통해 얻게 되는 것이다.

천마교 고수들의 매서움도 바로 거기에 있었다. 그들은 항상 그런 생사혈전 속에 놓여 있기 때문에 더 빨리, 더 높은 경지에 도달할 수 있었다.

장천은 처음부터 그런 극한의 과정과 상황 속에서 무공을 익혀왔다. 그가 현각보다 강한 것은 당연한 결과인 것이다.

하지만 천마교의 도발은 현각에게도 그 생사혈전을 경험케 만들고 있다. 상대를 죽이지 않으면 내가 죽을 수밖에 없다는 절박함은 현각의 선천진기까지 모조리 끌어올리고 있으니까.

현각의 손에서 빛무리를 일으키는 심검은 철괴와 유엽도가 펼쳐 낸 강기의 그물을 순식간에 잘라 버리며 그들을 향해 쇄도했다.

"합!"

두 사람이 동시에 훌쩍 뒤로 물러섰다. 하지만 이미 빛을 발하기 시작한 심검은 거리도, 방위도 구애받지 않았다.

현각의 손에서 뻗어진 한 가닥의 은은한 빛줄기가 사위를 휩쓸며 지나갔다. 거대한 파공음도 강렬한 강기도 없는 한줄기 빛.

장천의 맹렬하고 파괴적인 도강과는 달랐다. 오히려 한낮의 아지랑이처럼 은은하고 나른해 보이기까지 한다.

하지만 그것이 흑의인과 청의인의 몸을 훑고 지나갔을 때, 두 사람은 그 빛의 정체가 심검임을 깨달았다. 너무 늦은 깨달음에 두 사람이 눈을 휩떴다. 설마 그가 심검을 펼칠 줄이야…….

심검이란 하루아침에, 한순간에 깨닫고 얻을 수 있는 것이 아니다. 평생을 수련해도 소수의 선택받은 자만이 다다를 수 있는 경지. 현각은 그들과의 싸움으로 단숨에 그 경지에 도달해 버린 것이다.

투둑.

먼저 떨어진 것은 머리였다. 뒤를 이어 목 잃은 몸이 쓰러졌다. 두 사람이 동시에…….

"헉. 헉……."

지친 현각의 입에서 단내와 함께 거친 호흡이 흘러나왔다.

하지만 지친 몸을 추스르기도 전에 두 번은 만나고 싶지 않았던 얼굴을 보고 말았다.

"호호호! 놀랍군요. 그사이 심검을 얻다니……!"

아수라성녀 서희였다.

"당신은 정말로 위험한 사람이군요."

그녀의 아름다운 얼굴과 순진한 눈망울을 보면 칭찬하는 듯한 착각이 느껴질 정도였다.

하지만 그녀의 악랄한 속을 경험한 현각이었다.

"왜? 그 비린내나는 알몸이라도 보여주려고 따라온 거냐? 이를 어쩌지? 마늘 냄새는 참아도 그 더러운 피비린내는 못 참아주겠는데?"

서희의 얼굴에서 순식간에 성녀의 가면이 걷혔다. 폭발할 듯한 살기를 뿜어대는 그녀의 얼굴은 야차처럼 매서운 마녀로 변해 있었다.

"네놈의 그 더러운 입부터 전신을 갈가리 찢어 죽일 테다!"

사나운 말만큼이나 매서운 공격이 시작됐다.

촤촤촤—!

서희의 백색 궁장 자락이 마치 두 자루의 채찍처럼 현각을 향해 날아들었다.

가공할 옥로혈삼이 다시 펼쳐진 것이다. 현각은 이미 한 번의 부딪침으로 옥로혈삼에 정면으로 맞설 수 없다는 것을 알았다.

현각은 옆의 거송 위로 홀쩍 몸을 띄우며 말했다.

"차라리 사내의 몸뚱어리가 그립다고 솔직하게 말을 하지 그래?!"

촤촤악!

그녀의 옷자락이 살아 있는 뱀처럼 방향을 틀며 쫓아왔다.

하지만 현각은 재빨리 신법을 운용하며 다른 나무로 몸을 옮겼다. 나무를 방패 삼아 그녀의 옥로혈삼을 막아내려는 것이다. 현각은 날렵한 다람쥐처럼 나무에서 나무 사이로 몸을 옮기며 기습적으로 장력을 떨쳐 냈다.

이미 어깨까지 퍼지고 있는 독기운에 운신조차 힘겹지만 현각은 멈추지 않았다. 대신 체력을 아끼기 위해서라도 공격은 최대한 자제했다.

상대는 아수라성녀다. 섣부른 공격으로는 결코 무너뜨리지 못할 거목이다. 단 한 번의 기회를 노려야 한다.

서희의 옷자락은 거침없이 숲을 뒤흔들었다. 그녀의 옷자락이 스쳐 가는 곳마다 나뭇가지가 부러지고 거송이 쓰러진다.

나무 끝에 걸려 있던 새벽 이슬은 땅속으로 스며들고, 산새들은 놀란 날개를 퍼득이며 하늘 높이 날아올랐다.

서희의 옥로혈삼은 점점 악랄해졌다.

마치 숲과 현각을 송두리째 부숴 버릴 듯한 기세다.

현각의 얼굴에 식은땀이 맺히기 시작했다.

'버틸 수 있어! 버텨야 해……!'

서희의 옷자락이 숲을 송두리째 아우르며 양쪽에서 현각을 압박해 왔다. 아예 도망갈 공간을 차단해 버린 것이다. 하지만 현각의 눈에 들어온 것은 쫙 펼쳐진 양손 가운에 텅 빈 가슴이었다.

'지금이야!'

현각이 전력을 다한 심검을 발출했다.

쏴아—

빛살처럼 날아가는 한줄기 섬전!

서희의 우수가 급격히 방향을 틀었다. 그의 손보다 더 빨리 방향을 바꾼 옷자락이 현각의 심검을 막았다.

파파팡—!

두 사람의 내공이 허공에서 격돌하며 숲을 뒤흔들었다.

하지만 그 순간에도 서희의 좌수는 현각을 향해 휘둘러졌다. 그의 손끝을 따라 영활하게 움직이는 옷자락이 현각을 후려쳤다.

"협!"

눈으로 보면서도 감히 피할 수가 없다.

지친 몸은 더 이상 움직이기도 힘들지만 그녀의 옷자락은 너무나 강렬하게 밀려왔다.

파곽!

서희의 옷자락이 현각을 후려쳤다.

"으윽!"

옷자락이 강타한 현각의 오른쪽 어깨에서 살점이 튀었다. 그리고 현각이 힘없이 추락하는 순간, 그녀의 우수에서 날아온 옷자락이 현각을 휘감았다.

휘르륵!

한데 그 순간!

웅웅웅—!

천지가 진동하는 듯한 공기의 파장이 일었다.

그리고 서희를 향해 날아오는 한줄기 검강! 상대는 보이지도 않는데 아득한 저곳에서 심장까지 서늘해지는 검강이 날아왔다.

서희가 급급히 봉황전시(鳳凰展翅)를 펼치며 한 마리 새처럼 하늘 위로 날아올랐다. 동시에 자신을 쫓는 검강을 향해 전력을 다한 옥로혈삼을 떨쳐 냈다.

꽈꽈꽈꽝—!

그녀의 옷자락과 검강이 충돌하며 거센 폭발이 일었다.

"크흑!"

서희가 삼 장여 밖으로 훌쩍 튕겨졌다. 천하의 아수라성녀가 단 일 초를 감당하지 못하고 밀려난 것이다.

그리고 충격에 주춤하던 그 짧은 순간, 한 가닥 바람이 일렁인다 싶더니 현각이 사라졌다.

"헉!"

서희가 눈을 부릅떴을 땐 이미 그는 누군가의 손에 들린 채 그녀가 잡을 수 없는 곳으로 멀어지고 있었다.

"천하에 누가 감히……!"

그녀의 눈앞에서 그녀의 먹이를 바람처럼 낚아채 갈 수 있단 말인가! 그리고 천하의 누가 바람보다 빠른 신법을 구사할 수 있단 말인가!

그녀가 본 것은 멀어지는 상대의 손에 들린 무기뿐이었다.

그것은 나무토막이었다. 단 일 초만으로 그녀를 물러서게 만든 것이 바로 저 나무토막이었던 것이다.

"……!"

믿을 수도 없고, 있을 수도 없는 일이다.

그녀가 알기에 중원무림에 그런 고수는 없었다. 중원무림의 최고수로 알려진 소림의 정오 대사라 해도 나무토막만으로 자신을 일 초에 패퇴시키지는 못할 것이다.

게다가 바람이 스쳐 간 듯 흔적도 없는 저 기이한 신법은 또 무엇이란 말인가?

기억을 곱씹던 서희의 얼굴이 돌연 석상처럼 딱딱하게 굳어버렸다. 천하에 그런 무공을 쓰는 사람은 단 한 사람밖에 없다.

"삼치거인……!"

서희의 심장이 격렬하게 요동쳤다.

구십 년 전에 종적을 감춘 삼치거인이 다시 나타나다니!

현각이 익힌 무공이 무형공임을 상기하면 둘의 만남은 결코 우연이
아니었다. 그것은 부정할 수 없는 운명이었다.

"죽였어야 해! 그가 천도문을 나서기 전에……!"

제10장

애! 삼치거인……!

1

무공이 폐쇄당한 채 뇌옥에 갇힌 번살과 사마대는 망연자실한 표정으로 허공만 쳐다보그 있었다.

자신들의 청춘과 열정을 모조리 바친 천도문이 이토록 허무하게 무너지다니!

게다가 무공마저 폐쇄당했으니 그들의 지난 인생을 송두리째 빼앗겨 버린 셈이다. 그런데도 스스로 죽음을 택하지 않은 건 아직 희망이 남아 있기 때문이었다.

현각이 살아 있는 한 천도문은 끝난 게 아니다. 그리고 그들의 인생 또한 끝난 것이 아니다. 버러지 같은 목숨을 비굴하게 연명하는 한이 있더라도 기다릴 것이다. 현각이 돌아올 때까지…….

죽음만큼이나 어둡고 무거운 침묵을 깨며 시끄러운 발소리가 들렸다.

번살과 사마대가 동시에 뇌옥의 입구로 시선을 돌렸다.

"뭔가 오해가 있는 거라니까! 오빠의 정신이 온전치 못해서… 잠깐 실수를 하는 거라고 몇 번이나 말해야 돼! 두고 봐! 너네들 내가 얼굴 다 봐뒀어! 응? 다 봐뒀다고!"

휘아의 앙칼진 목소리였다. 이어 무사들의 손에 끌려오는 휘아의 모습이 보였다.

"휘아야!"

번살이 벌떡 일어나며 뇌옥의 쇠창살 앞으로 다가갔다.

"할아버지—!"

휘아가 무사의 손을 뿌리치며 번살 앞으로 달려왔다.

"어떻게 된 거예요? 왜 할아버지도 여기 있는 거예요?"

"너야말로 어찌 된 거냐? 어찌… 너까지 이리로 끌려온단 말이냐?"

"흑흑흑… 몰라요……. 흑흑."

휘아가 뇌옥 앞에 주저앉은 채 서럽게 울어 젖히기 시작했다.

"뭐가 뭔지… 하나도 모르겠어요. 엉엉엉!"

"들어가!"

그러나 매정한 무사는 일말의 동요도 없이 그녀를 뇌옥 안으로 밀어 넣었다.

"왜 피하지 못했더냐? 그래도 너만은 이번 혈겁에 연루되지 않기를 바랐건만……."

"저 사람들은 누구예요? 천도문의 무사가 아니에요?"

휘아가 울먹이며 물었다.

"그들은 천마교의 무사들이다."

"예?"

휘아가 눈물이 그렁그렁한 눈을 치켜떴다.

"모두 천도문의 무복을 입고 있던데요?"

"모두······?"

휘아가 머리를 끄덕거렸다.

그렇지 않아도 휘아를 끌고 오는 무사의 복장에 마음이 쓰이던 번살이다.

"형님, 이게 무슨 해괴한 짓이오?"

사마대가 부리부리한 눈에 불을 뿜으며 번살을 쳐다봤다.

천마교란 말에 잠시 겁먹은 표정으로 눈치를 살피던 휘아의 커다란 눈이 다시 닭똥 같은 눈물을 떨궈내기 시작했다.

"그럼 오빠가··· 천마교랑 손잡았단 말이에요······? 아앙~ 난 몰라. 앙앙앙!"

번살이 가슴이 들썩일 정도로 깊은 한숨을 토했다.

"천도문의 혈겁은 단지 시작일 뿐인 것 같네. 천마교의 중원정벌이 다시 시작된 게야······!"

"알려야지요! 만약 그놈이 앞장선다면 종남파와 화산파는 영문도 모르고 쓰러질 게 아니오?"

"······!"

장천과 천도문의 가면으로 위장한다면 그들은 순식간에 섬서성을 집어삼킬 것이다. 특히 천도문과 돈독한 관계인 종남파와 화산파는 아무 의심 없이 장천을 맞아줄 게 아닌가.

손님으로 맞아준 사람이 느닷없이 검을 휘두른다면 그들이라 해도 별수없을 것이다.

구대문파 두 곳이 그렇게 허무하게 무너진다면 중원무림 전체가 혼들리게 될 것이다. 그 모든 혈겁이 천도문의 가면으로 자행될 걸 생각하면 눈앞이 아득하다.

하지만 더 심각한 문제는 '그'의 정체였다.

장천과 똑같은 얼굴을 가졌던 일영이라는 사내. 그가 진짜 장천일 거라고는 여전히 상상도 하지 못하는 두 사람이었다.

"도대체 어떻게 된 거요? 어떻게 우리 천이랑 똑같은 사람이……. 내가 모르는 뭔가가 있는 거요?"

사마대의 물음에 번살도 나직이 머리를 저었다.

"큰형님이 우리에게도 말하지 못한 비밀이 있었던 걸까요?"

"그럴 수도 있겠지."

장승풍이 평생 가슴에 담아두었던 뭔가 말 못할 사연이 있었을지도 모른다. 하지만 죽은 사람은 말이 없으니 답답하고 난감할 뿐이다.

"아무래도 처음부터 그들의 목표는 천도문이었던 것 같네. 아주 오래전부터… 천도문을 기반으로 중원정벌의 계획을 세웠던 것 같아……."

"누가……?"

"마황이겠지. 그자를 자기 후계자로 키웠으니까."

"……!"

이해할 수 없는 일이다. 도대체 천도문과 마황이 무슨 상관이 있길래 이런 음모의 표적이 된단 말인가?

어느새 울음을 그친 휘아가 똘망똘망한 눈망울로 두 사람을 쳐다봤다.

"지금 무슨 얘기를 하시는 거예요?"

"휘아야, 혹시 화린이는 보지 못했느냐?"

"여우같이 생긴 년을 하나 보긴 했는데 언니는 못 봤어요."

"화린이는 어찌 되었을까……?"

번살의 한숨이 더욱 깊어졌다.

천도문에는 장승풍이 은밀하게 만들어놓은 두 개의 비밀 공간이 있다. 그중 하나가 어제 현각을 탈출시킨 승천전의 비밀 통로이고, 또 하나는 지금 장천이 걷고 있는 청룡전의 지하 뇌옥이었다.

장천은 어둠 속을 뚜벅뚜벅 걸어갔다.

한 치 앞도 보이지 않는 칠흑 같은 어둠 속이지만 장천에겐 아무런 장애도 되지 않았다. 그가 걸음을 멈춘 것은 뇌옥의 쇠창살 앞이었다.

어둠 속에 웅크리고 있던 백화린이 얼굴을 들었다.

두 사람의 공허한 눈빛이 어둠 속에서 싸늘하게 부딪쳤다.

"왜 저를… 죽이지 않으십니까……?"

"아까워서."

"……?"

"쉽게 죽여주는 게 아까워서."

"……!"

백화린의 눈에서 눈물이 흐른다.

차가운 가슴에서 올라온 눈물이 뜨겁게 얼굴을 적셨다.

"무엇이 상공을 이렇게 변모시켰습니까? 도대체 무엇이 상공으로 하여금 천도문을……."

그녀는 차마 말을 잇지 못하고 눈물만 떨궜다.

"그걸 보여주고 싶어서 당신을 죽이지 않는 거다."

장천의 싸늘한 눈에서 섬광이 번뜩였다. 버림받은 시간 동안 자신이 느낀 분노와 배신감, 그리고 죽음의 공포. 모조리 돌려줄 것이다. 상대가 누구이던!

장천의 눈에 어린 분노에 백화린은 할 말을 잃었다.

그가 말하지 않아도 그간의 고초가 어떠했을지 상상할 수 있었다. 사람은 쉽게 변하지 않는다. 그 유약하고 여리던 장천이 저렇게 변했을 때에야 얼마나 큰 시련을 겪었던 걸까? 더욱이 천마교의 후계자가 된다는 것이 어디 말처럼 그리 쉬운 일이겠는가.

아마도 장천은 사람이 겪을 수 있는 가장 극한의 상황을 거쳐 저 자리까지 갔을 것이다. 자신의 의지와 욕망이 아니라 어쩔 수 없는 상황 때문에.

백화린은 그의 고통을 느낄 수 있었다. 하지만 이해하고 감싸 안아주기엔 그가 벌인 일이 너무나 참혹했다.

"상공이 틀리셨습니다. 절 죽여… 가슴에 맺힌 한을 푸셨어야 합니다. 천도문의 그 많은 죽음이 상공의 가슴에 더 큰 한이 되어 맺힐 거라는 걸 왜 모르십니까?"

"그 한이 날 여기까지 오게 만들었다. 날 강하게 만든 원동력이 그 한이라는 걸 당신은 알 리 없겠지."

가슴에 맺힌 게 많은 사람은 강해질 수밖에 없다. 한을 풀기 위해서라도 강하고, 또 강해져야 하니까. 세상에 복수보다 뜨겁고 강렬한 감정이 또 무엇이겠는가.

하지만 백화린은 머리를 저었다.

"아닙니다. 사람을 진정 강하게 만드는 힘은 한이 아니라 꿈입니다. 무엇인가를 이루고, 지켜내고 싶은 꿈과 의지. 그게 진정한 힘입니다."

"훗!"

장천이 싸늘하게 코웃음을 쳤다.

"그놈을 말하는 거냐?"

"……."

"그놈이 당신을 구하러 오기를 기다리는 것 같군."

"……."

장천의 말에 백화린의 가슴이 쿵 하고 내려앉았다.

'그렇구나. 내 마음이… 그를 기다리고 있구나…….'

그래서는 안 된다는 걸 알면서도 그녀의 마음은 현각을 기다리고 있었다. 반드시 돌아오겠다는 그의 절규가 가슴에서 떠나지 않으니…….

백화린은 혼란스러웠다.

그녀와 부부지연을 맺었던 사내가 지금 눈앞에 있다. 진짜 천도문의 문주가 되었을 그녀의 진짜 남편 장천이.

한데 그녀의 마음이 기다리는 것은 가짜였던 현각이다. 그는 자신에게 희망을 주었지만 장천은 자신에게 절망으로 돌아왔다.

그는 천도문을 지키기 위해 싸웠지만 장천은 천도문을 철저히 짓밟았다. 어긋난 스스로의 인생에 대한 화풀이라도 하듯 무참히 천도문을 짓밟아 버린 것이다.

백화린은 장천이 낯설었다.

천도문을 세상의 전부로 알고 자랐던 장천과 백화린이다. 하지만 서로 헤어져 있던 지난 시간 속에 두 사람 모두 새로운 세상을 보고 말았다.

백화린이 본 세상은 사랑이었고, 장천이 본 세상은 복수였다.

두 사람이 본 세상은 너무나 달랐다. 지금 두 사람 사이를 가로막은 것은 쇠창살뿐이지만, 두 사람의 마음은 영원히 맞닿을 수 없을 만큼

먼 곳을 향해 있었다. 한때는 부부였을지 모르지만 지금은 남이 되어 버린 사람. 백화린의 앞에 있는 사내는 그런 사람이었다.

어느덧 혼란이 가라앉은 그녀의 담담한 눈빛이 장천을 향했다.

"과거의 인연을 기억하신다면 지금 절 죽이십시오."

장천의 부인으로서 하는 마지막 말이다.

"……!"

장천은 백화린을 쳐다보기만 할 뿐, 대답하지 않았다.

"앞으로 저는 당신을 모릅니다. 절 죽이는 것은 당신의 뜻이겠지만 제 마음은 이미 당신을 기억하지 못합니다. 제가 알고 있는 당신은… 천도문을 짓밟은 원수일 뿐입니다."

"훗! 후후훗!"

장천의 낮고 음산한 웃음소리가 뇌옥 깊숙이 메아리쳤다.

자신이 천마교의 인물이 아닌 그냥 장천으로 돌아왔으면 뭐가 달라졌을까? 이미 모두의 마음속에 현각이란 새 문주가 있는데. 결국 자신은 현각을 쫓아낸 이방인에 불과했을 게 아닌가.

자신이 천도문을 떠나는 순간부터 자신의 자리는 없어진 것이다. 그토록 애타게 천도문의 손길을 기다리고 있을 때 그들은 새로운 문주를 찾아냈다. 그들이 믿고 따를 수 있는 현각이란 새 문주를.

자신은 철저하게 버려지고 잊혀졌다. 백화린은 물론 번살과 사마대의 마음에서까지.

천도문에 오기까지 얼마나 많은 불면의 밤을 지새며 고민했던가. 그리고 얼마나 갈등하고 아파했던가. 자신의 손으로 천도문을 짓밟는 것에. 한데 모두 부질없는 고민이었다. 어차피 빼앗지 않고서는 되찾을 수 없었을 것이다. 장천은 마음속 깊은 한곳에 묻어두었던 죄스러움마저 모조리 벗어버렸다. 그리고 백화린을 향해 싸늘하게 말했다.

"난 빼앗은 게 아니라 되찾은 것이다. 천도문은 원래 내 것이었으니까!"

"……."

그랬을지도 모른다. 그가 원래 천도문의 주인이었다는 사실만은 틀림이 없으니까. 하지만 피에 물든 천도문을 빼앗는 것이 무슨 의미가 있단 말인가.

백화린은 무심히 그를 바라보다 쓸쓸히 시선을 돌렸다. 더 이상 그와는 할 얘기가 없는 사이가 되었으니까.

빠드득!

장천이 이를 갈았다.

예전의 나약했던 장천이 아닌, 강자로 다시 태어난 지금의 모습을 보여주고 싶었다. 그리고 인정받고 싶었다. 하지만 그의 바람조차 철저하게 짓밟히고 외면당해 버렸다.

"천도문뿐 아니라 세상 모두가 알게 하겠다. 버림받은 자의 아픔이 어떤 것인지! 세상 밖에 던져진 자의 분노가 어떤 것인지!"

뇌옥에서 나오며 장천은 결심했다.

"그놈은 반드시 내 손으로 죽인다!"

비밀 계단을 올라와 청룡전의 내전으로 나오던 장천이 흠칫 놀랐다. 서희가 당황한 얼굴로 서 있는 것이다.

"어찌 된 것이오? 그놈은?"

"…놓쳤어요."

"……?"

장천이 눈을 번뜩이며 서희를 응시했다. 구마천의 일인인 아수라성녀가 현각 따위를 놓치다니… 있을 수 없는 일이었다.

하지만 딱딱하게 굳어 있는 서희의 창백한 얼굴을 보니 결코 허언은 아니었다.

"내 눈앞에서 누군가 그를 데려갔어요."

"누가 감히 소저의 손을 피해 그를 구할 수 있었단 말이오?"

장천도 긴장감에 입 안이 마르는 느낌이었다.

천도문의 모두를 놓쳐도 그는 놓치지 말아야 한다. 문주를 잡지 못한다면 결국 천도문의 껍데기밖에 얻지 못한 셈이 되니까.

장천 스스로는 물론이지만 마황도 결코 용납치 않을 것이다. 장천이 파르르 떨리는 입술로 다급히 물었다.

"누구요? 누가 그를……."

서희가 장천의 말을 자르며 대답했다.

"삼치거인."

"……!"

"그는 틀림없이 삼치거인이었어요."

"그럴 리가……. 그는 이미 구십 년 전에 사라진 사람인데……."

"죽었다는 소리는 없었지요. 단지 사라졌을 뿐."

그랬다. 누구도 삼치거인이 죽었다는 말은 하지 않았다. 다만 긴 시간 동안 그런 짐작과 추측이 만들어졌을 뿐이다.

화경을 넘어선 고수라면 백 년의 시간이 그리 길지 않을 수도 있다. 소림의 정오 대사 역시 이미 오래전에 백수(百壽)를 넘겼으니까.

한데 구십 년 동안 흔적도 없던 사람이 왜 하필 지금 나타난단 말인가. 그리고 왜 현각을 구해갔단 말인가!

장천의 눈에서 형형한 안광이 매섭게 뻗어 나왔다.

"적기대주는 들라!"

내공이 섞인 그의 웅혼한 목소리에 사십 대의 강퍅한 인상을 가진 사내가 내전으로 들어서며 부복했다.

"존명!"

"철기대와 혈기대가 언제쯤 당도한다더냐?"

"이틀 후입니다."

"이틀 후에 종남파를 친다! 준비하거라."

"존명!"

적기대주가 물러가자 서희가 불만스럽게 말했다.

"이틀 후는 너무 성급해요."

"입이 사람보다 빠른 법이오. 단 한 명의 생존자라도 있다면 그의 입보다 우리가 먼저 움직일 수밖에 없소."

그의 단호한 말에 서희가 새침한 표정으로 입을 다물었다. 어차피 이번 일의 책임자는 장천이니까.

"소저께서는 본교에 연락을 취해주시오. 삼치거인을 추적할 자를 보내달라고."

서희의 고운 아미에 주름이 잡혔다.

"본교에 보고하자는 건가요?"

"아님, 소저가 그를 찾던가요."

"……."

서희의 얼굴이 사납게 일그러졌다. 서희가 누구에게 이런 노골적인 무시를 당해봤겠는가. 하지만 장천은 전혀 상관하지 않았다.

"그를 놓치는 것보다는 차라리 문책을 당하는 게 낫지 않겠소?"

'넌 교주를 몰라!'

서희의 떨리는 눈망울이 그렇게 말했다.

장천 역시 얼음처럼 단단하게 굳은 눈빛으로 대답했다.

'난 두렵지 않소. 두려움을 잊은 지 오래니까.'

마황이나 삼치거인은 두렵지 않다.

그에게 두려운 것이 있다면 오직 하나! 현각을 놓치게 되는 것이다.

2

장천의 사악한 얼굴이 백화린을 노려본다.

"넌 날 배신했어!"

겁에 질린 백화린이 울면서 애원했다.

"살려주세요! 제발 목숨만… 살려만 주세요……!"

하지만 장천은 가차없이 백화린의 머리를 향해 도를 내려쳤다.

"안 돼—!"

현각이 소리를 지르며 벌떡 일어났다. 전신은 식은땀에 젖어 있고 놀란 가슴은 아직도 진정되지 않았다.

"꿈이었구나……."

현각이 거친 숨을 몰아쉬며 주변을 둘러봤다.

분명히 서희와 싸우다 쓰러졌는데 그가 누워 있는 곳은 허름한 모옥의 낡은 토방이었다. 그리고 부상당한 몸 여기저기에 허름하게 붕대가 감겨 있다.

　그러고 보니 어제 마지막 순간, 누군가가 자신을 구해준 기억이 났다.

　마침 문이 열리며 짙은 탕약 냄새와 함께 한 인영이 방으로 들어섰다.

　"이제 정신이 드냐?"

　"헉!"

　현각의 눈이 휘둥그레졌다.

　해골처럼 앙상한 몸에 자글자글한 주름투성이의 노인. 그는 다름 아닌 혜문당주인 것이다.

　"아, 아니… 당신이 여기에 왜……?"

　"일단 이거부터 마셔라. 미련하게 독을 잔뜩 묻히고 다니냐?"

　"망할 영감! 내가 일부러 묻혔어요? 어디 웅크리고 숨어 있다가 이제야 나타나서 생색은……."

　투덜거리던 현각이 말을 멈췄다. 그리고 미간에 주름을 잔뜩 잡은 채 혜문당주를 살짝 노려봤다.

　"설마… 당신이 날 구한 건 아니죠……?"

　"미련한 놈! 내가 아니면 옥황상제라도 나타나서 널 구한 줄 아냐?"

　"커흑!"

　현각이 막 손에 받아 들던 탕약을 그대로 엎질렀다.

　"다, 당신이 날 구했다구요?"

　"이놈이 어디다 약을 쏟고 지랄이야?!"

"당신이 그 여우 같은 년을 이겼다구요?"

"아이고, 이걸 아까워서 어떡하냐? 망할 놈! 이제 약은 없다! 네놈 혼자서 등짝의 독을 쳐 먹든지, 소화시키든지 마음대로 해라!"

현각은 바닥에 엎질러진 약을 손바닥으로 문지르고 있는 혜문당주의 멱살을 잡아 일으켰다.

"똑바로, 사실대로 말해요!"

"뭘?"

"정말로 당신이 날 구한 거예요?"

"어린놈이 벌써 귓구멍이 막혔나? 왜 했던 말을 또 하게 만들어?"

현각의 얼굴이 일그러지더니 돌연 혜문당주를 향해 마구잡이로 주먹질을 해대기 시작했다.

"이런 망할 영감! 쳐 죽여도 시원치 않을 영감! 이 배신자 같으니ㅡ!"

"다 죽어가는 놈을 구해놨더니 고맙다는 인사는 안 하고 이게 무슨 행패냐?"

"그년을 이길 수 있으면 부인도 구할 수 있었잖아요! 천도문의 사람들이 그렇게 죽도록 내버려 두지 않아도 됐잖아요!"

악을 쓰는 현각의 눈에서 비 오듯 눈물이 흘러내렸다.

"그 많은 사람이 죽는 동안… 뭘 했냐구요! 이 망할 영감! 내 손으로 죽여 버릴 테야!"

현각은 정말 죽일 듯한 기세로 혜문당주에게 달려들었다.

혜문당주는 그의 주먹을 막지 않았다. 그가 악을 쓰며 울분을 토해내는 모습을 잠자코 지켜보기만 했다.

"꺼윽… 꺼윽……. 끅끅……."

한참 동안을 울며 패악을 써대던 현각이 다소 진정되는 것 같자 혜문당주가 나직이 한마디 했다.

"사내자식이 계집애처럼 질질 짜기는……."

현각이 씩씩거리며 그를 노려봤다.

"은혜를 원수로 갚아도 유분수지, 어떻게 그럴 수가 있어요?"

"이놈이 아직도 정신을 못 차리고! 은혜를 원수로 갚은 건 네놈이지!"

"천도문에서 지금까지 먹여주고 재워준 은혜를 이렇게 갚는 게 어딨어요?"

현각은 진지했다. 왜냐면 그의 뜨거운 진심을 담은 말이니까.

"……."

혜문당주는 착잡하게 입맛을 다셨다. 고작 이런 소리나 듣자고 그를 구해줬던가?

"나는 이미 세상 밖으로 나온 사람이야. 천도문의 일에 개입할 이유도, 명분도 없어."

"그럼 나는 왜 구해줬어요?"

"구십 년 만에 내 무공을 이을 놈이 나타났는데 그냥 죽게 내버려 둘 수가 있어야지."

현각이 멍하니 눈만 깜빡이며 혜문당주를 노려봤다. 손가락을 입에 물고, 몇 번 머리를 갸웃거린 후에야 현각이 슬그머니 입을 열었다.

"당신의 무공을 잇다니요?"

"끙! 잃느니 죽지. 에휴~"

"참내. 그럼 지금 나한테 당신이 삼치거인이라도 된다고 말하려는

거요?'

"……."

할 말이 없었다. 내심으로 얼마나 기다려 온 순간인가.

'그럼 어르신이 바로 삼치거인이셨단 말입니까?'

라는 말과 함께 현각이 감동과 격정으로 파르르 떨며 눈물을 글썽이는 순간을.

그럼 자신 역시 의젓하게 머리를 끄덕이며 이렇게 대답하는 거다.

'세상이 날 그렇게 기억하더구나.'

한데 현실에서 현각은 벌써 웃을 준비를 하고 자신의 입을 빤히 쳐다보고 있다. 어쩔 수 없다. 그의 수준에 맞춰 대답을 해주는 수밖에.

"그래, 이놈아. 내가 바로 삼치거인이다."

"푸헤헤헤~ 깔깔깔깔! 이 영감이 벌써 노망이 들었나? 아니면, 구십 년 묵은 강시인가? 킬킬킬킬!"

"맞다. 네놈 말이 다 맞다. 너 같은 놈에게 무형공을 가르쳐 준 내가 노망난 영감이다!"

혜문당주가 씩씩거리며 자리를 털고 일어섰다. 삼치거인의 전설이 그의 단순한 성격에서 비롯되었음을 떠올려 보면 이상할 것도 없다. 현각이나 그나 결국 같은 부류의 사람들이니까.

그가 막 방문을 나서려는 순간, 현각의 나직한 목소리가 그를 잡았다.

"정말로 당신이 삼치거인입니까?"

'흠… 이제야 좀 분위기가 잡히는군.'

삼치거인이 다시 조용히 앉았다.

"그렇다."

그런데 이건 또 웬 날벼락인가?

"에라, 이 사기꾼!"

현각이 다시 주먹질을 해대는 것이다.

"이놈이 독칠을 하고 오더니 정신이 나갔나? 왜 이러는 거냐?!"

"뭐야? 무형공이 천하제일무공이라고? 어디서 그런 말도 안 되는 거 짓말로 사람을 농락해?"

"……!"

참아주는 것도 한계가 있다. 늙은이의 인내에는 더 더욱 한계가 있 다. 원래 늙으면 애가 된다는 옛말도 있지 않은가.

더 이상 참지 못한 삼치거인이 정말로 화를 내며 밖으로 나가 버렸 다.

"재주있으면 혼자서 잘해봐라!"

삼치거인이 나가 버린 뒤에도 현각은 입을 씰룩이며 불만의 소리를 멈추지 않았다.

"쳇! 자기 입으로 자기 무공이 천하제일이라 떠벌리고 다닌 거잖아! 젠장! 거기에 홀딱 넘어간 내가 바보지."

자기 입으로 자기를 천하무적 옥면대협이라고 떠벌리고 다닌 건 생각지도 않았다. 그는 원래 자기 편한 대로만 생각하는 사람 아닌 가.

"근데 무슨 재주로 그 마귀 같은 년을 이겼을까?"

갑자기 문이 확 열리며 삼치거인의 얼굴이 불쑥 나타났다.

"궁금하지?"

"……"

"가르쳐 줄까?"

삼치거인이 넌지시 안으로 들어오며 물었다.

"마음대로 하쇼. 어디 한번 들어나 봅시다."

삼치거인의 얼굴이 다시 일그러졌다.

"백화린인가 뭔가 하는 계집을 되찾고 싶지 않다면 들을 필요도 없고."

삼치거인이 손을 휘저으며 다시 일어나려는 순간이었다.

현각이 그의 옷자락을 잡았다.

"잠깐만요!"

"……?"

"지금 뭐라고 했어요?"

"난 두 번 말하는 취미는 없다."

현각이 피로와 슬픔으로 바싹 말라 있던 입술에 침을 적시며 물었다.

"부인을 되찾을 수 있다고 했죠?"

"백화린이 어디 네놈 부인이냐?"

"내 부인이에요!"

현각이 발끈하며 소리쳤다. 핏발 선 눈은 당장이라도 다시 눈물을 떨굴 것 같고, 앙다문 입술에선 핏물이라도 흐를 것 같다.

"어떻게 해야 돼요? 그놈을 꺾고, 부인을 다시 찾으려면 어떻게 해야 돼요?"

"무형공을 익혀야지."

"무형공으론 안 돼요! 그놈의 상대도 되지 않았다구요!"

현각이 악을 쓰며 외쳤다.

"멍청한 놈! 넓은 길을 놔두고 좁은 길로만 돌아다니니 갈 길이 보이냐? 결국 엉뚱한 길로 들어선 거지!"

"무슨… 소리예요……?"

"네놈의 무형공이 엉터리라는 말이다!"

"……!"

"그깟 도법이나 검법을 배워서 어디다 써먹겠다고! 그 딴 데 신경을 쓰다 보니 무형공이 갈 길을 잃은 게 아니냐!"

"내 무형공이… 잘못된 거라구요?"

"그래, 이놈아."

"그럼… 무형공을 제대로 익히면 그놈을 이길 수 있다는 거죠?"

"아암~ 당연히 그래야지."

현각의 얼굴이 흥분과 격정으로 작은 경련을 일으켰다. 그리고 이를 앙다문 비장한 표정으로 물었다.

"제가… 어떻게 하면 됩니까?"

삼치거인이 왜소한 어깨를 쭉 펴며 대답했다.

"내게 절부터 하거라."

"예?"

"무공을 배우려면 제대로 절을 하고 사부로 모셔야 할 게 아니냐!"

현각이 얼굴을 있는 대로 찌푸리며 삼치거인을 노려봤다.

"분명히 그놈을 이길 수 있다고 했죠?"

"그렇다니까."

"만약 나한테 절을 받으려고 거짓말을 한 거면 절대 용서하지 않을 거예요!"

"네놈이 용서를 안 하면 어쩔 건데?"

"이씨!"

현각이 여전히 못미더운 얼굴로 씩씩거리며 삼치거인을 노려봤다.

삼치거인이 얄밉게 웃으며 말했다.

"절을 하든 말든 그건 네놈 맘이지만 이거 하나는 명심해라. 천마삼공을 이길 무공은 천하에 오직 하나, 무형공밖에 없다!"

"……!"

그까짓 절을 하는 게 뭐 어려운 일이겠는가. 더 이상 망설일 것도 없이 현각은 그를 향해 넙죽 절을 했다.

"그 따위 절이라면 필요없다!"

"그럼 뭘 어쩌라구요?"

"정식으로 아홉 번 절을 하고 날 사부님으로 모시겠다고 맹세해라."

"……."

"싫으면 말고!"

사람의 팔자가 이렇게 한순간에 바뀔 수도 있다니… 어제까지만 해도 자신은 천도문의 문주였고, 그는 낡은 책방 늙은이였다.

그런데 이제는 자신이 그에게 절을 해야 할 처지가 된 것이다. 거기다 사부님으로 모시기까지 하란다.

현각은 여전히 그가 못미덥고, 의심스러웠다.

하지만 그가 서희의 손에서 자신을 구한 것만은 틀림없는 사실 아닌가.

'에라, 모르겠다. 속는 셈치고 한번 믿어보자!'

현각은 그를 향해 절을 하기 시작했다.

한 번, 두 번, 세 번… 그리고 마지막 아홉 번.

그의 절이 끝나자 삼치거인이 처음으로 진지한 표정을 지으며 엄숙하게 말했다.

"이제 너는 나의 제자가 되었다."

삼치거인과 현각이 정식으로 사제지연을 맺은 것이다.

〈제4권 끝〉

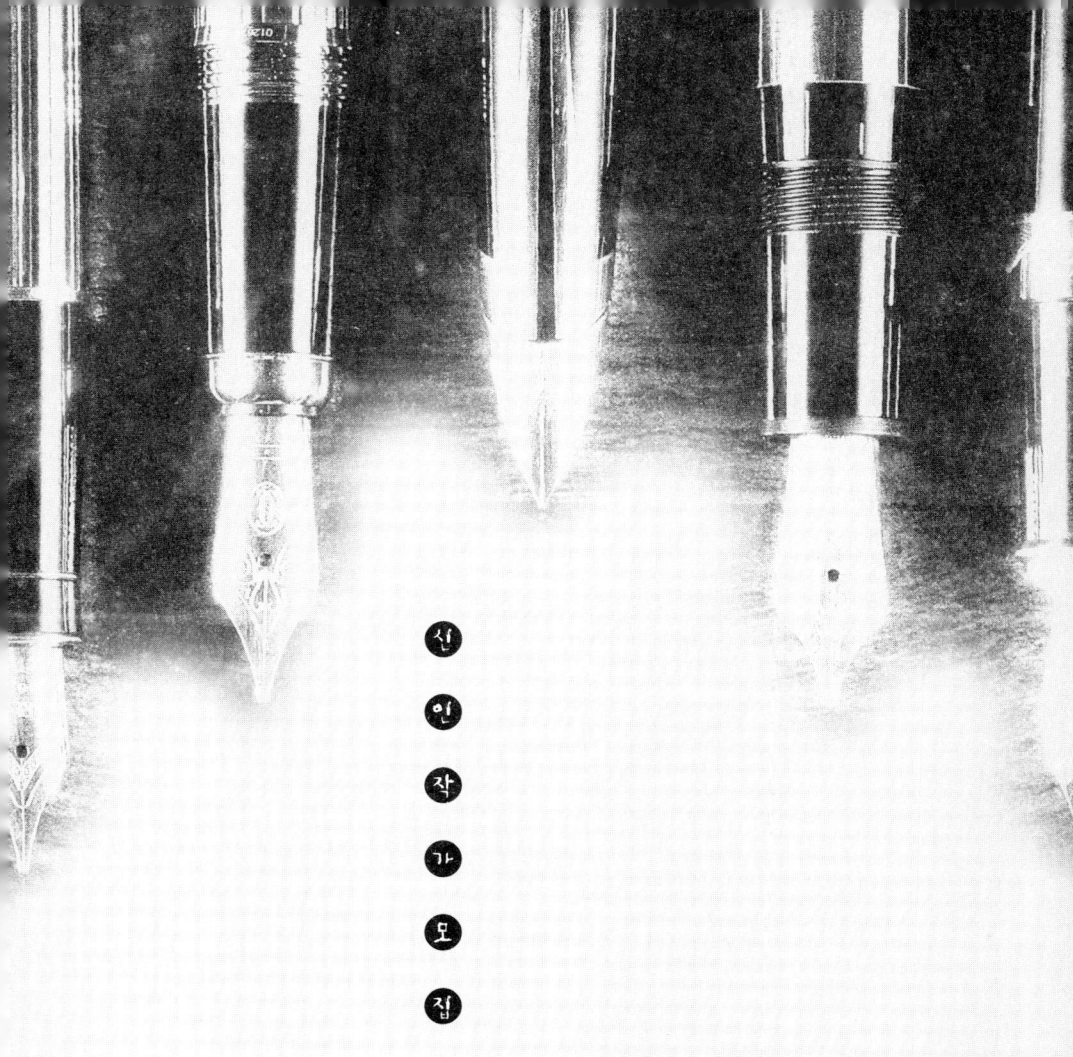

신 인 작 가 모 집

시작이 반이라고 했습니다.
작가의 길에 대한 보이지 않는 벽을 과감히 깨뜨리십시오!
청어람은 작가 지망생 여러분들의
멋진 방향타가 되어드리겠습니다.

저희 도서출판 청어람에서는
소설 신인 작가분들을 모집합니다.
판타지와 무협을 사랑하시는 분들의 많은 참여를 바랍니다.
소정의 원고(A4용지 150매)를 메일이나 우편으로 보내주시면
검토 후 출판 여부를 알려드리겠습니다.

주소:경기도 부천시 원미구 심곡1동 350-1 남성B'D 3F 우편번호420-011
TEL:032-656-4452 · **FAX**:032-656-4453
http://www.chungeoram.com
e-mail:chungeoram@chungeoram.com